BRUNO HEINI

DEINE ZEIT LÄUFT AB

DIE FÄHRTE DER KILLER Der Luzerner Juwelier Diethelm schmeißt eine Party für seine Kunden. Während Gangster die Feier stürmen und den Gästen Schmuck und Luxusuhren rauben, löst sich in einer Rangelei ein Schuss. Getroffen sinkt die Kellnerin Susa zu Boden. Deren Schwester Hannah engagiert daraufhin Detektivin Palmer, denn sie ist davon überzeugt, dass Diethelm absichtlich auf Susa geschossen hat, um sie zu töten. Diethelm und Susa haben einen schwerkranken Sohn, Lenny, für den er den Unterhalt nicht bezahlen will. Susa hat sich für die Party absichtlich als Kellnerin anstellen lassen, um mit Diethelm zu sprechen. Nun soll Palmer Susa vor einem weiteren Angriff beschützen. Darüber hinaus fleht Hannah Palmer an, für Lenny, der an einem Herzfehler leidet, mit Diethelms Geld ein Spenderherz zu organisieren. Denn niemals würde Diethelm seinem verstoßenen Sohn freiwillig helfen. Bei ihren Ermittlungen entdeckt Palmer Hinweise, die sie erschaudern lassen. Als ein Mord geschieht, beginnt der Wettlauf gegen die Zeit.

© Silvan Bucher

Bruno Heini lebt mit seiner Frau Judith und den beiden Katern Jimmy und James über den Dächern von Luzern. Er arbeitete erfolgreich als Unternehmer bevor er sich auf das Schreiben von Krimis und Thrillern verlegte. Auf seinen Luzern-Thriller »Teufelssaat« folgten »Engelsknochen« und »Höllenwut«. Nun legt er nach mit »Deine Zeit läuft ab«. Heinis Bücher schaffen es regelmäßig in die Schweizer Taschenbuch-Hitparade.

BRUNO HEINI

DEINE ZEIT LÄUFT AB

THRILLER

GMEINER

Immer informiert

Spannung pur – mit unserem Newsletter informieren wir Sie regelmäßig über Wissenswertes aus unserer Bücherwelt.

Gefällt mir!

Facebook: @Gmeiner.Verlag
Instagram: @gmeinerverlag
Twitter: @GmeinerVerlag

MIX
Papier aus verantwortungsvollen Quellen
FSC® C083411

Besuchen Sie uns im Internet:
www.gmeiner-verlag.de

Im Ehnried 5, 88605 Meßkirch
Telefon 07575/2095-0
info@gmeiner-verlag.de

1. Auflage 2021

Lektorat: Claudia Senghaas, Kirchardt
Herstellung: Mirjam Hecht
Umschlaggestaltung: U.O.R.G. Lutz Eberle, Stuttgart
unter Verwendung eines Fotos von: © jaedo976 / stock.adobe.com
Druck: CPI books GmbH, Leck
Printed in Germany
ISBN 978-3-8392-0011-7

Personen und Handlung sind frei erfunden.
Ähnlichkeiten mit lebenden oder toten Personen
sind rein zufällig und nicht beabsichtigt.

Der Schrei gellt durch die Gartenparty. Schlagartig verstummt der Small Talk, jedes Lächeln erstarrt. Bewegung kommt in die Festgesellschaft, einzelne Gruppen werden auseinandergetrieben, als maskierte Männer sich zügig unter den Gästen verteilen. Die Männer sind bewaffnet, halten Macheten in den Händen, vor denen die Gäste instinktiv zurückweichen. Bewegungslos verharren die Festbesucher, sehen sich irritiert an. Jemand lacht verunsichert. Eine makabre Showeinlage des Gastgebers? Eine organisierte Überraschung? Jedenfalls scheint der Kellner mit der schwarzen Fliege seine Rolle meisterhaft zu spielen. Scheppernd klatscht sein silbernes Tablett mit den leckeren Häppchen auf die Steinplatten, als es ihm aus der Hand gleitet. Er schmeißt sich hinter das Podest, wobei seine Hüfte eine Tischkante streift. Es klirrt, als die Champagner-Pyramide über ihm zusammenstürzt.

Eine Dame im langen Kleid schlägt sich die Hand vor die Brust, während ihre andere das Handy umklammert. Ihr Kristallglas zersplittert auf dem Naturstein. Der Schaumwein spritzt auf ihre Beine.

Einer der Männer baut sich vor ihr auf.

Ihr Blick hängt an der scharfen Klinge, die auf ihren Hals zielt, ein erster Schrei des Erschreckens scheucht die Gäste auf.

Mit einem Griff entreißt der Unbekannte das Telefon ihren krampfenden Fingern und schmeißt es in einen Stoffbeutel, den er bei sich trägt.

Sie wimmert und blickt ohnmächtig zu ihrem Begleiter. Der postiert sich in seinem Maßanzug vor dem

Gangster, stößt ihm die Hand vor die Brust. Adern treten an seinem Hals hervor.

»Halt!«, brüllt er ihm ins Gesicht.

Der Bewaffnete gebietet ihm mit einer energischen Geste zu schweigen.

Aber der elegante Begleiter tritt noch näher und bohrt seinen Blick in die Augen des Vermummten. Er greift sogar nach dessen Maske.

Die Faust des Gangsters trifft seine Kehle.

Der Begleiter sackt auf die Knie und würgt.

Mit einem Griff dreht ihm der Maskierte den Arm auf den Rücken.

»Noch ein Mucks und ich zerhacke dir die Hand.« Die Sonne blitzt auf der blanken Klinge, als er sie einmal vor dem Gesicht des Mannes herabsausen lässt. Spätestens jetzt scheint jeder zu begreifen, dass hier gerade keine Showeinlage geboten wird, dass gerade das Unvorstellbare geschieht. Der Räuber bückt sich, tastet das Jackett seines Opfers ab und zerrt das Handy aus der Innentasche. »Deine Uhr! Los!«, brüllt er und legt seine Machete an den Hals seines Opfers. Der Begleiter nestelt an seinem Handgelenk. Endlich streckt er ihm seinen goldenen Zeitmesser entgegen. Der Gangster entreißt ihm diesen und wirft ihn in den Beutel. Dann verpasst er dem Mann einen Tritt.

»Genug jetzt!«, entfährt es der Dame. Sie presst ihre Hände an den Mund. In ihren Augen lodert Panik.

Der Gangster starrt sie an.

Tränen quellen aus ihren Augen, die Unterlippe bebt.

Schwungvoll reißt er das Collier von ihrem Hals.

Sie kreischt.

Er klatscht ihr seinen Handrücken auf die Wange.

»O mein Gott«, haucht eine andere Lady.

Der Gangster ruckt seinen Kopf herum.

Trotzig verschränkt sie die Arme vor der Brust.

Einige Schritte, zwei schnelle Bewegungen, und er wiegt ihre mit Juwelen besetzten Ohrstecker in seiner Hand.

Sie schreit auf und umklammert mit den Fingern ihre Ohren.

Der Maskierte wendet sich dem nächsten Paar zu. Nach einem eindeutigen Zeichen mit seiner Waffe hält er der Frau im cremefarbenen Etuikleid den Stoffbeutel entgegen.

Die Dame lässt ihre Brillanten freiwillig in den Sack gleiten und ihr Begleiter seine Platinuhr.

Die Sonne brennt.

Während die Eisskulptur vor sich hin tropft, plätschert sanfte Lounge-Musik aus den Lautsprechern, als ginge nichts Außergewöhnliches über die Bühne.

Da peitscht ein Pistolenschuss über ihre Köpfe.

1

»Das wird doch wohl jetzt kein Problemgespräch?« Palmer lächelte gequält und hob hilflos die Hände. »Ich dachte, wir sind uns einig. Haben Sie jedenfalls gesagt. Zwei, drei Details besprechen, Unterschrift unter den Vertrag, Handschlag, und übernächsten Monat führe ich die Sicherheitsabteilung Ihres Fachmarkts.«

»Ich will ganz ehrlich sein, Frau Palmer. Wie Sie hier eben auf mich zugekommen sind, das wirkte alles andere als sicher und selbstbewusst.« Er schüttelte den Kopf. »Ich suche keinen Matrosen, ich suche einen ersten Offizier, wenn Sie verstehen.«

»Ist doch bloß meine Höhenangst, weiter ist da nichts. Ich habe gezögert, weil Sie hier bei der Glasbrüstung direkt am Abgrund sitzen, hoch über den Dächern von Luzern. Im wievielten Stockwerk liegt diese Bar? Und dann genau an der Kante.« Ihr Blick wanderte langsam von seinem Silberkettchen am Handgelenk zu dem maßgeschneiderten Anzug, den sein gestählter Oberkörper ausfüllte, was deutlich machte, dass er wohl täglich Hanteln stemmte. Eine Locke hatte er so gestylt, dass sie ihm wie zufällig in die Stirn fiel. Im Bereich der Ohren hatte er sich das Haar kurz trimmen lassen, was ihm eine Aura militärischer Autorität verlieh. Allerdings erinnerte sich Palmer, völlig unpassend für diesen Moment, an ihr vorangegangenes Treffen in seinem Büro, bei welchem ihr seine blauen Augen aufgefallen waren, die sie ziemlich humorbefreit und eisig gemustert hatten. Auch war er kleiner gewesen, als sie ihn sich vor dem ersten Treffen vorgestellt hatte.

»Da ist noch etwas anderes«, fuhr er fort. »Wir legen Wert auf Pünktlichkeit.«

»Wie jetzt? Diese zwei Minuten?« Suchend blickte sich Palmer um. »Als ich auf dieses Haus zugegangen bin, habe ich Sie hier auf der Dachterrasse erkannt, wie Sie, die Ellbogen auf das Geländer gestützt, nach unten gesehen haben. Wir haben uns sogar zugewinkt. Deshalb haben Sie garantiert mitbekommen, wie diese alte Dame über den Bordstein gestolpert und direkt vor meinen Füßen hingefallen ist. Sie hat sich die Nase blutig gestoßen und sich wahrscheinlich das Schlüsselbein gebrochen. Ich habe Hilfe organisiert und bin dann sofort zu Ihnen hoch geeilt. Wäre das nicht passiert, ich wäre sogar einige Minuten zu früh hier gewesen.« Angespannt rutschte Palmer zur Sesselkante, wobei sie mit einem Knie aus Versehen so heftig an das Tischchen stieß, dass sein Bierglas tanzte, bevor es kippte und den Inhalt über seine Schuhe ergoss. Er setzte sich auf und tupfte mit der weißen Serviette, die man ihm zu den marinierten Oliven gereicht hatte, theatralisch seine schicken Slipper trocken. Erst dann bemerkte er, dass sein Bier auch in seinen Schoß geschwappt war und es aussah, als hätte es ein kleines Malheur gegeben. Zusammengeknüllt schmiss er den Lappen auf das Tischchen, breitete die Hände aus und schüttelte den Kopf.

In ungläubigem Entsetzen stand Palmers Mund offen, ehe sie die Lippen zusammenkniff.

»Sie haben mir beim letzten Gespräch bestätigt, wie gut meine Fähigkeiten zu Ihren Anforderungen passen. Heute treffen wir uns, um den Vertrag zu unterzeichnen. Und genau das werden wir jetzt tun. Meine Hilfsbereitschaft zählt man normalerweise zu meinen Stärken.« Palmer lächelte angestrengt. Sie wartete, aber der Anzugträger ihr gegenüber rührte sich nicht. »Kommen Sie, die Abendsonne lacht, Sie genießen Ihren Feierabend auf dieser Dachbar. Was wollen Sie mehr? Hier bin ich, Ihre ideale Besetzung. Perfekt ausgebildet, beste Zeugnisse, ausgezeichnete Referenzen. Ich treibe Sport, trinke kaum Alkohol, bin top motiviert. Lassen Sie uns anstoßen auf eine erfolgreiche Zusammenarbeit.«

»Sie hätten auch den Portier rufen können unten beim Hotel, und dann nichts wie hoch zu mir. Auch er hätte die Ambulanz verständigen können. Von einer Führungskraft erwarte ich, dass sie die Prioritäten richtig zu setzen weiß.« Er hockte sich im Sessel gerade. »Nein, das wird nichts.« Dabei schüttelte er den Kopf und machte eine Geste mit der Hand, als wollte er den Gedanken wie eine lästige Fliege vertreiben. »Sie erscheinen mir zu wenig entschlossen. Eine schlechte Eigenschaft für unseren Führungsjob.«

Palmer zog die Brauen hoch.

»Sie wollen mich testen?« Sie nickte auffallend langsam und blickte ihm schräg ins Gesicht. »Sie machen nur Spaß. Oder?« Palmer lächelte gequält. »Sie haben mir tatsächlich einen Schrecken eingejagt.«

Er schürzte die Lippen.

»Ich muss Ihnen für diesen Job absagen.« Jetzt nickte er, als ob er sich zu seinem Beschluss gratulierte. »Ich habe nichts hinzuzufügen.«

»Das kann doch nicht Ihr Ernst …« Auf einen Schlag verstummten in ihrem Kopf alle Gespräche anderer Gäste, als hätte sich unvermittelt eine graue Wand zwischen ihr und der Außenwelt aufgetürmt. Brust und Hals verengten sich und raubten ihr den Atem. Sie räusperte sich, da ihre Stimme zu versagen drohte. Als sie jedoch den Mund für eine Entgegnung öffnete, kam er ihr zuvor.

»Meine Entscheidung ist unumstößlich.«

Palmers Problem war keineswegs, dass ihr schlagfertige Antworten immer zu spät einfielen, sondern eher, dass sie diese tatsächlich aussprach. Aber jetzt war sie baff. Bis ihr Schock sich halbwegs gelegt hatte, verharrten ihre Hände wie festgeklebt auf dem niedrigen Loungetischchen neben seinem Bierglas, während ihre Gedanken rasten.

Ich organisiere Hilfe für die alte Dame. Und damit soll ich alles vermasselt haben? Das darf doch nicht wahr sein!

Sie reflektierte die ganze Situation noch einmal, versuchte, dabei so selbstkritisch wie möglich zu sein, aber das Ergebnis war dasselbe: Dieser Typ war ein Depp. Sie hatte sich nicht das Geringste vorzuwerfen. Zwar hatte sie sich auf den Job gefreut und auch fest damit gerechnet, jetzt aber würde sie ihn nicht mal mehr antreten, sollte er sie auf den Knien anbetteln.

Seine kraftvolle Stimme holte sie in die Realität zurück.

»Um ehrlich zu sein, war mir von Beginn an nicht ganz wohl, diese Stelle mit einer Frau zu besetzen. Und wie gesagt, kann ich die Sicherheit meiner aufstrebenden Firma keiner zögerlichen Person anvertrauen, die nicht weiß, was in welchem Moment wichtig ist. Vergessen Sie nicht: Wir machen 30 Millionen Umsatz. Nach erst vier Jahren.«

»Ist das gut oder schlecht?«, fragte Palmer, um das Gespräch so schnell wie möglich zu beenden.

Seine Stirn runzelte sich, und Palmer erkannte, er verstand ihr spitze Bemerkung nicht. Aber er musste bemerkt haben, dass sie dies auf die eine oder andere Art beleidigend gemeint hatte.

»Frau Palmer, Ihr Ton gefällt mir nicht.«

»Dann sind wir ja quitt. Good bye.«

Die zwitschernden Rufe der Schwalben vermochten Palmer nicht wie üblich aufzuheitern. Auch der Mann mit der Grillzange nicht, der ihr neben der Rauchfahne eines Holzkohlegrills von seinem Balkon zuwinkte. Sie war aufgewühlt, ihre Gedanken trieben in alle Richtungen, als sie über die Winkelriedstraße nach Hause marschierte und sich grübelnd zwischen stehenden Fahrzeugen am Bundesplatz hindurchschlängelte Richtung Langensandbrücke.

Wie sie diesen Job gewollt hatte. Unbedingt.

Sie hatte ihn einfach haben müssen.

Ohne Anstellung würde sie bald von Alex' Großzügigkeit abhängig sein, was für sie nie und nimmer infrage kam. Jobangebote wie dieses, millimetergenau auf ihre Stärken und Interessen zugeschnitten, regneten nicht einfach so rein. Irgendeine Stelle, bei der die Firmen nur einen weiblichen Tanzbären zur guten Wirkung in der Öffentlichkeit suchten, war für sie keine Option. Sie wusste, einen ähnlich guten Job würde sie auf die Schnelle nicht finden. Wie lange würde sie ihre geliebte Wohnung noch halten können? Sie mochte gar nicht daran denken, wie sie den Blick aufs Wasser und all die auf den See hinaus gleitenden Ruderboote vermissen würde. Mit dem Handrücken wischte sie sich die Nase. Ihre Mundwinkel zuckten, und sie fühlte sich, als hätte ihr jemand in den Magen getreten.

Es krachte, als sie zu Hause mit dem Ellbogen die Tür ins Schloss fallen ließ, dann stapfte sie die Holztreppe hoch und warf das Handy auf die Ablage. Aber sogleich blieb sie wie angewurzelt stehen. Wenn sie den Kühlschrank aufriss, würde ihr abgesehen von ein paar Dosen Bier kalte Leere entgegengähnen. In ihrem aufgewühlten Zustand war sie einfach am Supermarkt vorbei- statt hineinmarschiert, wie sie es sich eigentlich vorgenommen hatte. Von sich selbst genervt, schritt sie ins Wohnzimmer und verpasste dem mit Sand gefüllten Boxsack, der an der Kette friedlich von der Decke hing, eine harte Linke, gefolgt von einem rechten Kniestoß. Dann bedachte sie mit einem Vollristkick auf Kopfhöhe diesen Fachmarkttheini von soeben, schließlich deckte sie alle mit einem Schlägegewitter ein, die ihr irgendwann einmal blöd gekommen waren.

Erst kürzlich hatte sie sich entschieden, ihr Training aufzulockern, und hatte ein Jahresabo in einem Fitnesscenter unterschrieben. Diesen Entschluss bereute sie seitdem, denn das ganze Geld dafür war zum Fenster rausgeschmissen, das konnte sie jetzt schon absehen. Sie war all der Gratistippgeber überdrüssig, die an diesen Orten wie aus dem Nichts auftauchten, allen ungefragt ihre Hinweise in die Ohren bliesen und auch gegen spürbaren Widerstand zwangsberieten. Da sie sich damals auch ihre zuweilen deftige Ausdrucksweise abzugewöhnen versucht hatte, ermahnte sie diese Ratgeber anfangs freundlich, sie wolle nichts anderes, als in Ruhe trainieren. Allerdings fruchteten bei den Dreinschwätzern solche Worte nicht, sondern sie nervten Palmer noch heftiger, weshalb sie die Kerle mit alterprobten Ausdrücken aus dem Umfeld von Schließmuskel und Ozonloch zum Teufel schickte.

Zum Abschluss ihres Kurztrainings schoss sie jetzt eine linke Gerade auf den Sandsack, gefolgt von einem rechten Leberhaken, und vollendete ihren Angriff mit einem so heftigen Kniestoß, dass es ihr vorkam, als hüpfte das schwere Ding etwas in die Höhe, um endlich gemütlich von der Kette zu baumeln.

Mit bloßen Fäusten hatte sie auf das abgewetzte Leder gedroschen. Aber der Schmerz in den wunden Knöcheln fühlte sich gut an, auch der Magen quälte sie nicht mehr. Der Länge nach ließ sie sich aufs Sofa fallen, legte den Unterarm über ihre geschlossenen Augen und saugte mehrmals tief Luft ein, um wieder zu Atem zu kommen und einen klaren Kopf zu kriegen. In einer dünnen Bahn rann Schweiß aufs Polster, nicht nur als Folge ihres Wutausbruchs, sondern auch weil die Sommersonne den ganzen Tag über gnadenlos auf das Bootshaus gebrannt und ihre Bude direkt unter dem Dach zu einem stickigen Ofen aufgeheizt hatte.

Aber ihre Gedanken rasten noch immer. Im Gegenteil steigerte sich die finanzielle Misere in ihrer Fantasie höher und höher bis hin zum totalen Ruin. Sie drückte ihr Gesicht ins Kissen, da sich die Sorgen über ihre Unabhängigkeit in ihre Seele fraßen. Nach einigen Momenten strampelte sie sich die Schuhe von den Füßen, drückte sich ein weiches Kissen in den Nacken und tastete nach der Fernbedienung. Um auf andere Gedanken zu kommen, zappte sie sich durch die Radiostationen. Aber keiner der Songs vermochte ihre Aufmerksamkeit länger als einige Sekunden zu fesseln, schließlich schaltete sie das Gerät aus.

Während sie in die Küche schlich, wusste sie, was ihre Stimmung aufheitern würde. Sie schloss die Kühlschranktür mit der Hüfte, zischte ein Bier auf und leerte die Hälfte in einem Zug. Dann schaute sie die Dose in ihrer Hand nachdenklich an und nickte vor sich hin. Schließlich schluckte sie den Inhalt ganz weg, wischte sich mit dem Handrücken über den Mund, drückte die Dose platt und warf sie in die Sammlung unter der Spüle.

Seit einiger Zeit hatte sie es sich angewöhnt, ohne Alkohol einzuschlafen. Jetzt aber überlegte sie kurz, griff zur Flasche auf der Ablage und setzte *Johnny Walker* an. Ein Fingerbreit musste reichen. Noch während sie durch den Flaschenboden die Deckenlampe betrachtete, wurde ihr klar, ihren Traumjob würde sie nicht auf dem Boden dieser Flasche finden. Aber *Johnny* begann augenblicklich seine magischen Kräfte zu entfalten, dafür trank sie das Zeug schließlich. Sogleich fühlte es sich an, als hätte sie eine Fackel verschluckt, welche die schlechten Gedanken wegbrannte und die Nervenenden betäubte. Sie genoss, wie sich wohlige Wärme in ihr ausbreitete und der tiefen Enttäuschung dieses Tages etwas von ihrer Kälte nahm. Endlich setzte sie die Flasche ab.

In letzter Zeit hatte sich der Korken immer seltener gelöst, nur dann und wann, bei allergrößter Verzweiflung.

Nun fühlte sie, wie die Pulle ihre Hand abkühlte.

»Was soll's.«

Mit geübtem Schwung setzte sie die Flasche wieder an.

2

Es klingelte etliche Male. Nach einer kurzen Pause hämmerte jemand mit den Fäusten gegen die Tür.

Die Decke hing größtenteils auf den Boden gestrampelt von der Matratze, Palmer lag mit dem Gesicht nach unten auf dem Bett, quer und alle viere von sich gestreckt, die nackten Füße über den Bettrand hinaus, als sie mühsam die verklebten Lider aufsperrte. Die linke Hüfte schmerzte, ihre Vernunft war gelähmt. Aber in den tiefsten Winkeln ihres Gehirns verstand sie: Drückt jemand die Glocke und klopft, dann wartet ein Mensch an der Tür und will zu dir.

Shit. Wieso riefen die Leute nicht an, bevor sie vorbeikamen?

Sie zog sich die Decke über den Kopf, am liebsten hätte sie weitergeschlafen. Als ihr dies aber auch nach etlichen Minuten nicht gelang, raffte sie sich auf, obwohl längst niemand mehr die Klingel drückte.

Bezüglich Kater brachte Palmer einiges an Erfahrung mit. Da hatte sie schon Schlimmeres erlebt als heute. Dennoch dröhnte der Kopf, und sie hatte das Gefühl, keine Sekunde geschlafen zu haben. Geträumt hatte sie erst recht nicht, wahrscheinlich wegen des Alkohols, der dafür sorgte, dass man auf tieferer Ebene dämmerte, unterhalb jener, auf der Träume abliefen. Sie spürte, heute würde sie den ganzen Tag über ein oder zwei Schritte neben sich stehen, falls sie nichts dagegen unternahm.

In der Küche warf sie zwei *Aspirin* ein, neigte ihren Kopf zum Spülbecken und schluckte direkt ab dem Hahn eine gehörige Portion Wasser. Dann genehmigte sie sich einen, nur einen einzigen, dafür großen Schluck *Johnny*. Dies war das Großartige: Nicht nur das Gift, sondern auch das Gegengift lieferte dieselbe Flasche. Endlich atmete sie tief ein und harrte mit angehaltenem Atem eine ganze Weile aus. Als sie endlich die Luft ausstieß, fühlte sie sich besser. Sie starrte auf den Rest Whiskey in der Flasche. Schließlich gab sie sich einen Ruck, zögerte, nahm einen entschlossenen letzten Schluck und leerte die Flasche in den Ausguss.

Nachdem sie Sachen aus dem Schrank gesucht und ins Bad getragen hatte, schmiss Palmer die getragene Wäsche in die Maschine, wo die Shorts und Shirts anschließend flatschten und patschten, während sie unter der Dusche stand. Das kühle Nass perlte über ihre Haare, sie griff nach dem Limonenduschgel, und der frische Duft arbeitete gegen die Nebel in ihrem Kopf, während sie den Schaum auf sich verteilte. Dann stützte sie sich an der Wand ab und ließ den Wasserstrahl auf ihre Haut prasseln, bis sie sich annähernd wieder wie ein Mensch fühlte.

Sie rubbelte den ganzen Körper trocken und betrachtete sich im Spiegel. Eine Nacht lang hatte sie das Gesicht im Bettzeug vergraben, jetzt zeichneten sich Falten der Textilien auf ihrer Wange ab, welche auch die ausführliche Dusche nicht ganz hatte beseitigen können. Bevor sie in Erwägung ziehen konnte, es mit einer Creme zu versuchen, griff sie zur Zahnbürste und schrubbte sich drei Minuten lang Zähne und Zunge, bis sie sicher war, auch den letzten Rest von Alkoholgeschmack und nächtlichem Absturz besiegt zu haben. Sie öffnete die kleine Tür des Spiegelschranks und wählte unter der ansehnlichen Armee von Mundwassern ihren treuesten Soldaten. Das Zeug brannte mehr als ein *Stroh 80* auf Ex und war Palmers Allzweckwaffe für solche Fälle. Mit Zahnhygiene hatte sie einen Spleen. Okay, es gab schlimmere Angewohnheiten, wie sie letzte Nacht eindrücklich bewiesen hatte.

Anschließend wickelte sie noch zwei Kaugummis aus dem Alu und schob sie in den Mund. Zwei, weil ihr gerade Zahlen viel ästhetischer schienen als ungerade. Sie zog sich ein Shirt über den Kopf. Erst auf dem einen, dann auf dem anderen Fuß hüpfend, schlüpfte sie in die sauberen Jeans. Kauend und mit tropfenden Haaren betrat sie die Terrasse und legte beide Hände auf das raue Holz der verwitterten Brüstung. Zum Schutz vor der Morgensonne kniff sie die Augen zusammen und hörte, wie das Wasser glucksend zwischen den Ufersteinen ans Ufer schlug. Ein letzter Rest feuchter Nachtluft strich kühl über ihre nackten Füße.

Sie spürte einen Stich im Herzen, so sehr hatte sie sich auf den neuen Job gefreut. Die Bilder des Gesprächs mit diesem mittelschwer überheblichen Kerl kamen wieder hoch. Je länger sie darüber nachdachte, umso mehr kam sie zu dem Schluss, dass sie von Anfang an keine Chance gehabt hatte. Dem Mann hatte wohl das eine oder andere an ihr nicht gepasst, irgendwas. Dass sie zwei Minuten zu spät gekommen war, hatte er dann zum Anlass genommen, ihr daraus eine Absage zu basteln. Wenn man länger darüber nachdachte, war es geradezu lächerlich. Er legte angeblich Wert darauf, dass man Wichtiges von Unwichtigem unterschied. Einem Menschen in Not zu helfen oder auf die Minute pünktlich zu einem Vorstellungsgespräch zu erscheinen, da gab es eigentlich keinen Diskussionsbedarf. Eigentlich!

Nach etlichen weiteren Momenten der vergeblichen Rückwärtsanalyse mit stets demselben Ergebnis klatschte sie beide Hände flach auf das Holz, zog hörbar die tanggeschwängerte Seeluft ein, marschierte ins Wohnzimmer, griff nach der Fernbedienung und fläzte sich aufs Sofa, nicht ohne ein unterschwelliges Gefühl von Versagen, das sich jetzt für Palmers Geschmack zu energisch meldete. Sie schob es beiseite und konzentrierte sich auf den Bildschirm.

Sogleich knallte die Headline von *Tele1* viel zu hell in ihre Augen.

Überfall auf Party!

Palmer war direkt bei den stündlich wiederholten Nachrichten des Vortags gelandet. Die Sprecherin schaffte es nicht, ihre freudige Aufregung im Zaum zu halten, als sie in ernstem Ton erklärte: »Der High-Society-Juwelier Thomas Diethelm ist bekannt für seine extravaganten Sommerpartys für seine Stammkunden. Kriminelle haben die diesjährige Veranstaltung im *Schlosshotel Gütsch* überfallen und allen Gästen Schmuck und Luxusuhren abgenommen. Auch haben die Täter die Vitrine mit einer millionenteuren Weltneuheit aufgebrochen. Diethelm hat sich zur Wehr gesetzt und nach der Waffe des Angreifers gegriffen. In der Rangelei hat sich ein Schuss gelöst. Eine Kellnerin, die laut Augenzeugen Diethelm zu Hilfe eilen wollte, wurde dabei getroffen. Ärzte kämpfen zurzeit in einer Notoperation um ihr Leben. Die Täter sind mit Motorrädern unerkannt durch den Gütschwald entkommen. Der Einsatz der Polizei wurde erschwert durch ein Fahrzeug, mit dem die Täter die Zufahrt zum Hotel blockiert hatten. Zum Wert der Beute wollten sich weder Diethelm noch die Polizei äußern. Aber dem Vernehmen nach soll der Schaden in die Millionen gehen. Bei ihrem Einsatz hat die Polizei das Gebiet großräumig abgeriegelt, was einen Stau in der gesamten Innenstadt ausgelöst hat. Um zu verhindern, dass jemand den Überfall filmte, haben die Täter die Handys der Besucher eingesammelt. Trotzdem ist es einem Gast gelungen, uns Aufnahmen des Vorfalls zuzuspielen. Bitte entschuldigen Sie die mangelhafte Bildqualität.«

Palmer richtete sich auf, schob die Fernbedienung auf den Sofatisch, stützte sich mit den Ellbogen auf den Knien ab und starrte gebannt auf die verwackelten Bilder.

Die Kamera schwenkte langsam über den ganzen Hotelgarten mit vielleicht 120 Leuten. Gläser klirrten,

Loungemusik plätscherte, eine Dame in langem Abendkleid warf den Kopf in den Nacken und lachte laut. Aus den Gesprächsfetzen verstand man kein Wort. In freudiger Laune tauschten zwei Herren Visitenkarten aus, ein anderer in edlem Zwirn hielt einen imaginären Telefonhörer ans Ohr und signalisierte »ruf mich an« quer durch den ganzen Schlosshof. Die Aufnahme schwenkte weiter zur Security, einem Glatzkopf mit dunkler Sonnenbrille und Knopf im Ohr. Die rechte Hand hielt er um das linke Handgelenk gelegt und blickte starr über die Gesellschaft.

Palmer sah eine Bewegung am Bildrand. Im Hintergrund drängte sich ein schwarz maskierter Mann durch die Gruppe der Gäste. Zwischen den Lachern hörte man erste Schreie, zerbrechendes Glas, eine Männerstimme fluchte. Das Bild schnellte ruckartig zum Himmel, um sich dann in rasendem Tempo um die eigene Achse Richtung Steinboden zu drehen. Dann hüpfte das Gerät offensichtlich über den Untergrund, das Bild wurde schwarz, die Aufnahme stoppte.

Wieder erschien die Sprecherin.

»Der Schwanenplatz in Luzern ist bloß ein kleiner Fleck und trotzdem der Ort, wo weltweit die meisten Luxusuhren verkauft werden. Touristen aus der ganzen Welt, insbesondere Gäste aus China, erstehen hier ihre edlen Zeitmesser in Schweizer Qualität. Denn zusätzlich zu ihrer Uhr erhalten sie nicht nur ein Echtheitszertifikat, sondern auch die Gewähr, dass nicht nur die Uhr, sondern auch das Zertifikat über jeden Zweifel erhaben ist. Diethelm besitzt keines der Geschäfte am Schwanenplatz, sondern arbeitet äußerst erfolgreich mit einem anderen Geschäftsmodell. Er bringt mechanische Luxus-Armbanduhren im Direktverkauf an seine betuchte Klientel. Hierfür empfängt er diese in einem Prunkappartement. Als besondere Aufmerksamkeit überlässt er die Suite seinen Kunden auf Wunsch sogar kostenlos für einige Tage. Und einmal im Jahr begrüßt er den gesamten Kundenkreis aus dem In- und Ausland zu einer rauschenden Party. Unbestätigten Berichten zufolge geht die Polizei zurzeit von fünf schwarz maskierten und bewaffneten Angreifern aus. Unserem Mann vor Ort ist es gelungen, aus der Ferne folgende Szene zu drehen.«

Nun flimmerten unverwackelte Aufnahmen über den Bildschirm. Schaulustige standen unbeteiligt am Absperrband und gafften auf die weiße Schlossanlage. Die Kamera schwenkte zum Rosengarten und zoomte alles so nah, bis man erkennen konnte, wie da und dort Menschen in Schutzanzügen auf dem Boden kauerten und mit Pinzetten jeden kleinsten Dreck eintüteten.

»Thomas Diethelm wollte sich für ein Interview vor der Kamera nicht zur Verfügung stellen. Aber wir konnten ihn kurz per Telefon erreichen. Hörbar geschockt hat er erklärt, die Polizei habe seine Gäste gebeten, ihr bei der Suche nach den Tätern zu helfen und sämtliche Videoaufnahmen zur Verfügung zu stellen.«

Als lediglich noch Aufnahmen des Schlosses aus der Ferne folgten, machte Palmer den Fernseher aus und wunderte sich über die Aggressivität dieser für das beschauliche Luzern außergewöhnlichen Gewalttat.

Ihr Magen knurrte und erinnerte sie daran, dass Whiskey entgegen anderslautende Thesen doch nicht zu den Grundnahrungsmitteln zählte. Zumindest nicht über einen längeren Zeitraum gesehen. Sie rieb sich die Stirn und quälte sich aus ihrer bequemen Position in die Küche. Ohne große Erwartungen zog sie die Kühlschranktür auf, aber wie gestern schon angenommen gab das Sortiment im Inneren abgesehen von zwei restlichen Bierdosen bestenfalls noch eine *Bloody Mary* her. Keine Milch, Eier schon gar nicht. In der ganzen Küche fand sie weder Kaffee noch Brötchen, nicht mal im Tiefkühler. Ein Verbrechen. Was war nur los mit ihr, dass sie nicht mal ihre Kaffeevorräte im Blick hatte? Dabei war Kaffee eindeutig lebensnotwendig, und Palmer ließ da auch keine anderen Meinungen gelten. Während sie nochmals jeden Schrank öffnete und sogar die Gewürzdosen beiseiteschob in Hoffnung auf eine vergessene Packung des aromatischen Pulvers, fiel ihr ein, dass sie gestern hatte einkaufen wollen. Warum hatte sie sich nicht zusammengerissen und war noch mal losgelaufen? Stattdessen hatte sie sich die Kante gegeben, in Selbstmitleid und Enttäuschung gebadet, wofür ihr das Leben anscheinend heute Morgen obendrauf den Mittelfinger zeigen wollte.

Aber ohne Kaffee ging bei Palmer gar nichts. Wenn er auch keinen Kater vertrieb, immerhin weckte Kaffee den Geist. So behalf sie sich heute mit einem Schwarzteebeutel, den sie vorhin in einer Schublade aufgestöbert hatte. Sie warf ihn in eine Henkeltasse, füllte kaltes Wasser ein, stellte die Tasse in die Mikrowelle und wartete mit wippendem Fuß. Wie üblich stoppte sie das Gerät bei zwei, kurz bevor der Timer ganz runtergezählt hatte, und fühlte sich, als wäre es ihr gelungen, gerade eben noch eine Bombe zu entschärfen. Vorsichtig hob sie die dampfende Tasse heraus und an die Nase. Sie schnaubte angewidert, das Getränk roch nach vier Jahren Küchenschrank, also kippte sie es dem guten alten *Johnny* hinterher in den Ausguss. Sie warf einen Blick auf die Uhr und dann Richtung Wohnzimmer, aber die Entscheidung war bereits gefallen. Ein Frühstück und vor allem Kaffee am Bahnhofplatz waren es wert, sich aus der Wohnung zu quälen. Danach konnte sie noch das Nötigste einkaufen, was ihr sicher helfen würde, die üblen Gedanken an das gestrige Einstellungsgespräch zu vergessen.

Der Fußmarsch dem Seeufer entlang zum Bahnhofplatz tat ihr gut. Der Geruch von algenbedeckten Steinen und Wasser, vermischt mit der leicht feuchten, herrlich frischen Luft klärte ihren Geist, und die Bewegung baute spürbar die Stresshormone in ihrem Körper ab. Einfach mal eine Weile Abstand von der Tristesse ihrer Wohnung, in der leere Flaschen davon zeugten, dass sie nichts auf die Reihe bekam – ja, das würde ihr guttun. Vielleicht würden ihr so ganz neue Ideen kommen.

Ihre Laune hatte sich deutlich gebessert, als sie sich kurz darauf in der Morgensonne an einen der Bistrotische setzte, die alle schön an der Fassade entlang aufgereiht standen, zur Straße hin ausgerichtet wie zu einer Bühne.

Sie kannte die Bedienung seit Jahren, erhielt deshalb den Espresso bereits serviert, kaum hatte sie sich hingesetzt, unerwarteterweise jedoch begleitet von der Bemerkung, die Haselnussschnecke gehe heute aufs Haus. Palmer nickte zum Dank und lächelte zum ersten Mal an diesem Morgen.

Sie lehnte sich zurück und zog den geliebten Duft frisch gebrühten Kaffees ein. Anschließend gab sie sich mit geschlossenen Lidern den Sonnenstrahlen hin und gönnte sich bereits mit dem zweiten Bissen das saftige Herz der Haselnussspirale. In diesem Boulevardcafé liebte sie das hektische Treiben vor ihrer Nase. Menschen, die in Wellen aus dem Bahnhof schwappten oder in ihren Wagen über den Platz schossen. Welch ein augenfälliger Kontrast zum gemächlichen Umfeld ihrer Wohnung im Bootshaus des Ruderklubs.

Ein Schatten schob sich vor sie und nahm ihr die Sonne. Palmer hob den Kopf in der Annahme, die Bedienung wäre zurückgekommen, aber dem war nicht so. Sie blinzelte.

»Sie müssen mir helfen«, flehte die unbekannte Frau, die Palmer im Gegenlicht nur schemenhaft erkennen konnte.

»Hallo, die Lady. Danke gut, und Ihnen?« Palmer

gönnte sich einen Schluck Espresso und stellte die Tasse auf den Teller zurück.

»Dieser Schweinehund will meine Schwester umbringen.«

Auf dem Weg zum Mund verharrte Palmers Schnecke in der Luft.

»Bedaure, dies zu vernehmen. Aber für Probleme dieser Art ist die Polizei zuständig.« Palmer schob sich den Rest des Gebäcks in den Mund, leckte sich die klebrige Glasur von den Fingern und wischte sich diese an der Innenseite des Hosenbeins trocken, da die Serviette vorher bei einem Windstoß davongeflattert war.

»Das interessiert die Polizei doch gar nicht. Gestern hat mir der Einsatzleiter auf der Hauptwache kurz zugehört und versichert, sie würden in alle Richtungen ermitteln. Heute aber hat er mich nur abgewimmelt. Die sind mit ihren Nachforschungen noch keinen Millimeter weiter.«

»Gute Dame. Will jemand Ihre Schwester umbringen, sind Sie bei mir sicher an der falschen Adresse. Ich bin Warenhausdetektivin.«

Gut, sie wäre eine Warenhausdetektivin gewesen, hätte der Depp mit Anzug und Superman-Haarlocke sie gestern nicht um den fast sicheren neuen Job gebracht. Palmer unterdrückte den Impuls, ihre nun leicht schwitzigen Handflächen nochmals an der Hose abzuwischen.

»Jeder kennt Sie hier. Sie sind Palmer, Sie unterstützen Frauen in Not, wenn ihnen sonst niemand hilft. Die

Zeitungen waren voll davon. Mehr als einmal. Durch Rumfragen weiß ich, Sie trinken fast jeden Morgen Ihren Espresso hier.«

»Genau das ist der Punkt. Wiederholt habe ich mich eingemischt und bin dabei fast draufgegangen.« Sie sah der Frau in die Augen. »Nein. Bei allem Verständnis für Ihre Notlage. Ich lasse mich nicht nochmals in irgendeinen traurigen Mist reinziehen, der mich eigentlich nichts angeht. Sie entschuldigen.«

»Sie sind vorsichtig, das verstehe ich.«

Palmer schwieg.

»Aber Sie werden mich nicht los. Ich weiß, Sie werden mir helfen.«

»Sorry, habe leider keine Zeit. Ich muss mir dringend eine neue Arbeitsstelle suchen.«

»Kein Job? Dann haben Sie erst recht Zeit, mir zu helfen. Aus Zeitungsinterviews kenne ich Ihren Ehrenkodex. Sie können einer Frau in Not Ihre Hilfe nicht abschlagen.«

»Sie wissen gar nichts. Ich stecke selber in der Scheiße.« Sie rückte mit dem Stuhl etwas zur Seite und streckte mit geschlossenen Augen das Gesicht in die wärmende Sonne. Als Palmer nach einer Weile die Augen wieder öffnete, stand die Frau noch immer da.

»Sie werden mich nicht los. Das sagte ich doch.«

»Sie stehen da und wollen was von mir, ich weiß nicht mal, was. Aber zwei Dinge weiß ich: Mir dröhnt der Kopf, und seit Sie mich angesprochen haben, wird es schlimmer.«

»Ich heisse Hannah. Hannah Bischof. Ich benötige Ihre Hilfe. Bitte.«

Palmer neigte sich auf ihrem Stuhl nach vorne, um die Frau besser im Blick zu haben. Sie ging auf die 40 zu, wies einen verbitterten Zug um die Mundwinkel auf und Ringe unter den grünen Augen, die aber leuchteten vor Entschlossenheit. Palmer wusste, jede Enttäuschung hinterließ ihre Spuren, und diese Frau sah aus, als hätte sie zahlreiche davon durchlebt. Sie musste etwas kleiner sein als Palmer und halbwegs schlank. Alle Rundungen saßen an den richtigen Stellen, soweit Palmer dies erkennen konnte, denn Hannah trug ein weites, knöchellanges graues Kleid mit roten Blumen drauf, dazu Ledersandalen, von Make-up keine Spur. Der Pagenschnitt ihres dunklen Haars wirkte etwas aus der Mode gekommen, darin zeigte sich das erste Grau.

Hannah machte einen Schritt zur Seite und trat Palmer wieder in die Sonne.

»Gestern haben Kriminelle die Party des Uhrenhändlers Diethelm überfallen. Dabei ist eine Kellnerin niedergeschossen worden. Susa, meine Schwester. Sie liegt im Koma. Die Polizei ist der Ansicht, der Schuss hätte Susa nur versehentlich getroffen. Aber Diethelm, dieser Schweinehund …«, sie lachte abschätzig, »… ich sage Ihnen, das war Absicht.« Ohne ein Wort der Zustimmung oder Aufforderung von Palmer abzuwarten, schob sie sich auf den zweiten Stuhl an Palmers Tisch. »Der ist kein Lämmchen. Fragen Sie mal seine zweite Ex-Frau.«

Palmer hätte gerne wissen wollen, ob es Hannah gewesen war, die heute Morgen bei ihr geklingelt und sie geweckt hatte. Aber sie ließ es bleiben. Ändern konnte sie es eh nicht mehr.

»Hören Sie, das mit Ihrer Schwester tut mir leid. Trotzdem muss ich auf die Polizei verweisen. Eine Frage trotzdem: Wie kommen Sie darauf, Diethelm hätte Ihre Schwester mit Absicht niedergestreckt? Die Medien haben das anders dargestellt. Der Schuss habe sich im Kampf um die Waffe gelöst.« Sogleich hätte sich Palmer ohrfeigen können. Mit dieser simplen Frage hatte sie sich aktiv ins Gespräch eingeklinkt. Nun, sie würde der Frau einige Momente lang ihr Ohr schenken und dann die Unterhaltung anständig beenden.

»Erst hat er meine Schwester geschwängert, dann hat er sie versetzt. Seither ist sie nicht mehr an ihn herangekommen. Er hat jedes Treffen verweigert. Auch will dieser reiche Schweinehund für seinen Sohn keinen Rappen zahlen. Genügend Geld hätte er ja. Und die besten Anwälte. Er sitzt am längeren Hebel, Susa ist zu unbedeutend. Ein Kampf von David gegen Goliath.«

»Um sie tatsächlich mit Absicht abzuknallen, wie hatte er wissen können, auf dieser Party Susa anzutreffen? Eben noch haben Sie gesagt, er wäre ihr strikt aus dem Weg gegangen. Für mich nicht stichhaltig. Und weshalb hätte er sie umnieten sollen? Wenn er für den Sohn nicht zahlen will, müsste er nicht die Mutter, sondern den Sohn umbringen. Aber dann vor all seinen Gästen als Zeugen? Und ins Gefängnis marschieren, nur um keine Alimente zu zahlen? Nein. Glaube ich nicht.«

»Helfen Sie mir, Susa zu beschützen. Diethelm wird den Mordversuch wiederholen. Vorausgesetzt, sie überlebt die Schussverletzung.« Sie biss sich auf die Unterlippe und kämpfte sichtlich mit den Tränen. »Weshalb glaubt mir keiner? Ich bin heute wieder zum Krankenhaus gefahren. Man hat mich nicht zu ihr vorgelassen, sie ist noch immer nicht aufgewacht.« Ein Schluchzen kam aus ihrer Kehle, und Palmer wusste, dass ihre Mauer gleich massiv bröckeln würde. »Und vor der Tür steht nicht mal ein Wachmann. Dabei gibt es doch sicher eine Videoüberwachung, die meine Darstellung bestätigt. Ich sage Ihnen, der wollte sie töten.«

Palmer schloss kurz die Augen.

Großartig.

»Nenn mich Palmer, ich sag' Hannah.« Sachte legte sie ihre Hand auf Hannahs Unterarm und tätschelte ihn. »Reden tut gut. Aber Hilfe musst du bei der Polizei anfordern.«

Hannah atmete kurz und stoßweise.

»Solange die Polizei keine Indizien für deine Anschuldigungen findet, kannst du von ihr nicht erwarten dazwischenzufahren.«

Mit Daumen und Zeigefinger kniff Hannah die Nasenwurzel zusammen. »Nein, nein, nein«, sagte sie flehend vor sich hin. »Susa hat damals auf Diethelm gesetzt, einen Mann. Was ist dabei herausgekommen?

Er hat sie verarscht. Du bist Palmer, du bist eine Frau, die Frauen hilft. Wenn ich auf der Wache aussage, sehe ich schon ihre Gesichter vor mir. *Wieder so eine Hysterische, die sich was einbildet.* Ja, ich kann hören, was sie denken. Die Männer. Ich werde alles tun, damit Susa überlebt. Und auch Lenny. Er ist 17 und leidet unter einem Vitium Cordis.«

»Was ist *das* denn?«

»Das ist einer der vielen Wege Gottes, uns zu zeigen, wie sehr er die Menschen liebt.« Sie lachte kurz, es klang fast wie ein Husten. »Lenny leidet an einem angeborenen Herzfehler. Sein Herz-Kreislauf-System ist in seiner Funktion eigeschränkt, versorgt den Körper nicht mehr ausreichend mit Sauerstoff. Seit Geburt schwächelt er. Ständig ist er müde, jede Tätigkeit ist ihm zu anstrengend. In den letzten Jahren hat sich sein Zustand stetig verschlechtert. Jetzt ist er sogar ans Bett gefesselt. An den meisten Tagen schafft er es nicht mal bis zur Toilette. Und dann hat er überdies noch diese seltene Blutgruppe. Kriegt er nicht bald ein Spenderherz, stirbt er.« Sie krallte die Finger in ihr Kleid und ließ den Kopf sinken.

Eine Sache begriff Palmer nicht, aber gerade als sie Hannah fragen wollte, brüllte ein Motorrad so ohrenbetäubend vorbei, dass sie erst einige Augenblicke warten musste.

»Wieso hat sie Diethelm auf der Party besucht? Der widmet doch seine Zeit dort erst recht nicht Susa, wenn er mit ihr auf Kriegsfuß steht.«

»Susa hat über Jahre erfolglos seine Hilfe erfleht. Er ist seit Lennys Geburt jeglichem Kontakt ausgewichen, Susa ist einfach nicht an ihn herangekommen.« Sie rieb sich die Augen, aber Palmer konnte die Tränen sehen, die sofort nachströmten. »Lenny benötigt dringend diese Herzoperation. Dafür hat sie ihn inständig um Geld bitten wollen.« Hannah schüttelte energisch den Kopf und rang sichtlich um Fassung. »Nein. Zufall war das nicht. Nach Jahren trifft sie das erste Mal auf Diethelm, und er schießt sie gleich über den Haufen. Susa war so verzweifelt und am Rande ihrer Kräfte, dass sie keinen anderen Weg mehr gesehen hat, als sich Geld von ihm zu beschaffen, auf Biegen und Brechen. Ihr als Alleinerziehender fehlen jegliche Mittel. Susa hat Diethelm schließlich nicht gebeten, eine Niere oder so zu spenden.«

»Wenn Susa im Krankenhaus liegt, wer sorgt denn jetzt für Lenny?«

»Die beiden sind schon vor Längerem bei mir eingezogen. Wir haben ein Bett für Lenny in mein Arbeitszimmer gestellt, Susa nimmt das Sofa. Früher hat Susa in einem Restaurant bedient, heute arbeitet sie nur noch Teilzeit in einer Kita, um sich intensiver um Lenny kümmern zu können. Ihr Geld reicht schon lange nicht mehr für eine eigene Wohnung. Wohl oder übel sorge ich jetzt vermehrt für meinen Neffen.«

»Selber hast du keine Kinder?«, fragte Palmer, um sich etwas vom Thema zu lösen.

»Das fehlte gerade noch. Kinder sind bloß ein Mittel der Männer, Frauen in die Abhängigkeit zu drängen. Nein, Lenny reicht mir.«

Palmer schob das Geld für den Kaffee neben die Tasse, und während sie sich die Sonnenbrille auf der Nase zurechtrückte, erhob sie sich.

»Hannah, hat mich gefreut, dich kennenzulernen. Ich hoffe, das kommt zu einem guten Ende mit deiner Schwester. Leider muss ich jetzt los, einige Einkäufe erledigen.«

»Wir haben denselben Weg.«

Palmer wunderte sich, da Hannah gar nicht wissen konnte, welche Richtung sie einschlagen würde. Als sie aufbrach, trippelte Hannah wie selbstverständlich neben Palmer her.

Ein heftiger Windstoß zerzauste Hannahs Frisur, während laut vernehmbar die Titelmelodie von *Star Wars* ertönte. Hannah riss die Augen auf und blieb schlagartig stehen.

»Warte«, meinte sie zu Palmer, die jedoch unbeirrt weitermarschierte. Im Hinterherstolpern kramte Hannah umständlich das Handy aus ihrer Strohtasche. »Lenny?« Geschockt starrte sie zu Palmer. »Scheiße, nein, Lenny!« Hannah rannte los. »Komm mit«, schrie sie Palmer zu.

3

»Was ist passiert?« Als Palmer Hannah fragte, blickte sie bloß in ein panisch verzerrtes Gesicht.

Die beiden hetzten die stark befahrene Straße hoch und überquerten den Pilatusplatz bei Rot. Palmer stockte der Atem, als eines der Fahrzeuge mit quietschenden Reifen knapp vor ihnen zum Stillstand kam.

Sie bogen rechts in die Zähringerstraße ein und eilten zwischen den Wohnhäusern und den geparkten Fahrzeugen vorwärts, während Hannah es schaffte, im Spurt die Schlüssel aus ihrer Tasche zu fischen.

Als sie das Treppenhaus betraten, schlug ihnen eine angenehme Kühle entgegen, und das Licht ging automatisch an. Ein starker Geruch nach Kernseife kitzelte Palmers Nase, als sie hinter Hannah in den zweiten Stock hoch hastete. Die Wohnungstür schlug scheppernd an die Wand, dann stürmte Hannah in Lennys Zimmer. Hier lag der Junge, drückte sich mit weit aufgerissenen Augen die Sauerstoffmaske auf Mund und Nase und füllte seine Lungen so hastig und tief er konnte.

»Ich rufe den Notarzt!« Hannah fingerte nach ihrem Handy und ließ es dabei fallen.

»Ich mache das.« Palmer hatte ihr Telefon schon in der Hand und entsperrte es, als sie sah, wie der Junge schwach die Hand hob und ein Zeichen gab. Nach einigen Atemzügen sank Lennys Arm ermattet auf die Decke, und die Gummimaske rutschte aufs Kissen. Völlig entkräftet bewegten sich einzig seine Augen in Richtung von Hannah, die sich bleich an der Wand abstützte.

»Hast du Schokoladeeis mitgebracht?« Lennys Lippen formten sich zu einem erschöpften Lächeln.

Hannah schluchzte auf und ließ sich auf die Bettkante sinken. Sie schlug die Hände vors Gesicht, ihr Brustkorb bebte. Jetzt küsste sie den Jungen auf die Stirn und legte schließlich ihren Kopf auf seine Brust.

»Zu viel Zucker in Schokoladeneis, weder vegan noch laktosefrei.« Mit dem Unterarm wischte sie sich die Wange trocken, während Lenny die Augen verdrehte, zu Palmer blickte und mit den Schultern zuckte.

»Schokolade gewinnt man aus der Kakaobohne, ist also praktisch ein Gemüse«, belehrte er Hannah. »Und keiner isst mehr Schokolade als die Schweizer, trotzdem hat keiner einen niedrigeren Body-Mass-Index, und keiner wird älter in ganz Europa.«

Kluges Kerlchen, dachte Palmer und nickte Lenny zu.

»Trinkst du nicht lieber ein Bier?«, fragte Palmer.

Aber Lenny sah schüchtern weg, bevor er ihr Lächeln erwiderte. Dafür hob Hannah entsetzt den Kopf.

»Lenny ist 17.«

»Eben.« Palmer neigte ihren Oberkörper zu Lenny und tätschelte dessen Arm. »Hallo, ich bin Palmer. Du brauchst also ein neues Herz.«

Lenny hob seine Hand leicht an, was Palmer als Aufforderung auffasste, sie zu drücken.

Der junge Mann tat Palmer leid, wie er da ans Bett gefesselt lag, bei lebendigem Leib gefangen.

Sie schwiegen die nächsten Momente, und Palmer fragte sich, in welche Geschichte sie sich hier hatte hineinziehen lassen. Immerhin hatte sie dank Hannah ihre eigenen Probleme für einige Minuten vergessen.

Noch während sie ihren Blick nicht von der erbärmlichen Gestalt und dem durchsichtigen Plastikschlauch lösen konnte, legte sich plötzlich ein strahlendes Lächeln auf Lennys Gesicht. Dabei stellte er auffallend gleichmäßige Zahnreihen zur Schau, während sich seine dunkelblonden schulterlangen Haare wie hingeworfen auf dem Kissen ausbreiteten. Sie waren so lang gewachsen, dass er wohl ständig den Kopf mit einem Ruck zur Seite schleudern musste, um etwas zu sehen.

Die Sonne spiegelte sich im offenstehenden Fenster und beleuchtete sein bleiches Gesicht. Fragend hob er die hellen Augenbrauen und blickte mit seinen wachsamen Augen, eher blau als grau, zu Palmer.

Ein bemitleidenswerter, aber hübscher Junge, dachte Palmer wenn auch etwas gebrechlich, jedenfalls scheint er größer und erwachsener als erwartet.

Palmer erkannte bereits Falten in seinen Mundwinkeln, zu tief für einen 17-Jährigen, und in seinen Augen lag die merkwürdige Mischung aus langem Leid und dadurch früh erworbener Reife.

Ein Bein seiner verwaschenen Trainingshose war nach oben verrutscht und ließ seine knallrote Socke hervorblitzen. Er trug ein schwarzes T-Shirt mit *Darth Vader*-Aufdruck.

»Schokoladeeis also?«, fragte Hannah und herzte ihn. »So schnell änderst du also deine Meinung. Gestern erst hast du noch einen anderen wichtigsten Wunsch gehabt.«

»Please.« Lenny grinste etwas schmerzlich.

»17 und noch ungeküsst.«

»Doppelplease«, entfuhr es ihm, dabei schlug er zärtlich, aber kraftlos mit dem Handrücken gegen Hannahs Arm, und ein schwaches Lächeln kräuselte seine Lippen.

»Wenn du immer sofort zuschlägst, dann wird das nie was mit einer Freundin.« Sie strich ihm die Strähne aus dem Gesicht. »Dann endest du missgelaunt und griesgrämig.«

»So wie du?«, entgegnete Lenny. Aber sogleich schien ihm diese Spitze sichtlich leidzutun und er legte seine Hand auf Hannahs Arm. »Liebend gerne hätte ich jemandem mein Herz geschenkt.« Er zuckte mit den Schultern, dann las er aus Palmers Gesichtsausdruck, dass sie die Ironie in seinen Worten verstanden hatte. Aber gleich verfinsterten sich seine Züge.

»Wie geht's Nasus?«

»Unverändert ernst. Bis vor einer halben Stunde ist sie noch nicht zu Bewusstsein gekommen.«

Tränen traten ihm in die Augen, und seine Unterlippe zitterte. Zärtlich strich Hannah über seine Wange.

»Nasus?« Palmer blickte zu Hannah. »Vorhin hast du deine Schwester noch Susa genannt.«

»Lenny nennt meine Schwester Nasus. Du musst wissen, unser Vater war ein Spaßvogel. Meine Schwester hat er Anna-Susanna getauft und mich Hannah. Du kannst dir vorstellen, wie praktisch.«

»Beides Palindrome.« Palmer nickte anerkennend. »Vorwärts und rückwärts gleich geschrieben.«

Vor Erstaunen bekam Hannah den Mund nicht zu.

»Du kennst sogar den Fachbegriff?« Einen Moment lang behielt Hannah ihren verdutzten Gesichtsausdruck.

»Mein Großvater hatte eine Schwäche für Palindrome«, erklärte Lenny mit schwacher Stimme, bevor er sich die Atemmaske noch einmal auf Mund und Nase drückte für einen tiefen Zug reinen Sauerstoffs. »Er ist aufgewachsen oberhalb von Brienz, auf der *Planalp*, selber schon ein Palindrom. Einen Traktor hatten sie damals keinen, sondern ein *Reittier*. Merkst du was?« Er lächelte stolz. »Und weißt du, mit welchem Job er seine Familie durchgebracht hat? Er hat bei einem Discounter das *Regallager* betreut.«

Auch jetzt brauchte Palmer keine Sekunde, um den Ulk zu durchschauen. Sie wandte sich an Hannah.

»Lenny benötigt also ein Spenderherz. Aber die Chancen, eins zu kriegen, sind verschwindend gering wegen seiner äußerst seltenen Blutgruppe?«

Aber Hannah schüttelte den Kopf, als weckte sie sich aus fernen Gedanken.

»Frag Lenny, ein richtiger Experte. Ich rufe mal im Krankenhaus an. Vielleicht gibt's gute Nachrichten.« Sie erhob sich und schritt hinaus.

»AB negativ – diese verdammt seltene Blutgruppe ist das Einzige, was ich von meinem Vater habe. Um ein Herz zu verpflanzen, muss der Empfänger zwingend dieselbe Blutgruppe aufweisen, sonst funktioniert das nicht.« Lenny lächelte bitter. »Bevor man ein Spenderherz überhaupt zum Empfänger fliegt, prüft man, ob damit alles in Ordnung ist. Um keine Zeit zu verlieren, errechnet das Computersystem bei *Eurotransplant* in den Niederlanden, für wen dieses Organ passt und wer auf der Warteliste dieses Herz am allerdringendsten benötigt. Für die ganze Untersuchung und den anschließenden Transport bleiben insgesamt nur vier Stunden. Spender und Herz dürfen also nicht allzu weit voneinander entfernt sein. Darüber hinaus müssen Größe und Gewicht des Empfängers in etwa mit denen des Spenders übereinstimmen, denn das Herz musste bereits beim Spender gewohnt sein, die beim Empfänger benötigte Leistung zu erbringen.« Er atmete einige Male tief durch. »Auch muss der Empfänger genau jetzt soweit gesund sein, sonst wird ihm das Herz nicht einpflanzt. Macht er beispielsweise grad an einer Lungenentzündung rum, kriegt ein anderer dieses Organ.«

»Obwohl da einer vielleicht schon Monate oder Jahre drauf wartet?«

Ermattet schloss Lenny die Augen und gab sich einige Sekunden, bevor er fortfuhr.

»Ja. Das Herz geht nicht nur zum Patienten mit der höchsten Dringlichkeit, sondern auch zu dem mit der größten Überlebenschance. Kämpft ein Patient noch gegen eine andere Krankheit, ist sein Körper eh schon angeschlagen und übersteht die Transplantation schlechter als ein ansonsten Gesunder. Weiter musst du wissen, jeder Mensch hat ein Immunsystem, das den Körper vor fremden Eindringlingen wie Viren und Bakterien schützt. Deshalb will dieses Abwehrsystem das eingepflanzte Organ abstoßen. Folglich muss der Empfänger ein Leben lang Medikamente schlucken, um das Immunsystem zu unterdrücken, damit es das Organ nicht sofort bekämpft.«

Er sah Palmer eindringlich an. Als sie wortlos nickte, fuhr er fort. »Was die Blutgruppe betrifft, ist hier die Gefahr der Abstoßung am größten. Die Blutgruppe muss dieselbe sein.«

Er tastete nach der Sauerstoffmaske und nahm einige Züge. Als er fortfuhr, vernahm Palmer in seiner Stimme einen gereizten Zug. »Da es innerhalb aller Blutgruppen zu wenige Spenderherzen gibt, habe ich erst recht keine Hoffnung mehr, dass irgendwo ein Mensch mit meinem seltenen Blut mir eine passende Pumpe spendet.«

Mit seinen Fingern trommelte er auf die Decke. »Es ist ein Wettlauf gegen die Zeit. Bald sterbe ich.«

Er fuhr sich mit beiden Händen durch die Haare und wischte mit dem Handrücken den Schweiß von der Oberlippe. »Nur ein Prozent der Menschen hat meine Blutgruppe. Das heißt, nur ein Prozent aller gespendeten Herzen kommt für mich überhaupt infrage.«

Seine Hand schlug auf die Decke, der Mund nahm verhärtete Züge an. »Die Schweizer sind nicht gerade spendierfreudig. Nur wenige füllen das Spenderformular aus. Und ich liege blöd hier rum und vergeude meine Zeit. Dabei wüsste ich viel Besseres zu tun.«

Er holte Luft und fuhr dann wesentlich ruhiger fort. »Interessanterweise hat der Mangel an Spenderherzen auch noch andere Gründe. Die Verkehrssicherheit nimmt zu, dadurch gibt es einfach zu wenige Tote auf der Straße.« Er nahm einen tiefen Zug reinen Sauerstoffs. »Weißt du, der Gedanke, dass erst einer sterben muss, damit ich überleben kann, hat mich zu Beginn enorm belastet. Noch heute leide ich mit all den Angehörigen, die jeweils einen Menschen verlieren.« Er bedachte Palmer mit einem langen Blick. »Von Zeit zu Zeit habe ich Phasen, da bin ich mir nicht mal sicher, ob ich überhaupt ein fremdes Herz will. Aber dann spüre ich große Dankbarkeit all den Spendern gegenüber, die ihre Entscheidung getroffen haben und ihr Herz nach dem Tod einem anderen Menschen überlassen und ihnen helfen, weiterzuleben. Ich meine, was will ein Toter mit seinen Organen, wenn diese doch Leben retten könnten?« Er seufzte, bevor er tief einatmete. »Weißt du, wenn du den ganzen Tag einzig diese Zimmerdecke zu sehen kriegst, erkennst du den Widerspruch hinter diesem System. Bevor du ein Herz bekommst, muss es dir hundeelend gehen. Aber genau dies verschlechtert dann die Erfolgschancen der Transplantation.«

Palmer fühlte mit ihm. Sie erinnerte sich, ihrer Mutter hatte man damals kein Spenderorgan zugeteilt, da ihre Überlebenschance als viel zu gering eingestuft worden war aufgrund ihrer Krebserkrankung. Diese hat sie dann tatsächlich hinweggerafft. Die Medikamente gegen die Abstoßung blockieren die Immunabwehr. Diese Abwehr wäre aber nötig gewesen, um die Krebszellen zu unterdrücken. Palmer spürte einen Klumpen im Magen. Der Gedanke an den Tod ihrer Mutter drückte ihr Tränen in die Augen.

Gequält verzog Lenny das Gesicht. »Ich habe nicht mal genügend Kraft, wütend zu sein, dass ich keine Aussicht auf ein gesundes Herz habe. Dabei gibt es Leute, denen es noch schlechter geht als mir. An guten Tagen schaffe ich es zu lesen oder am Laptop im Bett zu chatten. Bei mir ist ein Spenderherz zurzeit nur dringlich.« Er blickte zum Nachttisch, wo sein Handy neben der Lesebrille auf dem aufgeschlagenen Physikbuch ruhte. Schockiert starrte er Palmer in die Augen, warf seine Hand zum Buch und verschob es soweit, bis es das kosmische *Kamasutra*-Buch, das darunter lag, besser verdeckte. Wobei er Glück hatte, dass bei seiner spontanen Aktion sein geöffneter Laptop, der ebenfalls obendrauf lag, nicht runterrutschte und auf den Boden knallte. »Es ist beschissen. Damit ich Aussicht auf ein Herz habe, muss es mir noch mieser gehen. In der Fachsprache ›höchste Dringlichkeit‹. Die erreiche ich erst, wenn sie mich auf der Intensivstation an alle Schläuche anschließen. Jedes Mal, wenn mein Handy klingelt, schrecke ich zusammen und frage mich, ob die Klinik anruft, weil sie endlich ein passendes Organ für mich gefunden haben. Ich hoffe auf das Glück, dass mir jemand sein Herz schenkt. Jedenfalls steht mein Köfferchen seit Jahren bereit.« Sein Blick glitt zu einem dunkelbraunen Rollkoffer neben dem Fenster. »Pyjama, Toilettenartikel, Latschen, Unterwäsche. Und Bücher. Alles Sachen, die ich brauche nach erfolgreicher Operation. Wenn die mich vom Unispital Zürich anrufen, werde ich bereit sein. In Luzern setzen sie keine Herzen ein.«

Palmer stand da und fühlte etwas, das ihr sonst weitgehend unbekannt war: Hilflosigkeit. Sie wusste nicht, was sie sagen sollte, was angemessen wäre angesichts dieser Ausweglosigkeit.

Einen Moment lang starrte sie Lenny nur an und nickte dann zustimmend, dabei drängte sich in ihr das Bedürfnis hoch, einfach zu flüchten, das Zimmer zu verlassen. Ein feiger Gedanke, sie wusste es, aber das hier war fast zu viel für sie. Sie drückte ihr Kreuz durch, während ihre Blicke durchs Zimmer wanderten. Wo Palmer ein Poster des Fußballklubs Luzern erwartet hatte, schaute Albert Einstein von der Wand. Mit weit aufgerissenen Augen und verstrubelten Haaren streckte er dem Betrachter die Zunge raus.

»Astrophysik ist dein Wunschtraum?«

»Nein. Aber als Ingenieur werde ich das erste künstliche Herz entwickeln, das vollkommen selbstständig wie ein natürliches im Leibesinnern arbeitet und das von keinem Körper abgestoßen wird.« Wie aus Trotz seiner hoffnungslosen Situation gegenüber schob er den Unterkiefer vor. »Täglich wird es sieben Tonnen Blut durch den Körper pumpen. Mein eigenes schafft heute nicht mal zwei.« Er biss sich auf die Unterlippe und zögerte. »Nachts ist die Angst zu sterben am schlimmsten. Auch meine Mutter tut deswegen kaum mehr ein Auge zu.«

Als er dies sagte, fiel Palmer in seinen Augen eine Traurigkeit auf, die ihr bis dahin entgangen war.

»Ich befürchte, wenn ich sterbe, wird auch das Leben meiner Mutter beendet sein. Es ist die Hoffnung auf ein Spenderorgan, die sie am Leben hält. Sie sagt, sie will alles unternehmen, um mir zu einem neuen Herzen zu verhelfen.«

»Du sprichst an auf ihren Besuch bei der Party deines Vaters?«, fragte Palmer mit belegter Stimme. Aber Lenny antwortete nicht, betrachtete stattdessen das Windspiel mit echten, bedrohlich wirkenden Glasaugen, die an Fäden zappelten, da ein Luftstrom durchs offene Fenster hereinquoll und sie anstieß.

»Leider keine Neuigkeiten aus dem Krankenhaus. Susa geht's noch keinen Deut besser.« Hannah setzte sich zu Lenny auf die Bettkante, beugte sich vornüber, als plagten sie Magenschmerzen, und vergrub ihr Gesicht in den Händen. Nach einigen Augenblicken drückte sie Lenny einen Kuss auf die Wange, bevor er sich ihr entzog. Als sie den Kopf schräg hielt, erhaschte sie einen Blick auf den Buchrücken des *Kamasutra*.

»Liegt dieses blöde Buch noch immer hier rum?« Sie verlagerte ihr Gewicht noch stärker auf die Hände, neigte ihren Oberkörper ganz nach vorne und blickte Lenny tief in die Augen.

»Was kann ich dafür, dass für deine Geschmacksrichtung bisher niemand einen ebenbürtigen Leitfaden geschrieben hat.« Er verdrehte die Augen, während er sprach.

»Ich frage mich, wie wir dich aus diesem Zimmer an die Sonne kriegen.« Palmer hatte gesehen, wie an Hannahs Schläfe eine Ader zu zucken begann, deshalb versuchte sie, das Gesprächsthema in eine weniger belastete Richtung zu bewegen.

»Verdammt, du hast gut reden. Ihr Gesunden meint, ich liege hier nur zum Spaß faul rum.«

4

Lenny atmete gehetzt, deshalb wartete Palmer, bis er wieder zur Ruhe gekommen war.

»Wie genau hat denn Susas Plan ausgesehen?«

»Letztes Jahr sind die Klatschspalten voll gewesen von Diethelms High-Society-Party, deshalb hat sich

Susa rechtzeitig beim Hotel als Bedienung für die diesjährige Veranstaltung beworben. Ihre Idee war, unerwartet vor ihm aufzutauchen, um an ihn ranzukommen. Sie wollte endlich mal mit ihm sprechen, ihm, wenn nötig, eine Szene machen.«

»Ihn um Geld anflehen. Ja, so viel habe ich verstanden. Aber angenommen, es hätte geklappt: Wie könnte sein Geld dir ein neues Herz verschaffen?«

Lenny hob kapitulierend die Hände und schwieg, während es Palmer langsam dämmerte.

»Moment. Dich mit Geld an die Spitze der Empfängerliste zu rücken, bedeutet, jemanden zu bestechen. Ihr habt sie doch wohl nicht alle.« Sie wedelte mit ihrer Hand so heftig, dass die durch die Sonne sichtbaren Staubpartikel in der Luft tanzten. »Verdammt.« Sie presste die Lippen aufeinander und fühlte, wie ihre Wangen vor Wut heiß wurden. »Seid ihr kriminell oder was? Jemanden zu schmieren, ist alles andere als in Ordnung. Zudem schnappt ihr einem anderen Patienten das Herz vor der Nase weg. Was, wenn dieser deswegen stirbt? Und ich soll euch helfen? Da würde ich mich ewig schuldig fühlen.«

»So ist das nicht.« Lenny blickte Palmer eindringlich an. »Klar beabsichtigen wir nicht den Tod eines Kranken. Wärst du selber betroffen, kämen dir vielleicht noch ganz andere Gedanken. In meiner Situation kann vielleicht nur noch Geld etwas bewirken.« Mittlerweile klang er ziemlich gereizt. »Es herrscht ein riesiger Mangel an legal erhältlichen Organen. Viele auf der Warteliste sterben, bevor man ein passendes Organ findet.«

Palmer legte den Kopf in den Nacken und blickte Lenny über den Nasenrücken hinweg an. »Quatsch, das funktioniert nie. Die Empfängerliste wird international geführt, ein riesiger Apparat. Kein Geld der Welt würde reichen, um all die Leute an den Schalthebeln in ganz Europa zu bestechen. Abgesehen davon kann ich mir nicht vorstellen, dass sich auch tatsächlich jeder Einzelne schmieren lässt. Zumal ihr sicher nicht die Ersten seid, die das versuchen.« Palmer entfernte einen Fussel von ihrer Hose und blickte nach unten. »Schlagt euch meine Hilfe aus dem Kopf. Ich bin ein Fan von Fair Play. In jeder Hinsicht.«

Diese Worte schienen Hannah aufzuscheuchen, denn sie wandte sich jetzt Palmer zu. In ihrem Gesicht lag ein Ausdruck, für den Palmer keine beschreibenden Worte parat hatte. »Ein Todkranker hat nichts mehr zu verlieren. Verständlicherweise ist ihm dann fast jedes Mittel recht. Deshalb hat sich ein weltweiter Schwarzmarkt entwickelt. Reiche Menschen kaufen sich Organe in Entwicklungs- und Schwellenländern. In China kriegst du ein Alles-inklusive-Paket für das Organ eines Verkehrstoten, dessen Verpflanzung inbegriffen, für eine Viertel Million. Falls du das Geld aufbringst. Klar, illegal ist es hier wie dort. Die wissen schon, weshalb. Wie kann ein Krankenhaus die Operation sauber planen und den Empfänger auf Termin hin einfliegen, wenn man im Voraus noch gar nicht weiß, ob dann tatsächlich ein Verkehrstoter mit exakt passendem Herzen auf dem Schragen liegt. Welch ein Zufall. Vergiss nicht, es bleiben nur vier Stunden von Feststellen des Hirntods bis zur Verpflanzung.«

»Susas Idee mit Bestechung ist da viel humaner. Kein Mensch wird auf Bestellung von der Straße geraubt und ausgeweidet.« Lenny zuckte kläglich die Schultern, verfiel dann aber in Schweigen.

»Palmer, wie kannst du nur annehmen, wir wollten mit solchen Machenschaften etwas zu tun haben?« Hannah blickte Palmer ernst in die Augen. »Susas Plan war ein anderer.« Sie setzte sich zu Lenny aufs Bett.

»Viel Zeit bleibt dir nicht, und ich marschiere hier raus.«

»Auf der Spenderseite läuft dies wie folgt: Zwei erfahrene Ärzte stellen unabhängig voneinander den Hirntod des Patienten fest. Also null Aktivität messbar in Großhirn, Kleinhirn und Hirnstamm. Ein totaler, nicht behebbarer Ausfall. Bei unverletztem Hirnstamm kommt es vor, dass das Herz noch schlägt, beispielsweise nach einem Unfall mit zerstörtem Hirn. Ein Hirnschlag oder eine Hirnblutung mit tödlichem Verlauf kämen auch infrage.«

Palmer rollte den Stuhl vom Arbeitstisch zu Lennys Bett, setzte sich, verschränkte die Arme und lauschte mit zusammengepressten Lippen Hannahs Worten.

»Mit künstlicher Beatmung wird der Kreislauf in Schwung gehalten, damit das Organ keinen Schaden nimmt. Im Weiteren ist die vorausgehende Einwilligung des Toten zur Organspende notwendig. Oder jene der nächsten Angehörigen. Als Susa und Lenny dies im Internet recherchiert haben, ist ihre Zuversicht auf null gesunken. Ihnen war klar, diese strikten Regeln würden sie von außen kaum brechen können.«

»Was jetzt? Wo käme Diethelms Geld ins Spiel?« Palmer zog die Luft tief ein und erkannte, dass Lenny den Augenkontakt mied. »Ich will alles wissen.«

»Jetzt kommt's. Wir haben im Internet einen anderen Weg gefunden, auf der Empfängerseite. Ein Fall in Deutschland hat Aufsehen erregt. Die Ärztekammer hat sich damals rausgewunden mit dem Hinweis, keinem der Ärzte sei es ums Geld gegangen, und niemand habe sich bereichern wollen. Das Wettbewerbsdenken unter den Kliniken, das Streben nach Ruhm und Ehre habe zum ganzen Schlamassel geführt. Offenbar gilt die Transplantationsmedizin innerhalb der Ärzteschaft als Königsdisziplin.«

»Mach vorwärts.« Palmer schnaubte und wartete ohne geringste Spur eines Lächelns auf ihren Lippen.

Lenny suchte Palmers Blick, und die traurigen Augen des Jungen berührten etwas in ihr.

»Mein Leben hat bereits mehrmals am seidenen Faden gehangen. Ich war auf der Intensivstation der höchsten Dringlichkeit zugeordnet. Aber kaum ist es mir dann etwas besser gegangen, haben sie mich nach Hause geschickt. Schön und gut. Nur falle ich hiermit zurück in die einfache Dringlichkeit, sodass ein verfügbares Herz meiner Blutgruppe jemand anderem eingepflanzt wird. Aber: Es gibt da gewisse Medikamente. Verabreicht durch einen Arzt täuschen sie Analysewerte vor, die eine höchste Dringlichkeit ausweisen. Dies hat eine sofortige Aufnahme auf der Intensivstation zur Folge. Es geht noch einfacher. Der Arzt schreibt den Patienten sogar ohne Medikament bloß auf dem Analysepapier kränker, als er ist. Auch so rutscht er auf der Empfängerliste nach oben, ohne tatsächlich aus dem letzten Loch zu pfeifen. Alles nur vorgegaukelt. Auf diesem Weg brauchen wir bloß bei einem einzigen Arzt etwas nachzuhelfen.« Lenny rieb den Daumen am Zeigefinger und lächelte etwas hilflos. Gleichzeitig schien er in Palmers Gesicht nach einer anerkennenden Regung zu suchen. »Susas Plan war genau das. Mit Diethelms Geld.«

»Und ich soll euch nun bei diesem Bestechungsversuch helfen?« Angewidert stieß Palmer die Luft aus. »Hör zu, Hannah«, fauchte sie. »Eines stelle ich hier mal klar. Unter keinen Umständen lasse ich mich von dir in etwas Illegales reinziehen. Egal, wie rührselig eure Geschichte ist. Egal, wie unfair das Leben ist. Ich werde euch nicht helfen, Gott zu spielen.«

Hannah holte Atem, um zu antworten, aber Palmer gebot ihr mit erhobener Hand zu schweigen.

»Eben noch hast du behauptet, mich aus Interviews zu kennen. Dann wüsstest du auch, nicht nur bezüglich Gerechtigkeit, sondern auch bei der Einhaltung von Gesetzen gehe ich keine Kompromisse ein.« Es fiel Palmer schwer, nicht die Beherrschung zu verlieren.

»Nein, jetzt geht es nicht mehr um mein Herz, sondern um Susas Leben. Sie liegt im Krankenhaus und braucht deine Hilfe am allernötigsten. Hannah sagt, mein Vater will sie umbringen. Versprich mir, dass du sie beschützt. Einfach nur das. Tu nichts für mich, halte dich aus allem raus, aber beschütze meine Mutter.« Lenny atmete kurz und stoßweise.

Palmer schüttelte den Kopf mit fast geschlossenen Lidern. Aber ehe sie klipp und klar absagen konnte, kam ihr Hannah zuvor.

»Jetzt lass du uns nicht auch noch im Stich. Stell dir vor, Diethelm bringt Susa tatsächlich um und du hättest es verhindern können. Wie würdest du dich dann fühlen? Reiche Schweine können sich alles erlauben, und niemand unternimmt etwas dagegen. Nicht mal du.«

Palmer spürte ein dumpfes Pochen in der Brust. Hannah hatte ihre empfindliche Stelle getroffen. Palmer hatte schon immer Wert darauf gelegt, auf der richtigen Seite zu stehen. Konnte sie die Bitte abschlagen, einer Frau in Not zu helfen, wenn es niemand anderer tat? Würde sie nicht ihr eigener Ehrenkodex zur Hilfe verpflichten? Aber was, wenn das wieder bedeutete, in eine Straftat hineingezogen zu werden?

Bei diesem Auftrag ging es nicht darum, eine Straftat aufzuklären, sondern die Ermordung eines Menschen zu verhindern. Palmer kämpfte mit sich.

Schon mehr als einmal hatte sich Palmer gewünscht, sie hätte ein ganz durchschnittliches Pflichtgefühl, das sie einen völlig normalen Job ausüben ließ, um sich pünktlich um 17 Uhr in den Feierabend zu verabschieden. Auf einem kurzen Umweg ins Pub würde sie ein Bier heben, anschließend nach Hause schlendern und vor dem Fernseher die Füße hochlegen. Doch sie war aus anderem Holz geschnitzt. So funktionierte sie einfach nicht. Um eine Wahrheit an den Tag zu bringen, konnte sie sich völlig verbohrt in fremde Leben verbeißen. Etwas in ihr hielt es einfach nicht aus, jemanden in Not zu sehen.

Sollte sie Lenny und Hannah helfen? Palmer wog die Vorteile gegen die Nachteile ab. Falls sie den beiden half, mischte sie sich wieder in fremde Angelegenheiten ein. Das hatte sie bereits mehrmals beinahe das Leben gekostet. Aber sie hatte sich vorgenommen, sich auf nichts mehr einzulassen, das sie eigentlich nichts anging. Und sie hatte sich geschworen, ihr Leben nicht wieder aufs Spiel zu setzen. Beides hatte sie sogar Alex gelobt, ihrem Freund. Der würde sich das nicht bieten lassen, das wusste sie. Abgesehen davon hatte sie jetzt anderes zu tun. Sie musste dringend einen Job finden, wollte sie am Ende nicht auf fremde Hilfe angewiesen sein.

Sie stülpte die Unterlippe vor, klappte sie wieder ein und fasste einen Entschluss.

5

Es gab Gut, und es gab Böse. Palmer sah es als ihre Pflicht, als rechtschaffener Mensch dazu beizutragen, das Gute zu fördern und das Böse zu bekämpfen. Sie hatte sich gefragt, was für ein Mensch sie eigentlich war, dass sie einer Frau in Not ihre Hilfe verwehrte. Eine tiefe Entschlossenheit bemächtigte sich ihrer, da sie erkannt hatte, Lennys Bitte um Hilfe nachgeben zu müssen.

Du kannst rumsitzen und dich fragen, was in dieser Welt falsch läuft. Oder du kannst dich erheben und gegen Unmenschen kämpfen. Das Böse siegt, wenn die Guten gleichgültig zusehen.

Aber da war noch etwas, und Palmer konnte sich schmerzhaft in Lenny hineinfühlen. Auch sie hatte einen Vater, der sich zeitlebens keinen Deut um sie geschert hatte.

Also ließ sich Palmer Diethelms Adresse von Hannah aushändigen, und die drei tauschten ihre Handynummern aus.

»Ruf mich an, wenn dir etwas Wichtiges einfällt.«

»Alaska«, sagte Lenny.

Kaum hatte Palmer ihm durch ein Kopfnicken zu verstehen gegeben, sie habe sein »alles klar« verstanden, rang er wieder nach Luft und drückte sich die Maske ins Gesicht.

Palmer fühlte sich in dieser tragischen Situation völlig hilflos. Sie ertappte sich dabei, wie sie an seiner Stelle hastig ein- und ausatmete. Wie viel Zeit blieb Lenny noch? Niemand konnte das wissen. Aber seine Mutter sollte ihn noch zu sehen bekommen und nicht vorher von Diethelm beseitigt werden. Wenigstens das würde sie verhindern, wenn sie auch sonst nichts tun konnte.

Als sie am Nachmittag ihren Wagen Richtung Meggen lenkte, ließ sie sich den Fahrtwind bei offenen Fenstern über die Arme streichen und war dankbar für diese Brise, die vom See her wehte, denn eine Klimaanlage in dieser Karre würde wohl ein Wunschtraum bleiben. Persönlich hatte sie Sicherheitsgurte für ein Zeichen von Feigheit gehalten bis zum Zeitpunkt, als sie Alex kennenlernte. Seither überwand sie ihre Abneigung und legte sie um, auch wenn diese alten Dinger kaum passten.

Beim Museum *Verkehrshaus* gewährte sie einem schnittigen Elektrofahrzeug den Vortritt und staunte, wie leise diese modernen Autos rollten, im Gegensatz zu ihrem alten Datsun Pickup, klapprig, mit durchhängenden Federn, gebaut zu Zeiten, als Umweltschützer noch zum Stromsparen aufriefen. Während sich ihr Wagen die Kreuzbuchstraße hochkämpfte, begann der Motor zu stottern. Schweiß trat auf Palmers Stirn, sogleich sprach sie sich Mut zu. Diese Kiste hatte bereits mehrere Jahrzehnte durchgehalten, bevor ihre Mutter ihn gebraucht gekauft hatte, weshalb sollte er ausgerechnet jetzt schlapp machen? Kurz vor Meggen fuhr Palmer in die Haltebucht eines Busses und kramte ihr Handy hervor, um sich übers Internet einen Eindruck von Diethelm zu verschaffen, war aber enttäuscht, wie wenig sie über ihn fand. Dass er mit Luxusuhren handelte, hatte sie schon gewusst, über ihn als Privatperson war gar nichts herauszubekommen.

Von der Kreuzbuchstraße bog sie zu den top modernen Villen ein, entlang der Schwerzihöhe. Vor Diethelms Doppelgarage war noch Platz für einen zweiten Wagen, da nur ein Range Rover davorstand, auf dessen glanzpolierter Karosserie sich die Sonne spiegelte. In dieser Umgebung, wo sonst nur nagelneue Porsches und Jaguars vor den Garagen parkten, nahm sich ihre alte Karre eigenartig aus.

Als sie mit zwei Rädern auf dem Gehsteig stehend den Motor ausdrehte, lobte sie ihren Datsun und bedankte sich bei ihm. Sonst tat sie dies nur nach längeren Autofahrten. Die Federn ächzten, als sie ausstieg. »Hast du toll geschafft.« Sanft klopfte sie ihm aufs Dach.

Zum Schutz vor der Sonne hielt sie sich die Hand über die Augen und genoss zwischen Diethelms Anwesen und der noblen Behausung seines Nachbarn hindurch das Alpenpanorama, welches sich mit seinen weiß überzuckerten Bergspitzen gleich hinter dem Vierwaldstättersee erhob. Sie hatte sich nie darüber gewundert, weshalb so viele der reichsten Schweizer an dieser Südlage vor den Toren Luzerns wohnten. Eine topmoderne Villa grenzte an die nächste, jede um Individualität ringend, glichen sie sich im Endeffekt trotzdem. Stahl, Beton und Glas herrschten vor, und Palmer erriet, dass nicht nur beim Bau, sondern bereits bei der Planung ein Vermögen draufgegangen war. Irgendwie mussten halt die Millionäre zeigen, dass sie im Überfluss lebten. Palmer kannte den einen oder anderen, allerdings war ihr noch nie aufgefallen, dass sie glücklicher aussahen als die weniger Begüterten. Gekaufte Dinge füllten offensichtlich keine Löcher in der Seele.

Sie überlegte, wie sie Diethelm dazu bewegen sollte, überhaupt mit ihr zu sprechen, denn er hatte keinen Grund, ihr auch nur eine Sekunde zu widmen. Sie hatte ihre Ankunft telefonisch nicht angemeldet, denn er hätte nur auflegen müssen.

Von Hannah wusste Palmer, dass er nicht verheiratet, aber zweimal geschieden war. Mit etwas Glück würde Diethelm ihr persönlich öffnen, falls sich ein Geschäftsmann wie er tagsüber zu Hause aufhielt. Aber möglich war es immerhin. Diese eine Chance wollte sie beim Schopf packen und mit ihm reden, bevor er ihr die Tür vor der Nase zuschlug. Aber noch wusste sie nicht, wie sie ihn in ein Gespräch verwickeln sollte, um herauszubekommen, was genau er mit Susa im Schilde führte. Genau genommen zweifelte sie sogar daran, in dieser Geschichte überhaupt etwas herauszukriegen.

Sie sprach sich Mut zu. Immerhin hatte sie früher die Erfahrung gemacht, dass reiche Pinkel sich oftmals nicht für andere interessierten, sondern lieber von sich und ihren eigenen Leistungen erzählten. Darauf setzte sie, hier würde sie einhaken.

Nun witterte sie den Duft des Sommers, der von der Wiese unterhalb von Diethelms Quartier sachte heraufwehte. Sie spitzte die Ohren und lächelte, als sie das gezirpte Lied eines Buchfinks erkannte, allerdings gefolgt von dessen Alarmruf. Kurz darauf hörte sie den kleinen Vogel nicht mehr.

Unterhalb der Wiese streiften ihre Blicke die moderne Kirche von Meggen mit dem frei stehenden Glockenturm und dem beeindruckenden geometrisch strengen weißen Kubus. Die gesamte Kirche kam ohne ein einziges Fenster aus. Was von außen kühl wirkte, barg im Inneren ungeahnte Werte. Tageslicht schimmerte durch die Wände aus Marmor hindurch und erhellte den Raum. Die Stärke des Außenlichts schuf unterschiedliche Farbeindrücke.

Ohne ihre Körperhaltung zu verändern, richtete Palmer die Augen auf den Boden, denn sie erinnerte sich an das traurige Lichtspektakel in diesem Sakralbau während der Abdankungsfeier von Niki, der Sängerin in ihrer früheren Rockband. Ihre Miene verdunkelte sich, die Tränen hielt sie jedoch zurück. Am damaligen düsteren Tag hatte sich mitten in der Feier die Sonne durch die Wolken gekämpft und die Wände und den gesamten Innenraum der Kirche von einem Ockergelb in ein strahlendes Orange verwandelt. Damit wurde eine unvergessliche emotionale Wärme geschaffen und der Trauergemeinde etwas Trost geschenkt. Ein magischer Moment, der Palmer geholfen hatte, Linderung ihrer Trauer zu finden. Palmer war nicht gerade ein Mensch, der Trost in Bibelworten fand. Da waren zu viele Dinge, die sie nicht verstand und die ihr das Leben eher erschwerten. Beispielsweise hatte die Bibel sie gelehrt, die andere Wange hinzuhalten. Nur, Auge um Auge hatte sie dort halt ebenfalls gelesen.

Sie schüttelte sich die tristen Gedanken aus dem Kopf und wollte das Treffen mit Diethelm hinter sich bringen. Auf dessen Vorplatz schritt sie an einem knuffigen Schäfchen aus dunkler Bronze vorbei und erkannte an den verschiedenen golden schimmernden Stellen an dessen Kopf, dass wohl kein Kind dieses Schäfchen passierte, ohne dessen Ohren zu kraulen.

Während sie tief durchatmete, um zur inneren Ruhe zu kommen, wunderte sie sich über den hohen weißen Mast, an dem ganz zuoberst die Schweizer Flagge sachte im lauen Lüftchen wehte. Auch brach sich das Sonnenlicht im feinen Sprühnebel von Nachbars Rasensprenger und schuf einen winzigen Regenbogen.

Palmer schritt zwischen peinlich genau geharkten Kiesfeldern mit je einem kleinen Felsbrocken darin hindurch und dem einen oder anderen Bonsai außen herum. Bereits im Garten zeigte Diethelm, was er hatte. An der Tür drückte sie ihren Finger auf den Touchscreen und war sich sicher, dort drin versteckte sich auch eine Überwachungskamera. Im Innern erklang eine Melodie, und sie wartete. Nach einer halben Minute läutete sie noch einmal. Sie hatte sich fest vorgenommen, sachte ins Gespräch zu starten, was ihr aber nicht leichtfiel angesichts eines Millionärs, der auf seine Vaterpflichten pfiff und möglicherweise sogar seiner ehemaligen Freundin nach dem Leben trachtete.

Endlich klickte das Schloss, und in der geöffneten Tür kam ein Gesicht zum Vorschein. Die Dame war Mitte 20, vielleicht fünf Zentimeter größer als Palmer, drückte sich ein Handy ans Ohr und betrachtete Palmer mit dem Blick einer Frau, die mögliche Konkurrenz gesichtet hatte. Ihr Telefonat unterbrach sie nicht, sondern fragte nur nebenbei, was Palmer wolle. In ihrem Blick erkannte Palmer nicht mal die Andeutung eines Lächelns.

Schmal gezupfte Brauen wölbten sich über grünen Augen. Oder waren sie grau? Vielleicht kam es wie beim Ozean auf die Stimmung an. Ihr Mund unter der markant geschnittenen Nase war kunstvoll nachgezogen. Das ganze Gesicht hatte sie cremig geglättet und geschminkt ganz im Stil der *Kardashians*. Sie trug eine bronzefarbene Bluse, die den Ansatz ihres Busens erkennen ließ, aber nicht allzu viel davon. Ein goldenes Kettchen zierte ihr Dekolleté, nichts Aufdringliches, aber definitiv teuer. Sie war gut gebaut, aber etwas üppiger, als die aktuelle Mode vorschrieb, und sie trug teure Jeans, die an ihren Fußknöcheln zwei kleine Tattoos zur Hälfte verdeckten. Ihre nackten Füße hatte sie in goldglänzende High Heels gezwängt, mit so hohen Absätzen, dass sie gerade nicht mehr als bequem durchgingen. Auf jeden Fall sah sie toll aus. Allerdings hatte sie etwas zu viel von einem vermutlich teuren Parfüm aufgetragen, das Palmer nicht kannte.

Die Frau nickte mit ihrem Kinn in Palmers Richtung, am Ohr noch immer das Handy, das sie an einer Kordel um den Hals trug, so wie Leute von Welt dies seit Neuestem taten, wobei nicht immer klar war, wer hier wen an der Leine führte.

»Ich bin eine Freundin von Lenny und Sus…«

»Was wollen Sie?«

Als führe eine Messerklinge durch sie hindurch erstarrte sie in der Bewegung ihres Arms zu ihrer Hüfte, als Palmer die Namen erwähnte.

»Ich habe eine Frage an Lennys Vater.«

»Was gibt's da zu bereden?«

»Besser, ich bespreche das mit Herrn Diethelm persönlich.« Die Frau schwieg und überlegte, während sie Palmer mit einem angewiderten Gesichtsausdruck bedachte, der ihr jegliche Schönheit aus dem Gesicht wischte.

»Wen muss ich melden?«

»Darf ich reinkommen?«

Sie verdrehte die Augen, zögerte und erlaubte Palmer schließlich mit einer Bewegung des gestreckten Arms einzutreten. Auf dem kurzen Weg ins Wohnzimmer schaffte sie es, ihre honigblonden Locken, die ihr bis über die Schultern fielen, zweimal nach hinten zu werfen. Der unverputzte Sichtbeton der Hausfassade setzte sich im Inneren fort, und Palmer schien es, als würden die nackten Betonwände ihre Schritte als Echo zu ihnen zurückwerfen. Wie ein Mannequin schritt sie vor Palmer her, wobei sie einen Fuß direkt vor den anderen setzte und ihr Becken hin und her wiegen ließ, während ihr linker Arm in kurzem Bogen an ihrer Seite schwang. Mit der Rechten drückte sie ihr schwarzes iPhone knapp unterhalb der Brust an den Körper. Schließlich gab sie mit der flachen Hand Palmer zu verstehen, hier zu warten.

»Thomas, kommst du mal?« Das Gewicht auf einem Bein, die Hand an der Hüfte, blickte sie über die Schulter zurück, ganz wie es all die Models in den Zeitschriften vormachten. Gleichzeitig sprach sie gedämpfte Worte in ihr Smartphone.

Palmer überlegte, wie sie sich selber zu einem halbwegs überzeugenden Lächeln überlisten konnte, mit Bedacht auf den niederträchtigen Schweinehund, auf den sie gleich treffen würde. Sie blickte in den Salon, und es verschlug ihr beinah die Sprache. Mit der unverbaubaren Sicht auf See und Berge hätte man in diesem Raum Tennis spielen können. Nicht die obligatorische Sofalandschaft, sondern der riesige Kamin mit den drei Sesseln davor ließ Palmer vor Neid erblassen. Allerdings verstand sie, als sie sich umblickte, dass die Bewohner dieser Residenz es erfolgreich schafften, mit einem Perserteppich, einem aufgeklappten Globus im Antiklook, bestückt mit verschiedenen edlen Destillaten, Bauernschrank und Biedermeier-Sitzgruppe den ganz besonderen Charme dieses stylisch modernen Bauwerks zu neutralisieren. Und dann erst diese komplette Eisenrüstung, ganz als stünde ein mittelalterlicher Ritter unter gekreuzten Schwertern stramm

Wache vor dem Durchgang ins Wohnzimmer. In dieser riesigen Eingangshalle fühlte sich Palmer belästigt durch den konzentrierten Geruch einer Duftkerze, wo doch bei offenem Fenster die Sommerwiese so wunderbar geduftet hätte.

Aus dem Arbeitszimmer von der anderen Seite des Salons schritt ihr ein lächelnder End-50er in Designeroutfit entgegen. Sein weißes Hemd hatte er sich tadellos in die schwarze Hose gestopft, ein Ledergürtel hielt es an Ort und Stelle. Die üblichen Gewichtsprobleme der meisten Männer in seinem Alter kannte er wohl nicht.

Vielleicht hält er sich in einem Studio fit, dachte Palmer. Im Gehen zog er sich sein Jackett an, rückte die Krawatte zurecht und breitete seine Arme aus, als er ihr entgegenschritt.

Was für Menschen binden sich sogar zu Hause eine Krawatte um?, dachte Palmer. Vom Hals baumelte an einem Goldkettchen die Lesebrille, am linken Handgelenk guckte, halb verdeckt vom Ärmel, eine Golduhr hervor, jedoch keine *Rolex*. Palmer wusste, Leute mit wirklich viel Kohle verschwendeten diese nicht an eine *Rolex*. Zwar eine absolute Topmarke, aber zu viele Billigkopien prangten an den Handgelenken von Leuten, die sich nie im Leben eine echte leisten konnten. Palmer hätte ihn eher als sympathisch denn als gutaussehend bezeichnet, wenn auch für ihren Geschmack zu glatt und wohl auch zu bieder. Bemerkenswert war die Uhrmacherbrille auf seiner Nase, perfekt, um mechanische Zeitmesser zu reparieren. Allerdings schob er diese jetzt zur Stirn hoch, sodass sie sich vor dem kahlen, gut gebräunten Schädel wie eine Krone über den Augen ausnahm.

Palmer staunte, nie hätte sie erwartet, dass er höchstpersönlich Servicearbeiten an den edlen Dingern ausführte.

Erst als er vor ihr stand, erkannte sie, er war kleiner als die junge Frau, die Palmer die Tür geöffnet hatte, und die ihnen jetzt mit einigem Abstand beim Telefonieren den Rücken zudrehte.

»Thomas Diethelm.« Sein hervorstehender Adamsapfel hüpfte, als er Palmer mit seiner tiefen Baritonstimme überraschte, die sie an den Sänger *Rag'n'Bone Man* erinnerte, während er kräftig ihre Hand drückte.

Wie konnte er nur so guter Stimmung sein nach dem dramatischen Vorfall mit der Mutter seines Sohnes?

»Mein Name ist Palmer.«

Er nickte. »Freut mich. Kann es sein, dass wir uns schon mal begegnet sind? Ich kann mir Gesichter ziemlich gut merken.«

»Da muss ich Sie enttäuschen.«

Er schnippte triumphierend mit dem Finger. »Sie sind Chris Palmer, ich kenne Sie aus den Medien, stimmt's? Doch, doch, Sie erledigen die Arbeit der Polizei, wenn diese nicht mehr weiterweiß. Sie haben diese Sängerin gefunden. Wie hieß sie doch gleich? Sagen Sie's nicht. Es liegt mir … auf der Zun… Niki, so hieß sie. Niki Aschwanden.« Er strahlte Palmer an, als müsste sie ihn jetzt beglückwünschen. Palmer jedoch ging nicht darauf ein, und Diethelm nahm einen tiefen Atemzug durch die Nase, als würde er nachdenken. Endlich stimmte er mit einer Bewegung seines Kopfes zu. »Was führt Sie hier heraus nach Meggen? Wie kann ich Ihnen behilflich sein?« Diethelm rieb sich die Hände und nickte noch einmal.

Palmer dachte spontan, dies habe ihm vielleicht bereits beim Militär Erfolg gebracht. Dort sicherte man sich eine Beförderung am einfachsten dadurch, den Vorgesetzten glauben zu lassen, man wäre ein bisschen dümmer als er.

»Es geht um Lennys Mutter.«

Auf einen Schlag verschwand sein Lächeln, gleichzeitig verschränkte er die Arme vor der Brust.

»Tragisch, der ganze Vorfall.« Er blickte zu Boden, schüttelte den Kopf und stemmte seine Hände in die Hüften. »Der ganze Raubzug. Und dann wird auch noch ein Mensch verletzt! Wir waren wegen dieser Vorkommnisse auch heute Vormittag wieder bei der Polizei.«

Die junge Lady hatte sich inzwischen hinter Diethelm gestellt und machte sich daran, ihren Anruf zu beenden. Sie winkte dem Gesprächspartner zu, als sie sich von ihm am Telefon verabschiedete, drückte eine Taste und warf ihr Haar schwungvoll nach hinten.

»Habe ich richtig gehört, Sie sind Palmer?« Ihre Augen glänzten. »Eine echte Berühmtheit!« Sie schenkte Palmer ein erstauntes Lächeln.

»Hören Sie, dieser brutale Überfall, der war für alle nicht leicht.« Diethelm schien echt bewegt.

Palmers Herz setzte einen Moment aus, als unversehens ein gleißender Blitz ihre Augen blendete. Einen Wimpernschlag später erkannte sie, wie die junge Frau sich neben sie gestellt und mit ihrer Handykamera ein Selfie von ihnen beiden geschossen hatte.

»Lassen Sie das!« Palmer reckte ihr Kinn vor.

»Einen Medienstar kriegt man nicht alle Tage vor die Linse.«

»Tragisch, das mit Anna-Susanna.« Diethelm zog sich die Hose hoch. »Ich wusste nicht mal, dass sie dort im *Schlosshotel* arbeitet. Aber für mein Geschäft ist eine solche Gewalttat ganz schlecht. Diese Langzeitfolgen. Ich meine nicht den materiellen Schaden, das Ausstellungsstück ist glücklicherweise gut versichert. Nein, ich meine das Gerede, die Verunsicherung, die sich bei meinen Gästen einstellen könnte. Ka-tas-tro-phal, verstehen Sie?«

Palmer erkannte ein geplatztes Äderchen auf dem Nasenflügel, aber sogleich stach ihr etwas anderes ins Auge. Seine gut sichtbare Narbe auf der linken Wange. Ein Schmiss. Ihre Mutter hatte ihr diesen Brauch, als sie noch ein Kind war, erklärt. Nun bekam sie eine solche Narbe zum ersten Mal zu Gesicht. Früher hatte diese aus einem studentischen Fechtkampf davongetragene Schnittverletzung als typisches Erkennungszeichen eines Akademikers gegolten. Allerdings meinte ihre Mutter, solches sei seit Langem nicht mehr üblich, heute würde ein Schmiss nur noch dann und wann von Leuten präsentiert, die vorgaukeln wollten, sie hätten eine Universität besucht. Palmer überlegte, Diethelm später darauf anzusprechen.

»Ach, entschuldigen Sie bitte. Darf ich vorstellen? Aurelia Amberger, meine Assistentin.« Diethelm drehte sich zu seiner Begleiterin um. Aber diese warf den Kopf zu ihm herum und bedachte ihn mit einem wütenden Blick.

»Beruhige dich, okay? Ich bin doch gar nicht fertig.« Er wandte sich wieder Palmer zu. »Aurelia Amberger, meine Assistentin. *Und* meine Lebensgefährtin. Besser jetzt?« Die Frage galt Aurelia, aber bevor diese in irgendeiner Form seine Korrektur kommentieren konnte, fuhr er fort: »Aurelias Mitarbeit ist unbezahlbar. Sie weiß wunderbar, wie man die elektronischen Medien gewinnbringend einsetzt.« Er schenkte ihr ein anscheinend von Herzen kommendes Lächeln. »Als meine Social-Media-Managerin habe ich sie eingeführt in die Welt der Wohlhabenden, die sich meine Uhren leisten können. Ich gebe zu, ich mache mir nicht nur diese eine gute Eigenschaft dieser gerissenen Dame zunutze. Sie kreiert kurze und knackige Storys und bringt sie unter unsere Kunden, alles zielgerichtet, abgestimmt aufs Geschäft. Und sie schafft es ganz toll, auf schamloses Geschwätz in meinen professionellen Facebook- und Instagram-Konten zu verzichten.«

In Gedanken fragte sich Palmer, ob Aurelia hierfür einen privaten Account pflegte. Denn Palmer kannte die Foto- und Videoplattformen gut genug, auf der insbesondere junge Menschen die perfekte Version ihrer selbst posteten. Man zeigte nicht, wer man war, sondern wofür man sich hielt oder wofür die Leute einen halten sollten. Man präsentierte, was man gerade Tolles erlebte und die anderen nicht.

Aurelia musste dieses Kompliment in den falschen Hals gekriegt haben, denn sie stieß ein kurzes höhnisches Schnauben aus und drehte sich weg. »Ich schaffe dann mal die Marmorskulptur rein.«

Diethelm begann, Palmer seine Uhrenwelt zu erklären, ohne dass sie danach gefragt hatte. Aber sie wollte ihn nicht unterbrechen, seinen Redefluss abwürgen. Sie würde später zu jenen Themen steuern, die sie interessierten.

»Sie müssen wissen, kein Mensch braucht eine Luxusuhr. Die Zeit liest sich jeder kostenlos auf dem Handy ab. Aber genau das macht den Reiz meiner Schmuckstücke aus. Die Zeitanzeige ist bloß ein angenehmer Nebeneffekt. Die Armbanduhr ist das einzige Schmuckstück, das der Mann jederzeit tragen kann, ohne übertrieben aufgedonnert zu wirken. Der hohe Preis meiner Preziosen setzt sich zusammen aus dem Ansehen der Marke, deren bester Qualität, den verwendeten Materialien wie Gold, Platin und vielleicht ein paar Diamanten, der Handarbeit, der gestalterischen Schönheit, auch der Anzahl der Komplikationen, also der Zusatzfunktionen des Uhrwerks. Die Schweizer Uhrmacher sind Meister darin, eine Uhr komplizierter zu machen.« Er rieb sich die Hände. »Beim Preis spielt auch die Verknappung eine gewisse Rolle. Seltenes ist nun mal teurer.« Er lachte und klatschte in die Hände. »In Zeiten von Negativzinsen gönnt sich der Mann von Welt schon mal etwas Nettes, statt zuzusehen, wie sein Geld auf der Bank immer weniger wird. Eine repräsentative Wohnung haben meine Kunden alle schon, ein dickes Auto sowieso. Die einen investieren ihr Geld dort, wo es sich weiter vermehrt. Für die anderen komme ich ins Spiel und biete eine tägliche Freude beim Anblick ihrer Uhr am Handgelenk. Wobei der Wert der edelsten Modelle sogar noch zulegt, während man sie trägt.«

Palmer und Diethelm rissen den Kopf herum, als mit lautem Krachen die aufschwingende Haustür hinten an die Wand knallte.

»Ich stelle sie mal ins Wohnzimmer.« Aurelia trug unter Aufwendung aller Kräfte eine gut 60 Zentimeter hohe Marmorskulptur herein, ihre Arme fest um den Stein geschlungen. Palmer war beeindruckt, solch ein Gewicht schaffte nicht jeder Mann.

»Aber bitte zerkratz mir nicht den Tisch, ja?« Diethelm wandte sich wieder Palmer zu.

»Ein kleines Ferien-Souvenir aus … Mallorca.« Er biss sich auf die Unterlippe. »Das Geschäft läuft so gut, dieser eine Auslandsaufenthalt muss für uns dieses Jahr reichen.« Er sprach gemächlich und wählte seine Worte sorgfältig. »Luxusarmbanduhren haben längst ihre Funktion geändert zu wertvollen Schmuckstücken. Meine Käufer sind verliebt in deren inneren Werte, in die hochkomplexen mechanischen Kunstwerke. Sie sind gefesselt von der Seele des Räderwerks.«

Lass ihn reden, dachte Palmer, wollte es dann aber trotzdem etwas genauer wissen. »Bieten Sie denn Ihre teuren Uhren günstiger an als die Konkurrenz, damit Ihre Kunden bei Ihnen kaufen? Bei all den vielen Uhrenläden in Luzern.«

»Geht es um so exklusive Dinge, lieben es die Leute, ihr wertvolles Stück von jemandem zu erwerben, mit dem sie in einer freundschaftlichen Beziehung stehen. Das informative Gespräch von Mensch zu Mensch, das ist meine Stärke. Aurelia schafft dies über die elektronischen Wege. Mit ihrer wertvollen Hilfe biete ich nun beides.« Wieder zog er sich die Hose hoch. »Die Leute nehmen sich Zeit für die Uhr ihrer Träume und wollen im Detail wissen, was alles dahintersteckt, stellen viele Fragen, die wir dann beantworten. Aurelia bringt sogar neue Kunden zu uns. Und es lohnt sich tatsächlich, die Uhren bei mir zu kaufen, ich empfange sie in einem Appartement in bester Aussichtslage. Viele echt reiche Leute gehen nicht mehr in Läden, sondern bevorzugen die Diskretion einer Wohnung. Diese dürfen meine Kunden auch exklusiv nutzen für ihre privaten Zwecke. So spare ich Unsummen für Miete eines Geschäfts an teurer Passantenlage. Falls ein Kunde dies wünscht, organisieren wir ihm in dieser Wohnung ein Dinner, damit er seiner Freundin einen Heiratsantrag machen kann.« Er strahlte übers ganze Gesicht. »Von Gesetzes wegen stehen jedem Käufer in der Schweiz volle zwei Jahre Garantie zu. Ich aber biete fünf Jahre. Da unsere Uhren von so hoher Qualität sind, habe ich bisher erst ein einziges Mal so richtig teure Reparaturen beim Hersteller aus meiner eigenen Tasche berappt. Keiner toppt unsere Uhrenmarken: *Patek Philippe*, *Vacheron Constantin*, *Breguet*.«

»Ich muss gestehen, ich kenne keine dieser Marken.«

»Gerne führe ich Sie in diese wundervolle Welt ein.« Sogleich aber fiel sein Blick auf Palmers ausgelatschte *Converse*-Turnschuhe, und er geriet ins Stocken. »Was erzähle ich da. Das interessiert Sie doch gar nicht.«

»Doch, doch«, sagte Palmer schnell. Gleichzeitig ärgerte sie sich, da sie nicht wusste, wie sie einen eleganten Bogen spannen sollte zu ihrem eigentlichen Anliegen. Sie zögerte, aber nur kurz. »Wie war das nun mit dem Schuss? Es steht die Aussage im Raum, Sie wollten sich ein für alle Mal der Unterhaltspflichten an Susa entledig…«

Mit wegwerfender Bewegung schnitt er ihr das Wort ab.

»Susas Verletzung tut mir ausgesprochen leid, war aber nichts anderes als eine Verkettung unglücklicher Umstände. Habe ich der Polizei lang und breit erklärt. Hören Sie, was da mit Susa und Lenny ist, geht Sie wirklich nichts an. Ich frage mich, weshalb ich überhaupt nur eine Sekunde mit Ihnen darüber spreche.«

»Wenn Susa nichts zu befürchten hat, ist alles gut. Sollte sich das Gegenteil auch nur andeuten, kriegen Sie's mit mir zu tun.«

Er hob eine Augenbraue, um Palmer deutlich zu machen, wie ungewöhnlich ihre Aussage war.

»Erkenne ich da eine Drohung?« Verblüfft sog er Luft ein. »Aber wenn ich Sie damit loswerde: Wie hätte ich überhaupt wissen können, dass Susa auf der Party auftaucht? Ich habe sie nicht eingeladen. Sie hat sich offenbar gezielt für diesen Job beim Hotel beworben, ohne mein Wissen. Ich habe sie vor der Schussabgabe nicht mal gesehen. Erkannt habe ich sie erst, nachdem die Räuber abgezogen waren. Und dann soll ich im Kampf um die Pistole gezielt auf Susa geschossen haben? Glaubt doch kein Mensch. Und weshalb hätte ich dies tun sollen? Das tönt ja so, als hätte ich Susa gehasst. Im Gegenteil: Ich habe Susa geliebt. Damals. Aber diese Liebe war leider nur einseitig. Wenn einer Susa gehasst hat, dann einer ihrer Ex-Liebhaber. Der eine hat sie sogar bedroht. Was da genau war, weiß ich nicht und interessiert mich auch nicht. Auch wenn es Sie nichts angeht: Um Ihrem unsäglichen Verdacht ein Ende zu setzen, will ich Ihnen einiges erklären. Aber dann sorgen Sie dafür, dass Hannah schweigt.«

Als Palmer sich nicht regte, fuhr er fort.

»Ich weiß genau, dass Hannah hinter allem steckt. Hören Sie, seit seiner Geburt habe ich für Lenny bezahlt. Susa hat ihn mir in unserer kurzen Beziehung untergejubelt, wo sie doch glaubhaft behauptet hatte, sie nehme die Pille. Vielleicht ist Lenny nicht mal von mir. Aber okay, ich habe die Vaterschaft bei seiner Geburt anerkannt und bezahlt. Aber kriegen wird er auf ewig nur das Minimum.« Er schob seinen Unterkiefer vor.

»Einige Wochen nach der Geburt hat sich Susa einen Jüngeren angelacht. Das war's für mich.« Er ballte eine Sekunde lang die Fäuste. »Ich weiß nicht mal, was Susa von mir gewollt hat auf meiner Party.«

»Lenny hat erzählt, Susa habe Sie um Geld anflehen wollen, um ihm mittels Bestechung zu einem Spenderherz zu verhelfen.«

Er breitete die Hände aus und schüttelte den Kopf. »Leider muss Susa andere Mittel und Wege finden.«

»Das Mindeste, was Sie für Lenny tun können, ist einzuwilligen zur Organspende.«

»Sie wollen, dass die Ärzte mich nach meinem Tod ausschlachten wie ein altes Auto? Niemand hat ein Anrecht auf meine Organe, auch nicht mein Sohn.«

Palmer zog die Augenbrauen hoch. Immerhin sprach er die Worte *Lenny* und *Sohn* ohne zu stottern im selben Satz aus. »Lenny sieht sehr schlecht aus«, fuhr Palmer fort.

Er verzog gequält das Gesicht. »Wissen Sie, solche Herzprobleme mag ich niemandem gönnen, auch Lenny nicht. Aber sollte er sterben, kann ich mir meine monatlichen Überweisungen sparen.«

Unverwandt starrte Palmer ihn einige Sekunden lang an. »Ist es nicht eher so, dass Sie Lenny gar keine Alimente überweisen?«

»Quatsch, Lenny und Susa kriegen ihr Geld seit seiner Geburt lückenlos. Aurelia, zeig doch der Dame mal die Kontoauszüge mit den Überweisungen.« Diethelm machte einige Schritte in Richtung Wohnzimmer, wo

Aurelia mit dem Marmorungetüm verschwunden war, hielt dann aber inne und drehte sich auffallend langsam Richtung Palmer. »Moment mal. Das wird mir erst jetzt klar: Sie unterstellen mir, ich wolle Susa umbringen, um keinen Unterhalt an sie zu zahlen? Blödsinn. Wäre dies so, dann brauchte ich doch Susa gar nicht umzubringen. Ich müsste vielmehr Lenny aus dem Weg räumen. Die Unterhaltspflicht an Susa würde dann automatisch wegfallen.«

Palmer fühlte, wie ihr das Blut vom Hals aufstieg und ihr ins Gesicht schoss. Diethelm war nicht auf den Kopf gefallen. Auch Palmer hatte Hannah bereits im ersten Gespräch auf diese Unstimmigkeit hingewiesen. Umso heftiger schmerzte sie Diethelms lockere Abwehr. Es war blöd, ihm dies vorzuwerfen. Denn falls Diethelm tatsächlich einen Mord in Erwägung zog, um nicht weiter zahlen zu müssen, was für sich genommen schon ziemlich abwegig war bei seiner finanziellen Lage, dann hätte Lenny sinnvollerweise das Ziel seines Anschlags sein müssen. Kein Sohn, kein Unterhalt. Schließlich waren er und Susa nicht verheiratet. Damit wäre das Thema *lästiger Sohn* für ihn vom Tisch gewesen. Also warum Susa? Was, wenn Diethelm recht hatte und es steckte auf irgendeine Weise Hannah dahinter? Nur wie? Was sollte das alles? Diethelm zahlte also für Lenny und war bereit, das zu beweisen. Mehr noch, er hatte anscheinend nicht einmal auf einem Vaterschaftstest bestanden. Hätte er das nicht getan, wenn ihm so unglaublich wichtig war, nicht zu bezahlen? Wäre dann der Vaterschaftstest nicht vor dem vermeintlichen Mordanschlag der erste Schritt gewesen?

Nein, da stimmte eine ganze Menge nicht. So einfach und klar, wie Hannah sich das Ganze vorgestellt hatte, war es wirklich nicht. Palmer ärgerte sich über sich selbst. Sie war überhastet hergefahren, hatte unüberlegt und ohne ausreichende Planung gehandelt. Ein Anfängerfehler. Was war los mit ihr? Irgendwo, tief in ihr drin, meldete sich der Gedanke, dass der Schmerz durch die Parallele zum Schicksal ihrer Mutter sie bei diesem Fall vielleicht zu sehr beeinflusste. Sie musste sich zusammenreißen. Auch wenn sie jetzt erst mal eine Niederlage einzustecken hatte.

Palmer stand vor Diethelm wie eine Schülerin, die falsch an die Tafel geschrieben hatte, und biss die Zähne fest aufeinander, bis ihr Kiefer schmerzte.

»Falls Susa überhaupt um ihr Leben fürchten muss, dann sicher nicht meinetwegen«, fuhr Diethelm fort. »Bohren Sie besser in Susas Privatleben nach. Dort liegen einige Leichen vergraben. Bildlich gesprochen, versteht sich.« Seine rechte Augenbraue schoss in die Höhe. »Da läuft eine Frau von der Kaviarbar zufällig in die Schusslinie, und Sie machen daraus einen Mordversuch. Man könnte sagen, das ist reichlich mutig oder ziemlich dumm. Aber dumm sind Sie nicht, Palmer. Das wissen wir beide. Und wir wissen auch, dass Sie solche haltlosen Anschuldigungen nicht ungeprüft in die Welt hinaustragen, oder? Ja, ich denke, das werden Sie nicht. Dafür sind Sie zu klug.« Sein Blick ruhte auf ihr, er blinzelte nicht. Beide schwiegen. Mit ruhiger Stimme fuhr Diethelm fort. »Sie haben sich verrannt, und das trage ich Ihnen nicht nach. Sie haben sich von Hannah aufhetzen lassen, das kann passieren. Ich kenne die Frau, weiß, wie sie tickt. Ich frage einfach mal: Sollte es soweit kommen, dass ich sogar vor der Öffentlichkeit meine Unschuld beweisen muss, darf ich dann auf Sie zurückkommen? Würden Sie für mich arbeiten, um das Gegenteil zu beweisen? Gegen Honorar natürlich. Was sagen Sie?«

»Scheiße.« Ihr Herz hämmerte. »Das wird nie geschehen.« Mich von der Gegenpartei einspannen lassen? Ausgeschlossen, auch wenn er sich als nicht ganz so übler Kerl wie erwartet präsentiert hatte. Allerdings, seine monatlichen Überweisungen an Lenny und Susa würde Palmer erst noch nachprüfen. Dass er so begeistert ihr das alles hatte beweisen wollen, weckte inzwischen ihr Misstrauen. Diethelm war ein offensiver Typ. Wie er auf sie zugekommen war und sie dann vollgetextet hatte, nicht schlecht … Er hatte die Unterhaltung sofort auf eine andere Ebene gelenkt. Es konnte seine Persönlichkeit sein, dass er so agierte – oder es war Taktik.

Verdammt, Hannah hatte sie auf den Holzweg geschickt. Wenn er tatsächlich seinen finanziellen Verpflichtungen nachgekommen war, und das seit Jahren, dann war das ein starkes Stück. Palmer überlegte fieberhaft, wie sie sich aus dieser peinlichen Situation rauswinden konnte.

»Lenny sagt, er habe die gleiche Blutgruppe wie Sie. Wollen Sie nicht etwas Gutes tun für Lenny, gesetzt den Fall, Sie versterben bei einem Unfall? Sie könnten sich als Spender eintragen lassen und ihm mit Ihrem Herz ein neues Leben schenken. Ein Teil von Ihnen würde weiterleben.«

»Mein Herz spenden? Klingt romantisch. Wobei Lenny mir vor Jahren wirklich einmal einen Brief gesandt und mich gebeten hat, bei meinem Tod mein Herz ihm zu vermachen. Ich hatte gedacht, dieses Thema erledige sich von selbst, da es wohl ein Zufall wäre, hätte ich dieselbe Blutgruppe wie er. Also habe ich diese abklären lassen. Und tatsächlich weisen wir dieselbe Blutgruppe auf. Aber da eine Herzspende meinen Tod voraussetzt, habe ich ihm in einem kurzen Schreiben mitgeteilt, er müsse sich dies leider aus dem Kopf schlagen. Mit meinem Ableben will ich mich gegenwärtig nicht beschäftigen. Im Moment habe ich andere Probleme. Abgesehen davon, dass mich der Gedanke schockiert. Sein Gewinn nur gegen meinen Verlust.« Er lehnte seinen Oberkörper zurück. »Und was, wenn ich auf dem Operationstisch liege und mich die Ärzte für tot erklären und ausnehmen, da für eines meiner Organe von irgendwoher ein lukratives Angebot reingeflattert ist, während ich aber weiterleben könnte? Nee, dass ich mein Herz spende, können Sie von mir nicht erwarten.«

Entschlossen drehte er den Kopf weg, wodurch Aurelia in sein Blickfeld geriet. »Der Wievielte ist das heute?

Ich befürchte, deine zusätzlichen Pfunde bringst du nicht mehr runter«, blaffte er sie an, während sie das Stäbchen eines Lutschers im Mund drehte, auf seine Worte hin aber erschrocken innehielt.

Palmer konnte nicht abschätzen, von wie viel Liebe diese Beziehung erfüllt war. Aber vermutlich schaffte es Aurelia angesichts seines Vermögens, friedlich mit ihm zusammenzuleben, trotz seiner Ausfälligkeiten.

»Liebes, zeig' doch Frau Palmer meine Überweisungen an Lenny und Hannah auf E-Banking, damit wir dieses Thema endlich vom Tisch kriegen.«

»Das haben wir gleich.« Aurelia stöckelte in den Nebenraum, kam mit ihrem MacBook zurück, knickte im Stehen die Hüfte ein und balancierte das Ding auf dem linken Unterarm. Sie tippte ein wenig herum und stellte sich dann neben Palmer.

»Hier oben, sehen Sie? Thomas Diethelms Privatkonto. Und hier die letzte Überweisung an Anna-Susanna und Lenny Bischof. Wenn ich runterscrolle erkennen Sie bei jedem Letzten des Monats die Überweisung. Stets derselbe Betrag. Okay?«

Palmer starrte auf den Bildschirm, blieb jedoch die Antwort schuldig.

»So, das muss reichen.« Aurelia bewegte den Cursor zum roten Punkt und beendete *Safari.*

»Was soll das?« Palmer riss ihr den Laptop aus den Händen. Als Aurelia das Programm geschlossen hatte, war darunter Firefox sichtbar geworden und hatte die Sicht freigegeben auf Aurelias Schnappschuss mit Palmer.

»Sie haben Ihr Selfie mit mir auf Instagram gepostet?« Palmers Adern pulsierten. Noch bevor Aurelia den Laptop zurückerobern konnte, klappte Palmer das Gerät so kräftig zu, dass sich Diethelm ob des lauten Knirschens die Hand aufs Herz legte.

»Was haben Sie getan?« Alles Blut wich aus Aurelias Gesicht. Sie bedachte Palmer mit einem Mann-bist-du-blöd-Blick. Übervorsichtig klappte sie den Laptop auf. »Verdammt.« In ihren Augen sammelte sich Wasser. »Scheiße, der muss in Reparatur. Wie soll ich jetzt arbeiten?«

6

Noch vor Diethelms Haus zwängte Palmer ihre Hand in die engen Jeans, um sich ihr Handy aus der Hosentasche hervorzukramen. Gleich würde sie Hannah mitteilen, dass für sie diese Angelegenheit abgeschlossen war. Aus lauter Hilfsbereitschaft Lenny gegenüber und um einer Frau in einer echten Notlage beizustehen, hatte sie sich überreden lassen, Diethelm auf den Zahn zu fühlen. Inzwischen vermutete Palmer hinter Hannahs Behauptung, Diethelm schere sich einen Dreck um seinen Sohn und jedwede Unterhaltszahlung, eine großzügig frisierte Halbwahrheit, um Palmer dazu zu bringen, in der Sache tätig zu werden. Geschickt hatte sie Palmers Sinn für Gerechtigkeit angesprochen und sie in die Falle rennen lassen. Aber wozu? Hannah musste doch wissen, dass Palmer im Handumdrehen herausfinden würde, was wirklich Sache war, was an der Geschichte tatsächlich stimmte. Und dann? Was erwartete Hannah jetzt? Dass Palmer einfach weitermachte, weil sie jetzt eh schon an der Sache dran war? Nicht zu fassen. Palmers Gesichtszüge spannten sich an vor Zorn. Und sie wusste, ihre Stimme würde sehr entschlossen klingen. Aber als Palmer das Telefon entsperrte und Hannahs Nummer noch nicht mal gewählt hatte, vibrierte das Handy und meldete den Anruf von Hannah. Palmer ließ es einige Male klingeln, während sie sich in Gedanken eine eindeutige Ansage bereitlegte, dazu mit der festen Absicht, auf jegliche Begrüßungsfloskel zu verzichten. Endlich nahm sie den Anruf entgegen und hob das Handy ans Ohr. Sie öffnete den Mund, um loszulegen.

»Susa ist tot«, schrie Hannahs Stimme, gleichzeitig schrill und besorgt. »Hörst du?«

Palmers Mund stand weiterhin offen, aber sie fühlte sich, als hätte ein Stromschlag sie erwischt. Eine Mischung aus Schock, Unverständnis und Schmerz. Sie konnte nicht sprechen. Ihre Knie wurden weich, der linke Arm sank zu ihrer Hüfte.

»Palmer, ich muss wissen, hast du Susa besucht im Krankenhaus?«

Palmer sortierte ihre Gedanken, aber bevor ihr auch nur ein Wort über die Lippen kam, setzte Hannah bereits nach.

»Sag mir, hast du an ihrem Bett gestanden?«

»Weshalb fragst du? Nein.«

»Heute Morgen ist jemand bei Susa aufgekreuzt.« Hannah schniefte Tränen hoch. »Aber weder Ärzte noch Pflegerinnen können sagen, ob es ein Mann oder eine Frau war. Gleich danach ist Susa gestorben.« Nun heulte sie hemmungslos. »Jemand hat sie umgebracht.«

Palmer spürte Schweiß im Nacken und auf der Stirn. Ihr wurde heiß unter dem dünnen T-Shirt, Schwindel erfasste sie. Am liebsten hätte sie jetzt ein Glas kaltes Wasser in einem Zug geleert.

Palmer atmete durch, ihre Wut hatte sich in Luft aufgelöst, alles war anders, neu, surreal. Schrecklich. Fast wünschte sie sich zurück zu ihrem Katermorgen, als sie außer einem Job, den sie nicht bekommen, und einer Flasche Whiskey, an der sie zu lange genuckelt hatte, keine Probleme gekannt hatte. Keine wenigstens, die sich nicht lösen ließen.

»Was wird jetzt aus Lenny?« Palmer drehte sich, das Telefon am Ohr, und hoffte auf einen Windhauch, der sie streifen und ihr Kühlung verschaffen konnte, aber die Luft stand still.

»Dabei habe ich die Polizei angefleht, eine Wache vor dem Raum zu postieren, damit nicht einfach jeder unkontrolliert reinmarschieren kann.« Aus Hannahs Stimme schrie Wut.

»Beruhige dich. Vielleicht hat irgendein Freund oder eine Kollegin Susa besucht. Und so eine Schusswunde kann halt tödlich sein.«

»Niemand hat mir geglaubt. Ich hab's gewusst«, presste Hannah zwischen zusammengebissenen Zähnen hervor. »Diethelm hat Susa ermordet.«

7

Hannah und Palmer knieten an seinem Bett, die drei umarmten sich ohne viele Worte, dafür unendlich lange. Palmer strich Lenny sacht über die Wange und legte Hannah die Hand in den Nacken. Wie erschlagen lag Lenny mit geschlossenen Augen auf der Federdecke und wirkte teilnahmslos. Aber Palmer wusste, seine Gedanken kreisten um Susa, während sein Herz sich schwertat, genügend Sauerstoff in alle Regionen des Körpers zu pumpen.

»Ich bin so dankbar, dass du hier bist.« Hannahs Lächeln scheiterte kläglich, Tränen stauten sich bereits wieder in ihren Augen an. Sie kippte ihren Kopf in den Nacken, blickte zur Decke und öffnete Mund und Augen weit, damit die Tränen nicht über ihre Wangen kullerten. »Du wirst uns helfen, Diethelm zur Verantwortung zu ziehen. Ja?« Sie hatte ihr Gesicht Palmer zugewandt, und der flehende Ausdruck darin ließ Palmer schlucken. Sie würde nicht mehr so einfach Nein sagen können. Jetzt nicht mehr. Auch Hannahs Behauptungen erschienen ihr nun nicht mehr ganz so verrückt. Dass jemand bei Susa gewesen und sie ausgerechnet unmittelbar danach verstorben war, das klang in der Tat seltsam. Aber Diethelm hatte entweder damit nichts zu tun oder er war ein brillanter Schauspieler. Oder vollkommen gefühlskalt. Es konnte durchaus Taktik sein, keinen Hehl daraus zu machen, dass er Lennys Ableben begrüßen und kein bisschen bedauern würde. Damit kam er zwar wie ein Arsch rüber, aber immerhin wie ein ehrlicher Arsch.

Hannah richtete sich plötzlich auf, zu der Trauer in ihrem Gesicht gesellte sich Angst. Palmer begriff nicht, wollte gerade nachfragen, da hörte sie es auch. Schwere Schritte, welche die Treppe heraufstapften.

»O mein Gott«, flüsterte Hannah. »Er kommt zu uns hoch. Da ist jemand.« Ihre Stimme war nur noch ein angstvolles Hauchen. Palmer kannte so etwas. Hannah stand kurz vor einer Panikattacke.

Auch Palmer setzte sich auf und horchte angestrengt, was sich als Nächstes tat, wobei sie Hannah im Auge behielt. Aber nichts bewegte sich. Alles, was sie hörte, war ihr Blut, das an ihr Trommelfell pochte. Vorsichtig stieß sich Palmer in den Stand hoch und bedeutete Hannah mit den flachen Händen, sich nicht zu rühren.

»Da ist niemand«, flüsterte sie. Auf Zehenspitzen tappte Palmer zur offen stehenden Zimmertür, schob den Kopf sachte vor und spähte in den Flur hinaus. Nichts. Klar war jemand im Treppenhaus hochgestiegen. Aber im Flur konnte keiner sein, der hätte zuerst mal die Wohnungstür aufbrechen müssen. Trotzdem schlug ihr Herz weiterhin bis zum Hals.

Verärgert über ihren eigenen Auftritt schüttelte sie den Kopf. Da war bloß einer vor der Wohnung die Treppe hochgestiegen. So wie wahrscheinlich jeden Tag. Palmer atmete tief durch. Bevor sie sich zu den anderen beiden zurückbegab, ging sie durch den Flur, drückte die Klinke und vergewisserte sich, dass das Schloss verriegelt war. Dann machte sie das Licht an, ebenfalls in den anderen Zimmern und der Küche, obwohl die Dämmerung erst eingesetzt hatte. Von außen sollte jeder erkennen, hier drin hielten sich mehrere Leute auf und waren hellwach. Dann schloss sie das Fenster in Lennys Zimmer, bevor sie sich wieder zu ihm an den Bettrand setzte.

Palmer hatte sich harte Worte zurechtgelegt, um sich aus dieser Angelegenheit rund um Susa zu verabschieden, allerdings bevor sie die Nachricht von deren Tod erreicht hatte. Trotzdem. Sie musste sich aus dieser Sache zurückziehen. Jetzt. Sonst würde sie den Absprung nicht mehr schaffen. Die Polizei konnte ermitteln, das war deren Job. Ein Mensch war gestorben, das war nicht mehr als eingebildete Verschwörungstheorie abzutun. Die Polizei würde in dem Fall recherchieren und den Schuldigen finden. Und Palmer würde sich inzwischen einen neuen Job suchen und ihr Leben in den Griff bekommen.

Sie wählte ihre Worte mit Bedacht, aber deutlich. Während sie sprach, sah sie schon, wie sich hinter Hannahs Stirn Gegenargumente stapelten. Hannah vertraute der Polizei nicht. Aber das konnte Palmer nun mal nicht ändern.

»Das kannst du mir nicht antun.« Hannahs Mund bewegte sich auch noch danach, ohne dass weitere Worte erklangen. »Es besteht kein Zweifel. Jemand hat

Susa umgebracht. Eine Abteilungsschwester hat berichtet, etwa eine halbe Stunde, bevor Susa verstorben ist, hätte sie ihr nochmals Blut abgenommen und untersucht, weil sie schweißgebadet in ihrem Bett gelegen hat. Die Analyse hat einen auffallend hohen Insulinwert ergeben. Aber Susa hatte nie Probleme mit Zucker. Ich bin überzeugt, man wird an Susas Körper oder an einem der Schläuche die Einstichstelle einer Spritze finden.« Sie rieb sich die Schläfen. »Jemand hat sie umgebracht. *Er.*«

Palmer zögerte. Es schien ihr nicht mehr plausibel, dass Diethelm dahintersteckte. Denn wenn er sie hätte töten wollen, hätte er nicht eine ganze Bande organisieren müssen. Und er hätte Susa nicht vor Zeugen aus dem Weg geräumt. Zu plump, zu offensichtlich. Wie hätte er es schaffen sollen, dass jedes einzelne Mitglied seiner Meute die Schnauze hielt und sich nicht verplapperte? Bei einer Bande aus dem Ausland vielleicht, die wären dann weg. Aber ein Zeuge wollte gehört haben, wie einer der Täter wenige Worte in Schweizerdeutsch gesprochen hatte. Dazu kam, dass es Susas Entschluss gewesen war, für diesen Anlass als Servicemitarbeiterin anzuheuern. Es gab keine Hinweise, dass Diethelm das angeschoben hatte.

»Nein, Hannah, ich ziehe mich zurück. Du hast mich getäuscht. Diethelm hat für Lenny und Susa bezahlt. Jeden Monat, seit Jahren.«

»Das war eine Notlüge, sonst hättest du uns nie geholfen. Aber völlig falsch war meine Behauptung nicht. Ganz zu Beginn hat er kein Geld überwiesen. Das kam erst später, nachdem Diethelm diese Christina Lehmann geheiratet hat, die Witwe eines bekannten Investmentbankers. Von der ist er aber längst geschieden.« Hannah stieß ein höhnisches Lachen aus. »Bei der Scheidung floss ein schöner Teil ihres Vermögens auf Diethelms Konto rüber. Immerhin so viel, dass er sich dieses Uhrenbusiness hat aufbauen können.«

Senkrechte Falten pflügten sich in Palmers Stirn, als sie verstand. Seiner Ehefrau verdankte Diethelm sein Geld und seinen Erfolg. Und diesem Erfolg verdankte er dann seine nächste, jüngere Frau.

»Bitte, hilf uns.« Entschlossen schob Hannah ihr Kinn vor. »Nein, du kannst jetzt nicht aufhören. Lass uns nicht im Stich. Hilf Lenny und Susa.«

In eben diesem Moment, als sich Palmer Worte ihres Bedauerns zurechtlegte, weshalb sie sich leider trotz aller Verbundenheit zurückziehen wollte, kam ihr ein Gedanke. Kerzengerade fuhr sie hoch und fasste sich an die Schläfe. Sie hatte den Widerspruch in Diethelms Aussage erkannt. Nicht auszuschließen, dass seine Bemerkung zufällig gewesen war. Aber es wäre auch möglich, dass Diethelm sie bewusst täuschen wollte.

»Okay, ich muss mich im Hotel umhören. Eventuell hat einer der Angestellten mehr gesehen während des Überfalls, als bis jetzt bekannt ist. Während einer solchen Veranstaltung stehen viele Servicemitarbeiter rum, alle mit dem Auftrag, die Gäste im Blick zu behalten und deren Wünsche zu erfüllen.«

Hannah umarmte und herzte Palmer, während sie traurig, aber hoffnungsvoll lächelte.

»Ich bin sicher, jetzt kriegen wir diesen Drecksack.«

8

Die Fahrwerksfedern quietschten, dann schaukelte Palmers betagter Wagen, als sie ihn auf dem Besucherparkplatz vor dem *Schlosshotel Gütsch* abstellte.

Erst hatte Diethelm erklärt, vor der Schussabgabe Susa nicht einmal gesehen zu haben auf seiner Party. Allerdings hatte er nicht die Wahrheit gesagt, denn er hatte erwähnt, Susa hätte an der Kaviarbar gearbeitet.

An der Rezeption empfing man Palmer mit einem professionellen Lächeln, bedauerte jedoch, ihr nicht weiterhelfen zu können, als sie bat, von Mitarbeitern Auskünfte bezüglich des Überfalls zu erhalten. Palmer ließ sich nicht abwimmeln. Sie stieg erst die Steintreppe und dann den höhlenartigen Gang zum

Restaurant hinunter. Statt sich an einen der Tische zu setzen, steuerte sie direkt auf die Bedienung zu, die aber schon auf die ersten Fragen hin nur mit den Schultern zuckte. Auch bei der zweiten Angestellten kam Palmer nicht weiter. Sie befürchtete, in diesem Haus gar keine Aussagen zu erhalten, weil niemand etwas wusste, oder weil die Polizei und der Direktor verboten hatten, an irgendwen eine Information weiterzugeben. Palmer hatte sich bereits wieder in ihren Datsun gesetzt und wollte den Schlüssel drehen, als ihr Blick auf einen Gärtner fiel, der beim Haupttor in gebückter Haltung einen Strauch stutzte. Also verließ sie ihren Wagen noch einmal, um mit dem Mann zu reden. Als sie ihn ansprach, reagierte er freundlich, und Palmer rechnete sich bereits aus, hier doch noch weiterzukommen.

»Von unseren Leuten werden Sie nichts Großes erfahren. Die standen alle unter Schock. Bedaure.« Er erhob sich und drückte sein Kreuz durch.

»Aber jemand muss sich erinnern. Es kann doch nicht sein, dass hier alle im Schock alles vergessen haben.« Palmers Blick war wohl eindeutig, denn jetzt wurde der Mann erkennbar unsicher. »Sie müssen selbst wissen, was Sie für sich behalten. Das ist Ihre Verantwortung.« Palmer wandte sich zum Gehen.

»Warten Sie.«

Palmer grinste kurz und drehte sich mit neutraler Miene wieder um.

»Ihnen ist etwas eingefallen? Ich bin ganz Ohr.«

»Für diese Räubergeschichte ist Rodrigo zuständig, unser Hausmeister. Wenn man ihm glauben kann, hat eine professionelle Bande zugeschlagen, alle bestens aufeinander eingespielt.« Dabei wischte er mit der Hand durch die Luft, als ob er Rodrigos Schilderungen keinen Glauben schenkte, drehte sich um und zwackte bereits das nächste Ästchen mit der Gartenschere ab.

»Dieser Rodrigo, arbeitet er heute?«, fragte Palmer.

»Meistens werkelt er etwas in seinem Kabäuschen, beim Lieferanteneingang die Treppe runter.« Der Gärtner kippte seinen Kopf seitwärts über seine Schulter, um ihr die Richtung anzuzeigen. Palmer verabschiedete sich mit zwei Fingern an der Schläfe, schritt die Rampe zur Anlieferung hinunter, betrat, ohne irgendwen um Erlaubnis zu bitten, den Vorraum zur Küche und wandte sich zur Treppe. Kleine Steinchen knirschten auf den Zementstufen, als sie in die schummrigen und auffallend kühlen Katakomben des Untergeschosses hinabstieg. Vorne im Gang erkannte sie einen schlanken 30-Jährigen mit geometrisch gestutztem Bärtchen hell beleuchtet aus einer offen stehenden Tür. Er stützte sich an die Wand aus behauenen Steinblöcken, während er telefonierte, das Gesicht zu der Werkstatt gerichtet, die ihm offenbar als Hausmeister zustand. Sofort beendete er sein Gespräch, als Palmer auftauchte. Er wandte sich ihr zu, in seinen Augen lag ehrliches Interesse.

»Rodrigo?«, fragte Palmer.

»Sind Sie von der Presse?« In offensichtlich freudiger Erwartung wischte er die Hände an seinem Blaumann sauber. Sein Telefon läutete, aber er drückte den Anruf weg, ohne auf das Display zu schauen.

»Ich suche nach weiteren Einzelheiten, die uns zu den Tätern des Überfalls führen«, bluffte Palmer, stellte jedoch fest, wie Rodrigos Mundwinkel sofort jegliche Spannung verloren. »Gibt es eine Beobachtung, die Sie uns bisher noch nicht mitgeteilt haben?« Palmer versuchte, den Eindruck zu erwecken, sie gehöre zur Polizei, mochte jedoch selbst kaum an diese Täuschung glauben aufgrund ihres Aufzugs.

Rodrigo wirkte zwar etwas enttäuscht, schien aber tatsächlich nachzudenken.

»Etwas Auffälliges? Nun, die Gangster waren alle schwarz gekleidet, und jeder hatte sich ein gelbes Band um den linken Arm gebunden. Das deutet klar auf eine professionell organisierte Bande hin. Dadurch würden sich alle Opfer an diese Auffälligkeit erinnern, nicht aber an individuelle Kennzeichen einzelner Bandenmitglieder.« Als Palmer ihn fragend anblickte ergänzte er: »Das weiß doch jeder aus *CSI*.« Dabei nickte er.

»Sind Ihnen irgendwelche Erkennungsmerkmale aufgefallen? Machte es den Anschein, als wäre der Schuss auf ihre Arbeitskollegin mit Absicht abgegeben worden?«

Aber Rodrigo zuckte nur die Schultern. »Meiner Meinung nach könnte die Mafia ihre Hände im Spiel haben.«

Palmer hob die Augenbrauen.

»Nur so ein Gefühl«, ergänzte Rodrigo.

Quatsch, dachte Palmer. Die Mafia in Luzern. »Von welcher Stelle aus haben Sie den Überfall beobachtet?«

Mit einem seitlichen Nicken des Kopfes gab er Palmer zu verstehen, ihm zu folgen. Vom Innenhof des Schlosshotels führte eine gedeckte Treppe ins zweite Hauptgebäude hoch, an deren oberem Ende er auf eine Ausbesserung am alten Gemäuer zeigte.

»Hier habe ich gearbeitet. Ein Logenplatz für das ganze Spektakel. Die Bühne, wo der Schuss fiel, hat dort drüben gestanden, genau gegenüber.«

»Wie hat sich die Security verhalten?«

Rodrigo lächelte mitleidig. »Security? Doch, die standen da auch rum. Aber die markieren nur Präsenz. Bewaffnet sind die sowieso nicht. Sie haben ja auch gar nicht die Aufgabe, Dinge zu beschützen. Wenn es hart auf hart geht, verkrümeln die sich, allenfalls bringen sie Leute in Sicherheit und rufen die Polizei. Jeder Kriminelle weltweit weiß doch, dass in der Schweiz nie und nimmer ein Bewacher von materiellen Gütern einen Schuss abgeben würde, wenn auch nur eine minimale Gefahr besteht, dass ein Mensch dabei verletzt wird. Nicht einmal die Polizei schießt.«

Palmer nickte. Aber etwas schien ihr sonderbar.

»Wie ist es zur Schussabgabe gekommen?«

»Der Herr, der zur Party geladen hat, hat auf der Bühne gestanden und wollte gerade zu einer Rede ansetzen. Da ist einer der Gangster zu ihm auf die Bühne gesprungen, hat den Herrn erst mit seiner Pistole bedroht, ihn dann zur Seite gestoßen und sich an der Vitrine mit dieser Uhr drin zu schaffen gemacht. Aber der Gastgeber hat sich nicht beeindrucken lassen und hat nach dessen Pistole gegriffen. Im Gerangel ist der Schuss losgegangen und hat die Bedienung getroffen.«

»Wo genau hat diese Frau gestanden?«

Er zögerte den Bruchteil einer Sekunde. »Neben der Bühne halt.«

Auf Grund der hochschnellenden Augenbrauen tippte Palmer instinktiv darauf, dass er log. »Mir scheint eigenartig, dass Sie während einer High-Society-Party, die mächtig Kohle ins Haus spült, Reparaturarbeiten exakt zur gleichen Zeit im Bereich der Gäste ausführen.«

»Wieso? Ist meine Arbeit zu wenig edel für reiche Pinkel? Nur weil diese Leute so richtig mit Geld um sich schmeißen können?« Er stemmte die Hände in die Hüfte.

»Wer immer den Tod der Servicemitarbeiterin zu verantworten hat, ich werde ihn zur Rechenschaft ziehen.«

»Tot? Die Frau ist tot?« Seine blasse Haut rötete sich vom Kragen bis zum Haaransatz. Sein Mund stand leicht offen. Nach einigen Sekunden fuhr er mit der Hand in sein Gesicht und klopfte sich mit dem Zeigefinger gegen die oberen Schneidezähne. »Du glaubst mir kein Wort? Aber du willst mir nicht am Ende diesen Totschlag noch andichten? Verdammt, pass' nur auf.« Er nickte, als wüsste er Bescheid. »Quatsch, du bist doch gar nicht von der Polizei.« Er wollte sie fortwedeln wie eine Fliege. Aber Palmer blieb stehen. »Weshalb spreche ich überhaupt mit dir?« Er drehte sich um und stelzte durch den Innenhof, anschließend die Treppe runter in sein Reich. Bei jedem zweiten Schritt, den Palmer ihm hinterhereilte, klickte es auf dem Zementboden, da sich in der Sohle ihres linken Turnschuhs ein Kiesel verklemmt hatte. Sie kam sich etwas blöd vor, weil sie ihm über den Hof folgte und die Treppen hinab, und er so tat, als existierte sie gar nicht mehr. Gerade bevor er in seiner Werkstatt verschwinden konnte, legte sie ihm von hinten die Hand auf die Schulter. Er stoppte, und Palmer stellte sich zwischen ihn und den Arbeitsraum.

»Ein, zwei Fragen noch.«

Mit seinen bedrohlich zusammengekniffenen Augen sah er aus, als wollte er gleich zuschlagen. Wortlos rempelte er Palmer an, als er sich an ihr vorbeizwängte. Der Krach hallte durch den Gang, als er von innen die massive Holztür ins Schloss warf. Dann klackte der Schlüssel.

Palmer klopfte gegen die Tür.

»Bitte hören Sie auf, das ist doch albern. Ich will Ihnen nur ein paar Fragen stellen. Sie haben doch auch sicher Interesse daran, dass die Sache aufgeklärt wird.«

»Mach, dass du fortkommst«, rief Rodrigo von innen.

»Sonst was? Haben Sie Angst? Wovor?«, fragte Palmer. »Was immer es ist, ich kann Ihnen wahrscheinlich helfen, aber dafür müssen Sie reden. Sie können sich nicht dauerhaft verstecken, und das wissen Sie auch.« Sie hielt inne und lauschte, aber es drang kein weiterer Laut mehr durch das Holz. Palmer blieb noch kurz stehen und dachte nach. Schließlich entschied sie, es für den Moment sein zu lassen. Aktuell waren die Fronten verhärtet, aber immerhin wusste sie jetzt, dass hier noch eine Information schlummerte. Sie wandte sich zum Gehen, aber das Hotel würde sie nicht sofort verlassen.

Kurz darauf stand Palmer in der Lobby. Der Hoteldirektor war leider nicht im Haus, deshalb ließ sie von der Rezeptionistin ihre Nummer notieren und bat um dessen Rückruf.

»Wer von den Mitarbeitenden, außer Rodrigo, war denn sonst noch Augenzeuge des Überfalls?«

»Tut mir leid, die Polizei hat uns eindringlich gebeten, mit niemandem über den Vorfall zu sprechen.«

»Ich ermittle privat.«

»Trotzdem. Es tut mir leid.« In den Augen der Frau las Palmer, dass sie nichts sagen würde.

»Ich verstehe. Geben Sie bitte meine Nummer weiter.« Palmer schenkte der Frau ein Lächeln, um ihre Chancen zu erhöhen, dass ihre Nummer auch wirklich beim Direktor landete, anschließend ging sie zurück zu ihrem Auto. Sie schloss auf, stieg ein und sank in ihrem Sitz zurück, während sie sich die Szenen von soeben noch einmal durch den Kopf gehen ließ. Sie wog ab, ob Rodrigo bloß ein Schwätzer war, der sich wichtigmachte, oder ob er den Überfall tatsächlich beobachtet hatte. Mit einem Mal fühlte sie, wie ihr Mund austrocknete und sich der Puls erhöhte. Hatte Rodrigo ihr ganz bewusst eine Räubergeschichte aufgetischt, als er die gelben Armbänder erwähnte, um von etwas anderem abzulenken? War er vielleicht bloß ein Aufschneider oder versuchte er, etwas zu vertuschen? Wollte er die Ermittlungen bewusst in eine falsche Richtung lenken? Fragen über Fragen.

Palmer hatte sich bemüht, Licht ins Dunkel zu bringen, aber die Situation zeigte sich komplizierter als zuvor. Sie traute Rodrigos Aussagen nicht. Musste sie ihn statt als Zeugen nicht eher als Verdächtigen einstufen?

9

Es roch muffig in ihrem Datsun Pickup. Ihn als »Oldtimer« zu bezeichnen, wäre zwar nicht falsch gewesen, aber zu viel der Ehre. Es handelte sich schlicht um eine alte Karre, die Palmer jedoch ziemlich zuverlässig an ihr Fahrtziel brachte. Diesen typischen Geruch abgelebter Autos konnte Palmer nicht charakterisieren, wohl eine Mischung aus Benzin, Öl, schmierigem

Kunstleder, feuchtem Teppich und Moder in der Lüftung. Dasselbe grüne Duftbäumchen, das jetzt vor dem Lüftungsgitter baumelte, hatte bereits keinen Riechstoff mehr verströmt, als ihre Mutter frühmorgens als Zweitjob Zeitungen zu den Kiosken transportiert hatte. Palmer ließ es zur Erinnerung an ihre vergötterte Mutter dort hängen. Nun kurbelte sie in voller Fahrt das Fenster herunter und genoss den kühlenden Luftzug, während im Hintergrund ein unverfänglicher Popsong aus dem Radio dudelte. Den Kreisel am Kreuzstutz hatte sie bereits hinter sich gelassen, als es in ihrer Jeans vibrierte. Beim Anblick der Bilder eines schrecklichen Verkehrsunfalls vor längerer Zeit hatte sie sich felsenfest vorgenommen, während der Fahrt keine Gespräche zu führen. Den Kopfhörer hatte sie nicht dabei, geschweige denn, dass ihre klapprige Karre über eine Freisprechanlage verfügte. Trotzdem war sie neugierig darauf, wer mit ihr sprechen wollte. Vielleicht Hannah, die Neuigkeiten berichten konnte über die Untersuchungen zu Susas Tod. Oder musste sie sich um Lenny sorgen? Sein Zustand war höchst bemitleidenswert gewesen, als sie sich von ihm verabschiedet hatte. Was war mit ihm?

Ihre Jeans waren so eng, sie brachte nicht mal die flache Hand in die linke Vordertasche. Nach einigen Versuchen gab sie auf, stemmte in voller Fahrt ihr linkes Bein vor ans Bodenblech, und nach einigen weiteren Sekunden gelang es ihr, das Smartphone hervorzuziehen. Als sie den Namen des Anrufers erkannte, schoss Adrenalin in ihr Blut.

Sie beschleunigte den Wagen und fuhr rechts in eine Bus-Haltebucht. Aber als sie endlich bereit war, das Gespräch anzunehmen, hatte der Anrufer abgebrochen. Mit ihrer Rechten schlug sie auf das Lenkrad.

Sie drehte den Motor aus, entsperrte das Handy und rief zurück. Während es läutete und läutete, in einem anderen Klang als gewohnt, knackste der abkühlende Motor unter der Haube. Sie sehnte sich nach Alex. Was hätte sie darum gegeben, jetzt zumindest seine Stimme zu hören. Ein Typ, dessen Ausstrahlungskraft sich nicht auf die fette Uhr am Handgelenk beschränkte. Zum ersten Mal in ihrem Leben hatte sie das Gefühl gehabt, da wäre jemand, für den es sich lohnte, die eine oder andere lieb gewonnene Gewohnheit zu opfern. Seit fünf Wochen weilte er bereits in San Diego, wo er einem zeitlich befristeten Job als Marketingberater nachging. Als Palmer bereits nicht mehr damit rechnete, ihn zu erreichen, hob er endlich ab. Sogleich sorgte sie sich, er würde durch die Decke gehen, falls er erfuhr, womit sie sich zurzeit beschäftigte.

»Hallo, Alex, hast du kurz Zeit?«

»Ein ganzes Leben, wenn du willst.«

Palmer hatte sich eine romantische Begrüßung vorgestellt, aber diese ging ihr doch zu weit. Als sie nicht darauf einging, wechselte er das Thema.

»Wann startest du in deinem neuen Job?«

Es verging ein mehr als angemessener Zeitraum, bevor sie antwortete. »Ist etwas schwieriger, als gedacht. Wie läuft es bei dir.«

»Alles top. Nur, du fehlst mir. Jetzt liege ich hier am

Pool unter Palmen, beobachte Surfer draußen auf dem Meer, aber die Liege neben mir ist verwaist.«

»Um ehrlich zu sein, mit dem Job hat's nicht geklappt. Frage nicht, ich erkläre es dir später.«

»Dann hast du ja Zeit, zu mir nach Kalifornien zu jetten. Ich organisiere dir ein Flugticket.« Alex wusste um Palmers schwierige finanziellen Verhältnisse, nie hätte sie sich einen Flug leisten können.

Mehrmals hatte er ihr angeboten, bei ihm einzuziehen. Wiederholt hat er sogar von Heirat gesprochen, was aber in heftigen Wortgefechten geendet hatte. Palmer fühlte sich nicht dafür geschaffen, ihre Unabhängigkeit aufzugeben, auch wenn sie sich diese kaum leisten konnte. Jetzt erst recht nicht, ohne Arbeitsstelle. Ihr Drang nach Selbstbestimmung ging sogar so weit, dass sie sich nicht mal bei der Jobsuche von ihm helfen lassen wollte, obwohl er als Mann der Wirtschaft mit zahlreichen Geschäftsführern bestens vernetzt war. Er kannte deren Streben nach geringeren Verlusten infolge Diebstahls, egal ob von Seiten der Kunden, Mitarbeitenden oder Lieferanten.

Palmer wollte keinem Mann das Gefühl geben, sie sei auf ihn angewiesen. Sie war wohl einfach zu stur. Allerdings war sie es auch nicht gewohnt, dass jemand ihr seine Hilfe anbot. Ihr Vater hatte sich schon bald von der Familie verabschiedet, ihre Mutter sich fast zu Tode geschuftet, um sie beide durchzubringen. Als ihre Mutter starb, war Palmer im Teenageralter und plötzlich auf sich allein gestellt gewesen.

Sie, der Shirt-Jeans-und-Sneakers-Typ, er im Maßanzug mit weißem Hemd. Auf die Krawatte verzichtete er nicht, legte sie nur rechtzeitig ab, bevor er Palmer traf. Aber die beiden waren nicht nur äußerlich ein Paar, das unterschiedliche Wege eingeschlagen hatte. Auch tief im Innern blieben beide einsame Wölfe, hatten alle zwei die Liebe ihres Lebens verloren. Er seine Ehefrau, sie ihre Mutter. Dies war das verbindende Element. Palmer und Alex vertrauten und liebten einander, brauchten aber regelmäßig Distanz, um Luft zu kriegen. Es würde sie tief treffen, Alex zu verlieren. Seit dem Tod ihrer Mutter war er der Erste, dem sie voll vertraute und den sie auch bis an ihre Seele herangelassen hatte.

Nun räusperte sich Palmer am Telefon und hoffte, er würde den verzweifelten Unterton in ihrer Stimme nicht bemerken.

»Zurzeit lese ich Stelleninserate, grase Jobportale ab und werde mich hier und dort bewerben.« Sie versuchte zu schlucken. Es ging nicht.

»Weshalb kommst du nicht rüber?«

»Ich stehe einer Freundin bei … die mich um Hilfe gebeten hat.« In knappen Worten erklärte sie ihm den groß angelegten Überfall auf die Party und die Verbindung zu Hannah und Lennys Herzproblemen. Er hatte vom Raubzug im Hotelgarten online gelesen. Ihre Hand hinterließ einen verschwitzten Abdruck auf dem Lenker, sie wischte die Handfläche an ihrer Hose trocken. Sie machte sich darauf gefasst, dass er gleich richtig loslegte. Nie würde er akzeptieren, dass sie sich einmal mehr in ein fremdes Problem einmischte. Zu oft hatte sie sich hierbei in Gefahr begeben. Er hatte sie gewarnt. Palmer begann, auf der Lippe zu kauen.

»Du weißt, ich halte überhaupt nichts davon. Deine Hilfsangebote haben dich mehrere Male in Lebensgefahr gebracht. Halte dich aus fremden Angelegenheiten raus, lass die Polizei ihre Arbeit tun.«

Palmer wartete auf weitere Belehrungen. Als sie meinte, jetzt käme nichts mehr, fuhr er fort.

»Lass das bitte. Entweder du kommst her oder du suchst dir einen Job, sonst bist du pleite.«

Palmer atmete durch, hoffte, dass er jetzt aufhören würde. Aber nur einen Wimpernschlag später ging's weiter: »Du hast keine Chance gegen eine ganze Bande. Die werden dich töten. Du spielst mit deinem Leben. Ein solcher Einsatz ist es nicht wert. Hör auf jetzt. Du stehst professionellen Gangstern gegenüber. Die werden dich abschlachten. Ich habe gelesen, sie sind mindestens zu fünft. Sie sind nicht nur bewaffnet, sondern haben auch bewiesen, wie skrupellos und brutal sie vorgehen. Haben sie nicht eine Servicemitarbeiterin niedergeschossen? Du erinnerst dich? Bereits mehrmals warst du nahe dran zu sterben. Ich respektiere deinen Drang nach Unabhängigkeit. Aber nein, dein Dickkopf lässt es nicht zu, dass ich dir unter die Arme greife.«

Eigentlich hätte sie erwartet, er würde noch wütender auf ihre Information reagieren, denn er hatte sie tatsächlich gewarnt. Einerseits wollte sie solche Erlebnisse wie damals nicht noch einmal durchmachen. Andererseits hatte sie Lenny versprochen, ihm zu helfen. Sie umklammerte das Telefon so fest, dass es schmerzte.

Wie gelähmt hockte Palmer hinter dem Steuer, während sie verzweifelt etwas zu erwidern suchte.

»Überleg' es dir noch einmal.« Seine Stimme klang jetzt zärtlich. »Ein kurzer Wink, und ich hinterlege für dich ein Ticket. Flieg zu mir, ich würde mich freuen.«

Kaum hatte er sich verabschiedet und die Trenntaste gedrückt, riss ein so quälendes Tröten sie aus ihren Gedanken, dass ihr Herz einen Schlag aussetzte. Wenige Zentimeter hinter ihrem Heck bäumte sich ein blauer Bus des ÖV auf und hupte sich wütend seine Haltestelle frei.

Sie drehte das altersschwache Radio auf und war noch keine zwei Minuten auf der Straße zurück, als nach dem Ende eines Popsongs nicht der nächste daran anschloss, sondern die Stimme des Moderators von *Radio Pilatus* ertönte.

»Wir haben neue Informationen der Polizei zum Überfall auf die Party im *Schlosshotel Gütsch*.«

Palmer drehte lauter und kurbelte das Fenster hoch, um die störenden Geräusche von draußen auszusperren.

»Die Polizei hat auf unsere Nachfrage bestätigt, dass auf einem Bauernhof am Sonnenberg ein altes Motocross-Motorrad aufgefunden wurde, das allem Anschein nach von einem der Täter auf der Flucht zurückgelassen worden ist. Der Landwirt sei damit beschäftigt gewesen, die Maschine wieder in Schuss zu bringen, um sie zu verkaufen. Auf die Idee, das Motorrad könnte beim

Überfall verwendet worden sein, sei er nicht gekommen, da es öfters vorkomme, dass jemand altes Gerümpel auf seinem Acker entsorgte. Die Polizei meldet im Weiteren, die Ermittlungen laufen auf Hochtouren, von den Tätern und der Beute gäbe es keine Spur. Zu den Gerüchten sagt Simon Kopp, Sprecher der Luzerner Staatsanwaltschaft, Zitat: ›Heute Morgen hat die Schwester des verstorbenen Opfers in den Medien gröbste Anschuldigungen gegen den Organisator der Party erhoben. Wir legen Wert auf folgende Feststellung: Zurzeit liegt kein konkreter Tatverdacht gegen irgendeine Person vor. Die in der Öffentlichkeit kursierenden Gerüchte entbehren jeglicher Grundlage. Diverse Überwachungsaufzeichnungen lassen keine Rückschlüsse zu, Partybesucher oder der Organisator seien auf die eine oder andere Weise verwickelt in den Überfall oder den Tod der Servicemitarbeiterin.‹ Zitat Ende.«

Als Pianoklänge aus den Lautsprechern tönten, machte Palmer das Radio aus und wischte sich mit dem Handrücken den Schweiß von der Stirn.

Der Polizei war es bisher also nicht gelungen, Diethelm eine Absicht bei der Schussabgabe nachzuweisen. Sie selbst war weder bei Rodrigo noch bei Diethelm auch nur einen kleinen Schritt weitergekommen. Allerdings unterdrückte sie jeden Gedanken, sich aus den eigenen Ermittlungen zu verabschieden und zu Alex zu fliegen. Sie hatte Lenny versprochen, die Schuldigen am Tod seiner Mutter zu finden, egal ob der Pistolenschuss oder eine Insulinüberdosis sie getötet hatte.

Diethelm hatte behauptet, schon früher habe jemand Susa nach dem Leben getrachtet. Deshalb war Palmer klar, wo sie jetzt ansetzen würde.

10

Für einige Augenblicke verstummte Hannah und dachte nach, als Palmer sie anrief und um die Kontaktdaten von Susas Ex-Freund bat, der sie gemäß Diethelms Aussage bedroht hatte.

»Peter Schmid. Wenn ich mich nicht täusche, hat er damals bei einem Pharmamulti als Computerspezialist gearbeitet. Aber frag mich nicht, wo. Ist ewig her, jedenfalls nach Lennys Geburt.«

»Weshalb hat er gedroht, ihr den Hals umzudrehen?«

»Der wollte mit Susa unbedingt ein Kind.« Bei der Erinnerung an Susa belegte sich ihre Stimme. »Auch Susa hat ein weiteres Kind gewollt, aber nicht sofort. Und er hat darauf gedrängt, sie solle schleunigst bei ihm einziehen. Aber sie wollte sich etwas Zeit lassen mit der gemeinsamen Wohnung, sie war sich nicht sicher, wie gut er Lenny akzeptierte. Einmal sagte sie, weit hinten würde sie seine Vorbehalte dem kleinen Lenny gegenüber spüren. Es war ihr wichtig, ihn noch besser kennenzulernen. Allerdings hat sie die Bedenkzeit zwei Mal verlängert. Als es ihm zu bunt geworden ist, hat er die Beziehung beendet.« Hannah schniefte. »Susa hat über längere Zeit ein Geheimnis mit sich herumgetragen. Irgendwann musste sie mit jemandem darüber reden und hat sich einer Freundin anvertraut. Aber du sagst es nicht weiter, gell? Ist schief gegangen, denn Susa hat nicht daran gedacht, dass auch Peter sie gut kannte. Wenn nicht mal Susa es hatte für sich behalten können, wie hätte es denn ihre Freundin schaffen sollen? So kam es, wie es kommen musste. Durch ein unbedachtes Wort dieser Freundin hat er erfahren, dass Susa von ihm schwanger gewesen war, aber das Kind abgetrieben hat. Da ist er ausgeflippt.«

»Wäre dieser Peter fähig, Susa umzubringen?«

»Ich weiß nicht, Peter ist kein übler Kerl. Aber ab diesem Zeitpunkt war es besser für Susa, ihm aus dem Weg zu gehen.«

»Und du sagst, er hat bei einem Pharmaunternehmen gearbeitet. Vielleicht kennt er jemanden, der ihm Insulin verschaffen könnte.«

Als sie beide auflegten, wusste Palmer, ihr standen Dutzende Telefonate bevor, um Schmid aufzuspüren. Sie startete damit, nach seinem privaten Telefonanschluss zu googeln, fand aber unter Peter Schmid in der ganzen Schweiz über 800 Einträge. Also begann sie in Basel, einem der weltweit führenden Pharmastandorte. »Arbeitet bei Ihnen ein Peter Schmid?«

»Tut mir leid, wir geben keine Auskünfte über unsere Mitarbeiter.«

Palmer hätte sich ohrfeigen können, sich nicht besser vorbereitet zu haben. Welch blöder Einstieg. Beim nächsten Unternehmen startete sie raffinierter:

»Können Sie mich bitte mit Peter Schmid verbinden?« Sie hörte, wie die Dame auf der Tastatur tippte.

»Ein Peter Schmid arbeitet nicht bei uns.«

»In der IT-Abteilung.«

»Tut mir leid.«

Auch bei den zwei folgenden Anrufen hatte sie kein Glück. Sie ging zurück zur ersten Nummer und hoffte, jemand anderen von der Telefonzentrale in die Leitung zu kriegen, damit die Telefonistin ihre Stimme nicht sofort erkannte.

»*Novartis*, wie kann ich Ihnen helfen?«

Shit, die gleiche Stimme wie zuvor. Palmer räusperte sich.

»Peter Schmid, bitte.«

»Moment bi…« Ihr überschneller Finger an der Taste unterbrach ihre Antwort zu früh und klickte Geigen von *Vier Jahreszeiten* rein. Dann wurde ihr klar, dass die Telefonistin mit »einem Moment« anscheinend drei Minuten gemeint hatte.

»Hallo?«

»Schmid?«

»Ja.«

»Peter Schmid?«

»Hab ich was gewonnen?«

»Sind Sie vor drei Tagen in Luzern gewesen?«

»Wer will das wissen?«

»Mein Name ist Palmer. Wann haben Sie Susa das letzte Mal gesehen?«

»Das gibt's doch nicht.« Palmer hörte, wie er schwer an sich halten musste, um mit halbwegs ruhiger Stimme zu sprechen. »Es ist mir zu Ohren gekommen, dass sie verstorben ist. Was wollen Sie?«

»Vor Jahren haben Sie ihr mal mit dem Tod gedroht.«

»Ich weiß nicht, wer Sie sind. Aber egal, für welches Drecksblatt Sie arbeiten: Rufen Sie hier nicht mehr an.« Bevor er das Gespräch abbrach, ergänzte er: »Sollte ich in irgendeiner Zeitschrift auch nur eine Andeutung in diese Richtung lesen, dann gnade Ihnen Gott.«

11

Eine Rentnerin protestierte lauthals und stieß ihren Rollator Palmer in die Kniekehlen, als sie Dosenbier, Tiefkühlpizza, Kaffeekapseln, Milch und weiteres auf das Kassenlaufband legte, jedoch ihre Einkäufe nicht mit einem Kassenstab nach hinten abgrenzte. Palmer lächelte die Kritik weg und hoffte, Ärger dieser Art wäre auch irgendwann mal ihr größtes Problem.

Sie trug die Einkäufe schnell in ihren Wagen im Parkhaus, dann ging sie wieder hinaus und setzte sich für einen Feierabenddrink in einem nahen Restaurant an einen Tisch im Freien, sodass der Sonnenschirm knapp ihr Gesicht beschattete. Sie genoss das rege Treiben auf den Straßen aus gemütlicher Distanz, und während sie auf die Bedienung wartete, studierte sie die Karte, überlegte hin und her, ob aus der Flasche oder vom Fass. Letzten Endes tippte sie mit dem Finger auf eine unbekannte Marke und dachte, egal, Hauptsache kalt. Nachdem man ihr das Bier serviert hatte, überlebte der größte Teil davon die nächste Minute nicht, und Palmer gab dem Kellner mit dem leeren Glas ein Zeichen. Als er das zweite vorsetzte, kippte sie den Rest des ersten in einem Schluck hinunter, wischte sich den Mund mit dem Handrücken ab und diesen an ihrer Hose.

Dann zog sie ihr Handy heraus und wählte Lennys Nummer. Sie hörte, wie er abnahm.

»Lenny, geht es dir besser?« Palmer wartete am Telefon auf eine Antwort, erkannte aber bald, dass, abgesehen von einem angestrengten Keuchen, nichts weiter folgen würde. Vermutlich war er sogar zu stark entkräftet, um den Tod seiner Mutter zu beweinen. »Nur ganz kurz. Kannst du dir bitte überlegen, ob du mir etwas Hilfreiches berichten kannst über Thomas Diethelm, Peter Schmid oder einen Mann namens Rodrigo?«

»Rodrigo? Peter Schmid?«, hauchte Lenny. »Nie gehört.«

»Vielleicht gräbst du irgendwas aus, das mir weiterhilft. Ich will den Schuldigen finden am Tod …« Palmer brach mitten im Satz ab und ärgerte sich über ihre unbedachte Wortwahl.

Aber Lenny unterbrach ihre Gedanken.

»Wenn du den Mord an Susa bewiesen hast, lässt du mich dann mit dem Täter für eine Minute allein?«

Palmer konnte sich kaum vorstellen, wie dieser kraftlose Junge dem Killer an den Kragen wollte.

»Das macht deine Mutter auch nicht wieder lebendig.«

»Aber mich.«

Kaum hatte Palmer das Gespräch beendet, nahm sie im Augenwinkel wahr, wie sich an einem Nebentisch ein Mann erhob und locker-lässig zu ihrem Tisch schlenderte.

»Hübsche Lady, ich will nicht aufdringlich sein, aber mir ist aufgefallen, Sie sitzen hier ganz allein.«

Palmer genehmigte sich einen Schluck und blickte hoch. Der Mann war in den 30ern, gekonnt salopp und gleichzeitig cool gekleidet. Sein Schnäuzchen auf der Oberlippe trug er dünn wie einen Strich und verlieh damit seinem Gesicht eine klare Kontur. Aber für Palmers Geschmack hätte er sich dieses auch ganz wegrasieren können.

»Ich würde mich freuen, Sie einzuladen, zu was immer Sie wollen. Der *Cosmo* soll gut sein hier, beflügelt die Seele mindestens so prächtig wie ein Bier.«

»Danke, aber ich wollte eben in aller Ruhe die Abendsonne genießen.«

»Kein klitzekleines Gläschen? So früh am Abend macht es doch keinen Spaß, sein Bierchen alleine zu stemmen.« Er spitzte die Lippen und nickte stumm.

»Nee, passt schon.«

»Wie schade.« Er legte die Hand auf die Lehne gegenüber und begann, den Stuhl hervorzuziehen.

»Mach dich vom Acker, Freundchen.« Palmer schlug ihre Beine um den Stuhl und blockierte ihn. »Ich hab dir einmal gesagt, du sollst dich verziehen. Ich sag's kein zweites Mal.«

»Sie haben gesagt, ich soll mich vom Acker machen. Von verziehen war nicht die Rede.« Mit seinem einseitigen Lächeln schien er sich zu gratulieren, wie schlagfertig er diese Attacke pariert hatte. »Sie werden mir zumindest erlauben, nach Ihrem Namen zu fragen.«

»Palmer, und jetzt verpiss dich.«

»Palmer, das erinnert mich an Palm Beach. Da bin ich noch nie hingeflogen.«

»Da wirst du auch heute nicht landen.«

Schlagartig war sein Lächeln aus seinem Gesicht gewischt und er versteifte sich.

»Verdammte Lesbe«, presste er zwischen seinen Zähnen hervor, während er abdrehte.

Einen kurzen Moment war Palmer tatsächlich sauer geworden. Ein Nein war ein Nein. Aber selbstverständlich wusste Palmer, für ihn war dies wohl nichts weiter als ein Spiel. Und der unsichere Ausgang war genau das Spannende dabei. Ohne sich umzublicken, wusste sie, er hatte sich zurück an seinen Tisch verkrümelt, um sich zu sammeln und sich Worte zurechtzulegen für sein nächstes lebendes Ziel.

Bevor sie sich nach Hause aufmachte, lehnte sie sich, der Sonne zugewandt, mit geschlossenen Augen zurück, während vor ihrem geistigen Auge Palmblätter sachte im kalifornischen Lüftchen schaukelten.

Eine Stunde später parkte sie ihren Wagen am Alpenquai, beugte sich über den Beifahrersitz und füllte ihre Einkäufe vom Boden in die Tragetasche zurück, da sie etwas zu schwungvoll in die Werkhofstraße eingebogen war.

Bereits aus einigem Abstand erkannte sie, etwas war anders bei der Eingangstür zu ihrer Wohnung. Neben dem Schuhabstreifer stellte sie die Tasche ab und zog das gefaltete Blatt Papier hervor, das jemand oberhalb der Klinke zwischen Tür und Rahmen geschoben hatte.

Sie schlug die Mitteilung auf und las.

»Powerscheiße.« Erst schoss ihr Kopf hoch, dann

riss sie ihn herum. Fieberhaft scannten ihre Augen die Umgebung ab. Lag da jemand auf der Lauer? Aber die ganze Nachbarschaft zeigte sich so friedlich wie gewohnt. Ihr Blick fiel zurück auf das ausgedruckte Foto in ihren Händen. Zwei Frauen mit halb geöffneten Augen lagen im Blut ihrer aufgeschlitzten Kehlen.

Ihr beide seid so gut wie tot. Hört auf, mir nachzuforschen, sonst ramme ich mein Messer in euren Hals. Langsam und qualvoll werdet ihr sterben. Beide. Ich werde euch aufschlitzen. Wie die beiden in Zürich vor zwei Monaten.

Die Worte trafen Palmer wie eine Pistolenkugel.

Ihre Hand krallte sich in das Papier, mit unbestimmtem Blick starrte sie auf die Eingangstür. Sie erinnerte sich: Vor einigen Wochen hat man im Rotlichtmilieu von Zürich zwei bestialisch abgeschlachtete Frauen gefunden. War dies das Werk jenes Mistkerls, der sie hier einzuschüchtern versuchte? Gänsehaut breitete sich über ihren Körper aus. Mit leerem Blick stützte sie sich an der Tür ab. Gedanken rasten durch ihren Kopf. Durfte sie eine solche Warnung ausschlagen? Hier drohte ihr jemand unmissverständlich mit dem Tod.

Wie soll ich mich wehren, wenn jemand lautlos von hinten an mich herantritt und mir sein Messer über die Kehle zieht?

Sie ballte die Hände so stark zu Fäusten, dass die Fingernägel in die Handflächen schnitten. Aber mit den Nachforschungen aufhören? Wenn sie doch Hannah und Lenny versprochen hatte, die Wahrheit zu Susas Tod herauszufinden. Unmöglich. Oder doch? Nicht nur Alex, sondern auch sich selbst hatte sie geschworen, sich nie wieder in Todesgefahr zu begeben aufgrund einer Sache, die sie nicht persönlich etwas anging.

Palmer starrte einige Minuten lang schweigend auf das Blatt in ihrer Hand. Egal, welchen der beiden Wege sie wählte, es wäre der falsche. Sie ließ die Schultern hängen, denn irgendwen würde sie enttäuschen, entweder Alex oder Hannah und Lenny.

Das Blatt glitt aus ihrer Hand und segelte zu Boden, während Palmer mit sich kämpfte. Als sie die Nase hob, hatte sie einen unwiderruflichen Entschluss gefasst.

12

Wer immer Palmer drohte, kannte sie schlecht. Bis jetzt hatte sie bloß Lenny und Hannah beigestanden, jemand anderem also. Aber jetzt war sie von der Morddrohung höchstpersönlich betroffen.

Aufhören? Im Gegenteil.

»Na warte.«

Als Erstes untersuchte sie das Türschloss, fand aber alles in Ordnung. Dann schritt sie, auf einen Angreifer gefasst, um das Gebäude und suchte die Umgebung und den Garten mit ihren Blicken ab. Nichts Auffälliges. Die Fenster ihrer Wohnung im Obergeschoss standen offen wie immer über Sommer. Sie wählte einen faustgroßen Stein, der zwischen den Sträuchern lag, schloss leise die Tür auf und stieg vorsichtig die Holztreppe hoch. Die eine Stufe, die seit jeher knarzte, ließ sie aus. Mit offenen Augen und gespanntem Körper lauschte sie, ob sich irgendwo in der Wohnung etwas regte.

Totenstille.

Sie bereitete sich vor, einem Eindringling in die Weichteile zu treten. Aber sie wusste nicht, auf wen sie sich einzustellen hatte. Ihr war klar, ein solches Verhalten war nicht nur mutig, sondern auch leichtsinnig. Allerdings war sie ein Mensch, der bei einer Bedrohung eher einen Schritt nach vorne tat als 200 zurück.

Den Stein auf Schulterhöhe erhoben, schlich sie mit ausgetrocknetem Mund erst durch die Wohnstube, dann ins Gästezimmer und schließlich in ihr Schlafzimmer, wobei sie auch einen Blick in die Schränke warf. Aber alles war okay.

Auf einen Schlag löste sich ihre Anspannung, als sie auf Zehenspitzen die Küche betrat. Sandman, ihr schwarzer Kater mit ausgefransten Ohren von den Revierkämpfen, räkelte sich auf der Küchenablage in der Sonne, in Sichtdistanz zu seinem Fressnapf, den er in die Mitte des Raums geschoben hatte. Palmer lachte und atmete tief durch. Sandman hatte sie von der Vormieterin geerbt. Und genau genommen war er auch kein Kater, da die Vorgängerin ihn dem Vernehmen nach mit einem kleinen Eingriff aus dieser Kategorie verabschiedet hatte. Jedenfalls würde er nicht so entspannt schlummern, wäre eine fremde Person in der Wohnung. Dann hätte er sich längst in ein Versteck verkrümelt. Nun aber vollführte er eine Acht zwischen Palmers Knöcheln. Schnurrend drückte er den Kopf in den Napf, als Palmer diesen mit Trockenfutter füllte. Anschließend schloss sie alle Fenster und auch die Balkontür, obwohl die Wohnung dann unerträglich aufheizte unter dem Dach. Aber sie wollte das Schicksal nicht weiter herausfordern.

Nun polterte sie die Holztreppe runter, ergriff die Einkaufstasche vor der Tür und stapfte wieder hoch. Der Kühlschrank gab ein schmatzendes Geräusch von sich, als sie ihn öffnete und das Dosenbier in einer geraden Reihe hineinstellte. Zu ihrem Ärger erkannte sie, dass die Milch und der Kaffee fehlten. Diese mussten neben den Beifahrersitz gerutscht sein, und sie hatte diese übersehen. Die Pizza legte sie ins Tiefkühlfach. Jetzt lag nur noch der zerknüllte Wisch mit der Drohung in der Tasche.

Palmer starrte kurz darauf, dann riss sie das Handy aus ihrer Hosentasche und wählte Hannah an.

»Wo bist du gerade? Geh keinesfalls nach Hause, hörst du?

»Was ist passiert?« Hannahs Stimme klang besorgt.

Palmer beschrieb Hannah die Morddrohung, die sie an ihrer Tür vorgefunden hatte, und dass sie davon ausgehen musste, mit der zweiten Frau sei wohl Hannah gemeint.

»Mein Gott!«, entfuhr es Hannah.

»Bleib, wo du bist, ich rufe Lenny an und warne ihn. Dann werde ich die Polizei informieren.«

»Ich bin fast schon zu Hause.« Hannahs Stimme überschlug sich. »Ich kann doch nicht warten. Ich geh rauf zu Lenny.« Dann brach sie den Anruf ab.

Palmer wählte Lennys Nummer. Es läutete. Und läutete. Sie brach den Anruf ab und versuchte es gleich noch einmal. Wieder keine Antwort.

13

Die Gummiräder quietschten, als Palmers Wagen rückwärts aus dem Parkplatz schoss und schwankend zum Stillstand kam, um sogleich in einer engen Kurve nach vorne zu preschen. Bevor sie das Steuer nach links herumriss, um in die Werkhofstraße einzubiegen, warf sie einen Blick in den Rückspiegel, erkannte aber kein Fahrzeug, das ihr folgte. Dafür schlug sie bereits vor der Einfahrt in die Tribschenstraße ihre Hände entnervt auf das Lenkrad, nachdem sie brüsk abbremsen musste, da sich nicht nur vor dem Rotlicht eine Kolonne staute, sondern auch weiter Richtung Bundesplatz. Feierabendverkehr.

Fieberhaft überlegte Palmer, ob sie auf einem Schleichweg schneller vorankäme oder ob sie gleich hier irgendwo ihre Karre abstellen sollte, weil sie zu Fuß schneller bei Hannah wäre. Sie griff nach ihrem Handy und wählte die Nummer der Polizei. In wenigen Worten erklärte sie den Grund ihres Anrufs und bat eindringlich, die Polizei möge Hannah und Lenny schützen. Nachdem sie die Verbindung getrennt hatte, ging es plötzlich vorwärts mit dem Verkehr. Dafür stand sie umso länger auf der Langensandbrücke, nur dass sie hier unmöglich ihre Kiste parken konnte, nicht mal verbotenerweise. Als sie endlich den Bundesplatz hinter sich gelassen hatte, schlug sie den Weg über die Moosstraße ein. Nachdem es ihr hier aber zu bunt geworden war, drehte sie in die Himmelrichstraße ab und stellte den Wagen mit zwei Rädern auf dem Gehsteig ab. Sie hoffte, hier mit ihrer Karre niemanden zu behindern, und rannte los. Abzuschließen brauchte sie ihren Wagen nicht, dafür war er zu alt. Und zu hässlich. Sie schlängelte sich zwischen stehenden Wagen auf der Obergrundstraße hindurch, hetzte durch eine Passerelle in die Bruchstraße, bog später links ab und gleich wieder rechts in die Zähringerstraße.

Da stockte ihr Herz.

Etwas mehr als 100 Meter vor ihr standen zwei Polizeiautos mitten auf der Straße. Blaue Lichter strichen in gleichmäßigem Abstand über die Hausfassaden und geparkten Fahrzeuge.

14

Palmer stützte sich mit beiden Händen auf den Knien ab und atmete tief durch, bevor sie sich mit dem kurzen Ärmel des T-Shirts das Gesicht trocken wischte, da ein Schweißtropfen sie an der Nase gekitzelt hatte. Palmer wunderte sich bloß für eine Sekunde, wie schnell die Polizei hier gewesen war. Denn sofort erinnerte sie sich an die Hauptwache, die nur gut einen halben Kilometer entfernt lag. Aber schlagartig stieg die Angst, nicht Hannah hätte die Polizei gerufen, sondern ein Anwohner. War etwas Schreckliches vorgefallen im Haus?

An Hannahs Adresse verwehrte ihr ein uniformierter Beamter den Eintritt. Erst als sie ihre Beziehung zu Lenny und Hannah und ihm auch erklärte, welche Gefahr Hannah drohe, da verriet er ihr immerhin, Lenny gehe es gut, ein Beamter sei bei ihm. Sie hätten die Wohnung durchsucht, keine Gefahr. Hannah habe man bereits auf die Hauptwache geführt, um sie zu befragen. Tatsächlich hat Hannah einen Drohbrief im Briefkasten vorgefunden, die Polizeitechnik untersuche ihn bereits auf Spuren. Der Beamte beschied Palmer, nach Hause zu gehen, hier könne sie nichts tun.

Palmer verriet ihm nichts vom Drohbrief an ihrer Tür. Dieser Beamte würde sofort zu seinem Funkgerät greifen, dann ginge es ab mit ihr zur Befragung durch die

Kripo. Sie musste davon ausgehen, dass der Einsatzleiter bereits vom Drohschreiben an Palmer wusste, Hannah würde ihm wohl bereits erklärt haben, wie Palmer sie am Telefon gewarnt hatte. Palmer würde ihre bisherigen Erkenntnisse nicht für sich behalten, sondern diese an die Einsatzleitung weitergeben, aber telefonisch. Einer persönlichen Begegnung mit den Kriminalbeamten wollte sie aus dem Weg gehen. Was hätte sie denen schon zu erzählen gehabt, was diese inzwischen nicht bereits von Hannah wussten?

Bei ihren eigenen Ermittlungen war sie noch keinen Schritt weitergekommen. Auch wollte sie keine Polizisten in ihrer Wohnung herumtrampeln lassen. Sie wusste nur zu gut, die Polizei würde ihr untersagen, selbst weiterzuforschen, was natürlich für Palmer jetzt nicht mehr infrage kam. Nie würde ihr jemand mit dem Tod drohen und sie würde davonlaufen, in der Hoffnung, die Polizei würde den Täter irgendwann schnappen. Klar wusste sie um die Fähigkeiten der Kripo. Nur war hoffen auf deren Erfolge schlicht nicht Palmers Stärke.

Tatsächlich dauerte es darauf nur wenige Minuten, bis ihr Smartphone vibrierte. Zwar kannte sie diese Nummer nicht, allerdings glich sie bis auf die letzten beiden Ziffern jener der Luzerner Polizei. Palmer nahm den Anruf nicht entgegen.

Als Hannah gut eine Stunde später auf ihr Haus zuschritt, stand Palmer direkt vor dem Eingang mit verschränkten Armen an einen parkenden Wagen gelehnt.

Hannah sah fix und fertig aus. Sie begrüßte Palmer eher verstört als freudig. Panik sprach aus ihren Augen, als sie Palmer eröffnete, was sie jetzt zu tun gedachte.

»Deine Sachen zusammenpacken? Aber wo willst du dich verkriechen?« Palmer umklammerte Hannahs Oberarme und blickte ihr eindringlich in die Augen. »In meiner Wohnung wäre zwar Platz, aber da hat mir ja auch einer gedroht.«

»Irgendwohin halt, wo niemand Lenny und mich findet. Ich habe nicht den leisesten Schimmer, wieso es jemand auf mi… Wieso stehen wir auf einer Abschussliste?«

»Ich verstehe deine Angst. Für Lenny wird eine solche Flucht nicht einfach. Aber du kannst dich jetzt mit Lenny nicht aus dem Staub machen. Nicht auszudenken, wenn sie endlich ein Ersatzorgan für ihn finden, aber er ist zu weit weg, um für die Transplantation rechtzeitig auf dem Operationstisch zu liegen. Wir müssen für ihn ein Zimmer im Krankenhaus finden.«

»Schön wär's. Aber die nehmen Lenny erst, wenn er aus dem letzten Loch pfeift.«

»Okay. Was empfiehlt die Polizei?«

»Die will jemanden vor dem Haus postieren.«

Palmer nickte.

»Ich könnte über Nacht bei euch bleiben.«

Hannah schniefte eine Träne hoch, drückte Palmer einen Kuss auf die Wange und umarmte sie.

Als die beiden die Wohnung betraten, verabschiedete sich der Beamte von Lenny und erklärte freundlich, aber etwas trocken, sie würden das Haus im Auge behalten. Als Palmer nachfragte, was genau sie erwarten durften, wollte er nichts Bestimmtes versprechen, wies aber auf die unmittelbare Nähe zur Hauptwache hin.

Lenny gab ein schreckliches Bild ab. Verständlich, denn zusätzlich zur Trauer um seine Mutter und seinem schlechten Gesundheitszustand stand jetzt eine Morddrohung im Raum.

Als Erstes verriegelte Palmer die Wohnungstür, dann erinnerte sie Lenny an die Notruffunktion auf seinem Handy. Anschließend machte sie Licht in jedem einzelnen Raum und vergewisserte sich, dass die Fensterflügel nur gekippt, aber nicht ganz offen oder angelehnt standen. Niemand sollte eindringen können, ohne zumindest eine Scheibe einzuschlagen.

In der Wohnung war es still, man hörte einzig einen tropfenden Wasserhahn. Palmer ging in die Küche und drehte ihn fest, daraufhin holte sie eine Münze aus ihrem Hosensack hervor, von denen sie immer einige bei sich trug, um bei Bedarf eine Parkuhr zu füttern. Palmer schritt zur Wohnungstür und legte die Münze auf den Türgriff. Direkt auf dem Boden darunter schob sie das Silbertablett zurecht, das sie auf dem Kühlschrank gefunden hatte. Machte sich ein Eindringling an der Türfalle zu schaffen, würde das Scheppern der fallenden Münze nicht nur die Bewohner, sondern auch den Einbrecher vor der Tür aufschrecken.

»So, und nun koche ich für euch Spaghetti.« Palmer klatschte in die Hände, um gute Stimmung zu verbreiten.

Lennys spontanes Lächeln erstarrte, als er zu Hannah blickte.

»Weißt du, in diesem Haushalt essen wir ausschließlich gesunde Bioprodukte«, sagte Hannah. »Aus Rücksicht auf Lennys angeschlagene Gesundheit. Ich gehe dir zur Hand.« Hannah forderte Palmer mit einer Handbewegung auf, ihr in die Küche zu folgen.

»Klar doch«, zwinkerte Palmer Lenny zu. »Nachtessen muss ja nicht unbedingt Spaß machen.«

Hannah fummelte eine Blechschatulle aus ihrer Tasche, setzte sich auf einen Hocker, hakte ihre Fingernägel unter den Deckel, zog ihn auf und breitete den Inhalt auf dem Tisch aus. Sie legte ein Papierchen über drei Fingern, verteilte etwas Tabak darauf, zerbröselte das Harz darüber, vermutlich bio, legte einen zum Röllchen gedrehten Karton rein und baute sich mit geübten Handgriffen eine Tüte. Dann hob sie das Ding an die Lippen, befeuchtete den Papierrand mit der Zunge, rollte ihn mit den Fingern an den Joint und klaubte sich einen Tabakkrümel von der Zunge.

»Sorry, muss mich entspannen. Sonst rauche ich nicht zu Hause. Wegen Lenny. Der hasst es mitanzusehen, wie fahrlässig ich mit einem Organ umgehe.« Dabei verdrehte sie die Augen und zeichnete mit vier Fingern Gänsefüßchen in die Luft.

Sie hielt die Tüte an den Mund, musterte Palmer durch das Flämmchen des Feuerzeugs und zog tief die Lunge voll, während die Spitze des Joints aufglühte. Mit geschlossenen Augen behielt sie die bewusstseinsverändernden Stoffe so lange in der Lunge, bis der Atemreflex sie zum Luftholen zwang. Sie nahm einen zweiten Zug und bot Palmer den Joint an. Die schüttelte bloß den Kopf.

Hannah war von allen Leuten, die Palmer kannte, die Einzige, die beim Kiffen nicht lächelte.

Wortlos zog Palmer einen Hocker unter dem Tisch hervor, setzte sich breitbeinig darauf, lehnte sich an die Wand und ließ Hannah so viel Zeit, wie sie brauchte.

Nach einigen Minuten schnippte Hannah mit der Fingerspitze die Glut vom Joint, vergewisserte sich, dass er nicht mehr kokelte, und legte ihn mitsamt den anderen Utensilien zurück ins Kästchen. Schließlich erhob sie sich und packte Kartoffeln, Eier und laktosefreien Rahm auf die Anrichte.

»Für Notfälle, wenn es mal schnell gehen muss, habe ich diese vegane Bolognese eingemacht.« Sie strahlte. »Im Kasten findest du glutenfreies Weizenbrot, im Kühlschrank ist Bio-Margarine, gegen Kohldampf.«

»Alles bio?«

Glutenfreier Weizen? Lactosefreier Rahm?, dachte Palmer. Gegen Bioprodukte hatte sie keine Einwände. Aber sie verstand nicht, wie sogar Biofans scharf auf Ersatzprodukte waren, die man so in der Natur nirgendwo fand.

»Würden alle nur noch bio essen, ließen sich womöglich alle Krankheiten ausrotten.« Hannah schien so überzeugt, dass Palmer einfach nur nickte. Dem Frieden zuliebe. War ja nicht das erste Mal, dass sie so etwas hörte. Eingefleischte Biofans vergaßen schlicht und einfach, dass viele Menschen bis vor 100 Jahren jämmerlich an Krankheiten verreckt waren, obwohl es damals mangels künstlichen Düngers ausschließlich Bioqualität zu kaufen gab. Sie wollte das Thema wechseln.

»Hatte Susa irgendeine Verbindung zur Prostitution?«

Hannah schmiss das Küchenmesser auf das Schneidebrett. »Spinnst du?« Schmallippig funkelte sie Palmer an.

»Sorry. Aber ich muss das wissen. Der Drohbrief machte eine Andeutung.«

»Wenn sich Susa nicht hier um Lenny gekümmert hat, dann hat sie gearbeitet. In mehr als einem Job. Also wirklich.«

Die weiteren Vorbereitungen zum Nachtessen gingen ohne Worte über die Bühne. Zu Palmers Überraschung schmeckte der Auflauf köstlich, und sie saßen alle drei auf und an Lennys Bett beim Essen, fast wie Teenys bei einem Picknick. Gut eine Stunde lang redeten und aßen sie, und es freute Palmer zu sehen, dass Lenny sogar zweimal über etwas lachen konnte. Zumindest für einige Momente konnte er die Angst vor dem drohenden Tod vergessen und auch seine trüben Gedanken um den Tod seiner Mutter kurz in den Hintergrund rücken lassen.

Bei Apfelsaft, Biowein und Spaghetti Bolognese sannen sie in einem lockeren Gespräch darüber nach, ob ein Mensch nur mit dem Herzen die Wahrheit erkennen kann.

»Das Herz ist auch der Ort, der die Liebe birgt.« Hannah prostete den anderen zu.

Palmer nickte und ergänzte: »Das weiß jeder, der das starke Herzklopfen des Verliebtseins schon mal gespürt hat.« Aber sogleich hoffte sie, Lenny würde ihr diese Bemerkung nicht übel nehmen. Er, der dieses Gefühl offensichtlich noch gar nie erlebt hatte.

»Die Seele wohnt ebenfalls im Herzen, und diese macht die Einzigartigkeit jedes Menschen aus.« Es war Hannah, die sich zu dieser Behauptung verstieg.

Lenny aber tat diese Meinung als Unsinn ab. »Mehrere Studien haben gezeigt, eine Herztransplantation ändert weder an den Gefühlen noch am Charakter des Empfängers irgendetwas.«

So ging das hin und her. Das verschworene Grüppchen schmauste mit Genuss und philosophierte über das Herz, diesen lebenswichtigen Muskel, der viel mehr vermochte, als Blut durch den Körper zu pumpen.

Plötzlich schoss Palmer kerzengerade von der Matratze hoch.

Das Telefon in ihrer Tasche vibrierte.

Die haben für Lenny ein Herz gefunden, dachte Palmer. Aber bevor sie es hervorzog, war ihr bereits klar, es konnte nicht der entscheidende Anruf für Lenny sein, in dem er mitgeteilt bekam, dass er sich für die Operation bereitmachen musste. Ein solcher Anruf würde direkt zu Lenny oder Hannah gehen.

Auf dem Display erkannte Palmer die gleiche Nummer wie zuvor, nur dass sie diesmal den Anruf entgegennahm.

»Palmer, kommen Sie sofort zur Hauptwache, wir suchen Sie überall. Hören Sie die Mitteilungen in Ihrer Sprachbox denn nie ab? Hannah Bischof hat ausgesagt, auch Sie hätten eine Morddrohung erhalten. Wir müssen Sie hierzu befragen. Und fassen Sie bitte das Blatt mit der Drohung nicht weiter an, wir werden es bei Ihnen abholen.« Vor ihrem geistigen Auge baute sich Kriminalkommissar Stocker auf. Sein Respekt einflößendes Äußeres war wie geschaffen, Kriminelle zu verhören. »Jetzt sofort. Und Sie halten sich aus den Ermittlungen raus. Haben wir uns verstanden?«

Was klar wie ein Befehl tönte, meinte er genauso. Er durfte keinesfalls eine Zivilistin dulden, die polizeiliche Arbeiten ausführte. Palmer kannte ihn als guten Mann, seine Kompetenzen stellte sie nicht infrage. Mehrmals war sie in früheren Angelegenheiten der Polizei mit ihren Ermittlungen zuvorgekommen, was zu Reibereien geführt hatte. Allerdings war im Laufe der Zeit auch so etwas wie ein gegenseitiger Respekt gewachsen.

»Passt grade schlecht, um vorbeizukommen.« Palmer erhob sich und schritt hinaus in die Küche. »Aber gerne teile ich Ihnen meine bisherigen Erkenntnisse mit.« Stocker schwieg. »Anna-Susanna Bischof ist im Krankenhaus gestorben. Nun steht für uns die Frage im Raum, ob sie der Schussverletzung erlegen oder ob sie mit Insulin vergiftet worden ist. Ich mische mich nicht in Ihre Untersuchung ein, habe mich einzig ganz lose umgesehen, wer für die allfällige Überdosis infrage käme. Ein Motiv von Diethelm, seine frühere Freundin

Susa Bischof abzuknallen, kann ich bisher nicht erkennen. Ihr Tod bietet ihm keinen Vorteil. Allerdings hatte Susa Bischof früher einen Freund, der äußerst aufgebracht war und ihr mal mit dem Tod gedroht hatte. Aber das war vor circa 15 Jahren.«

»Moment, wie hieß der Mann?«

»Peter Schmid. Hingegen könnten theoretisch auch die Bandenmitglieder des Überfalls ein Interesse an Frau Bischofs Tod haben. Das ist alles, was ich habe. Aber immerhin scheint für mich die Täterschaft klar in einem dieser Kreise zu liegen, sonst wäre nicht diese Drohung bei mir reingeflattert. Mit jemand anderem hatte ich gar keine Gespräche geführt.«

Den Hauswart Rodrigo erwähnte Palmer mit keinem Wort. Zwar war er ihr dumm gekommen, aber sie konnte beim besten Willen kein Motiv erkennen, wie er einen Vorteil aus Susas Tod ziehen sollte.

»Und noch was: Nachforschungen im Rotlichtbezirk wegen des Hinweises auf den Doppelmord überlasse ich gerne Ihnen. Da funke ich keine Sekunde lang rein.« Indessen schien ihr ein solcher Zusammenhang wenig glaubhaft aus mehreren Gründen. Hannah meinte, Susa hätte ihre ganze Zeit außerhalb der ihr bekannten Arbeit Lenny geopfert. Auch wusste Palmer, dass Mörder fast ausschließlich im nahen Umfeld des Opfers zu finden waren. Und am Ende konnte sich Palmer nur schwer vorstellen, dass ein Täter so dumm war, die Ermittler auf die Spur zu setzen zu einem anderen selbst verübten Mordfall.

»Nee, Herr Stocker, machen Sie Ihren Job. Ich bin überzeugt, die Polizei findet die Täter. Sonst tu ich's.«

»Sie halten sich aus der Sache raus.« Seine kräftige Stimme war nahe dran, sich zu überschlagen.

»Raushalten? Ich wünschte, die Täter hätten mich da rausgehalten. Sie erinnern sich: Der Drohbrief war nicht nur an Hannah, sondern auch klar an mich gerichtet.«

»Sie mischen sich nicht in die Ermittlung ein. Ich kann nicht tolerieren, dass Sie sich in Gefahr begeben. Nicht schon wieder.«

»Genau deshalb habe ich mich aus dem Staub gemacht und kann nicht auf der Hauptwache vorbeischauen.«

Palmer legte die Stirn in Falten, nachdem sie ihn weggedrückt hatte. Zurück im Zimmer schlug sie sich die Hand vor den Mund, als sie Lenny erblickte, wie er sich mit weit aufgerissenen Augen die Atemmaske aufs Gesicht drückte. Nach einigen Herzschlägen wandte sie sich an Hannah.

»Ich frage mich, wie der Täter unsere beiden Adressen rausgefunden hat, um den Drohbrief zu hinterlegen. Okay, wenn man meinen Namen googelt, dann liefern die Treffer auch Fotos, die früher im Zusammenhang mit Zeitungsinterviews veröffentlicht wurden. Dann braucht es aber etwas Ortskenntnis, um zu erkennen, wo ich wohne. Aber deine Adresse?«

Sogleich faltete Hannah ihre Hände und presste sie gegen den Mund.

»Hannah, kennt Diethelm deine Adresse?«

»Falls nicht, kennt er zumindest meinen ganzen Namen.« Hannah zuckte mit den Schultern. »Die Adresse dazu steht im Telefonbuch.« Hannah kaute auf der Unterlippe.

»Du meinst, Diethelm steckt hinter der Morddrohung? Kann ich mir nicht vorstellen.«

Palmer erwähnte die Bande des Überfalls nicht. Stünde diese hinter der Einschüchterung und hätte diese Palmers Wohnort in Erfahrung gebracht, dann hätten sie Palmer ganz einfach zu Hannah folgen können, als Palmer das erste Mal Lenny besucht hatte. Rein theoretisch. Jetzt ärgerte sich Palmer umso mehr über sich selbst. War ihr jemand gefolgt, und sie hatte es nicht mal bemerkt?

Hannah zerfloss in Tränen, flennte richtiggehend vor Angst.

Palmer setzte sich zu ihr, drückte sie an sich und wiegte sie wie ein Kind. Als Hannah sich beruhigt hatte und Palmer sich auch Lennys Aufmerksamkeit sicher war, sah sie die beiden nacheinander an.

»Ich kriege diesen Drecksack. Verlasst euch drauf.«

15

Auf Zehenspitzen hatte sich Palmer in den Morgenstunden ins Bad geschlichen und sich bemüht, alles so leise wie möglich zu verrichten, um danach behutsam die Tür hinter sich zuzuziehen und in die Küche zu schleichen.

Auf einen Schlag klapperte Geschirr.

»Kommst gerade recht. Chinesischer *Bio Matcha.*« Hannah winkte sie herein, als sie Palmer im Türrahmen entdeckte.

»Hast du auch Espresso?« Palmer rubbelte sich die Haare trocken.

»Kaffee kommt mir nicht ins Haus, aber ich bereite für uns beide eine wunderbare Teezeremonie.«

»Grüntee ist nicht so mein Ding.« Auch verknüpfte Palmer eine Teezeremonie eher mit Japan als mit China. »Lieben Dank nochmals für das Nachtessen. Ich mache mich auf den Weg.« In Gedanken sah sie sich bereits einen Espresso schlürfen.

»Wann bist zu zurück?« Hannah holte Palmer bei der offenen Wohnungstür ein, wo vom Treppenhaus ein Hauch von Kernseife und kühler Luft in die Wohnung schwappte.

»Ich an deiner Stelle würde mich nochmals hinlegen«, sagte Palmer. »Weshalb schläfst du nicht aus? Du hast erzählt, heute ist dein freier Tag. Zumindest kannst du hinter mir die Tür verriegeln.«

»Muss zum Arzt.« Hannahs Stimme zitterte und versagte ganz.

»Mit Lenny?«

Hannah schüttelte den Kopf und starrte zu Boden, unfähig, Palmer anzusehen.

Palmer trat an ihre Seite und legte sanft den Arm um ihre Schultern.

»Möchtest du reden?«

Hannah fühlte die aufsteigenden Tränen, biss sich auf die Lippen und suchte nach den richtigen Worten.

»Die Wahrscheinlichkeit, dass ich dieselbe Blutgruppe wie Lenny aufweise, war extrem klein. Um bei meinem Tod ihm vielleicht mein Herz zu vermachen, habe ich den Spenderausweis ausgefüllt und habe auch mit dem Arzt darüber geredet. Im weiteren Verlauf des Gesprächs habe ich ihm meine leichten Beschwerden beschrieben. Die Abklärung hat eine weit entwickelte Vorstufe von Gebärmutterhalskrebs ergeben. Jetzt weiß ich nicht mal, ob es Glück ist oder Pech, wenn ich sogar noch vor Lenny unters Messer komme.« Sie schniefte. »Ich habe Angst vor der Operation.« Sie wischte sich mit dem Ärmel die Wangen trocken. »Als Herzspenderin komme ich übrigens für Lenny nicht infrage.« Mit einem traurigen Lächeln blickte sie zu Palmer.

Verlegen wandte sich Palmer ab, starrte die Treppe runter und hörte, wie jemand zur Haustür hereinkam. Palmer konnte sich einen spontanen Kommentar gerade noch verkneifen, Hannah habe eh nicht davon geträumt, Kinder zu kriegen. Sofort spürte sie einen Kloß im Hals und war froh, als Hannah weitersprach.

»Kinder habe ich nie gewollt, aber in einer Beziehung zu leben, das würde mir gefallen. Da Susa schon seit Längerem Lenny bei mir pflegt, ist es etwas schwierig geworden, jemanden nach Hause mitzubringen.« Sie atmete tief und langsam ein. »Ich will mich nicht beklagen, aber mein Privatleben hat mächtig darunter gelitten. Mehrere Bekanntschaften habe ich nicht weiter vertiefen können.« Sie seufzte. »Aber jetzt bist du in mein Leben getreten.« Hannah machte zwei Schritte zu Palmer, schob die eine Hand in deren Nacken, zog sie zu sich heran und küsste sie sanft auf den Mund.

Ruckartig stieß Palmer Hannah von sich. »Tu das nie wieder!« Den Zeigefinger erhoben, starrte sie aus den Augenwinkeln zu Hannah. Alles Blut wich Palmer aus dem Gesicht, als ihr klar wurde, was eben passiert war.

Der Nachbar war mitten im Hochsteigen stehen geblieben und hatte alles mitbekommen. Jetzt räusperte er sich und brachte die letzten paar Stufen hinter sich, drehte den Schlüssel und verschwand wortlos in seiner Wohnung.

Palmer wusste nicht, wem von beiden die Situation peinlicher war. Noch während sich ihr die Nackenhaare sträubten, tat sie einen Schritt auf Hannah zu und umarmte sie, das Kinn auf ihre Schulter gelegt. Hannah stand völlig erschlafft einfach nur da.

»Entschuldige, so war das nicht gemeint.« Palmer blickte auf die eigenen Schuhe. »Ich war einfach überrascht.« Palmer wollte Hannahs Hand ergreifen, aber diese vergrub ihr Gesicht in den Händen.

»Offenbar habe ich da einige Signale falsch gedeutet«, sagte Hannah, wischte sich einen Fussel vom Shirt und schluckte trocken.

16

Auf der Straße schlug Palmer den Weg zu ihrem Wagen ein. Ein paar Minuten im flotten Gang halfen ihr, die Gedanken zu bündeln und wieder in die Spur zu kommen. Die Morddrohung und das Verbot der Polizei, sich einzumischen, verkomplizierten ihre Ermittlungen, würden sie aber keinesfalls zum Einlenken bringen.

Sie ärgerte sich, gestern nicht nach Rodrigos Telefonnummer gefragt zu haben, nun wählte sie halt die Hauptnummer des *Schlosshotels Gütsch* und fragte nach ihm. Aber nach einer Minute Musik bot man ihr an, ihm ihren Anruf auszurichten, damit er zurückrufe. Palmer ließ sich nicht entmutigen, zum Glück hatte sie gestern die Nummer von Peter Schmids Arbeitsplatz gespeichert. Aber auch hier war ihr kein Glück beschieden, auf Palmers nachdrückliche Bitte notierte die Dame ihre Nummer.

Das Blatt wendete sich zum Guten, als sich Palmer über den Kühler ihres gestern spontan geparkten Wagens beugte und tatsächlich keinen Strafzettel unter dem Scheibenwischer vorfand.

Da noch immer kein Koffein ihren Körper belebte, stellte sie ihren Datsun an der Bahnhofstraße ab, auf Höhe des Stadttheaters. Sie zahlte nur für 15 Minuten, was reichen musste. Als sie das Kleingeld in den Schlitz steckte, war ihr, als bohrten sich Blicke in ihren Rücken. Fix drehte sie sich auf dem Absatz und scannte die Umgebung. Aber niemand schien ihr verdächtig.

Die gut 200 Meter legte sie in der Mitte des breiten Gehsteigs zurück. Sollte ihr jemand auflauern, in einem Hausgang auf der rechten Seite oder zwischen parkenden Autos links, müsste der Angreifer immerhin einige Meter bis zu ihr zurücklegen. Eingehend musterte sie jedes entgegenkommende Gesicht. Zweimal blickte sie über die Schulter, schöpfte aber keinen Verdacht, dass ihr jemand auf den Fersen war. Sie geriet etwas ins Schnaufen, was aber nicht einer Furcht, sondern ihrem strammen Schritt geschuldet war.

Gerade als sich ein Lastwagen neben ihr mit lautem Hupen die Vorfahrt erstritt, wurde vor der Konditorei ein Tischchen direkt am Schaufenster frei. Ein guter Platz. Von hinten kam keiner an sie ran, also fühlte sie sich halbwegs geschützt. Palmer erhielt ihren Espresso serviert, noch bevor sie sich ein Kissen in den Rücken gedrückt hatte.

Als sie noch einmal bei Peter Schmid nachfragte, gab man ihr keck Bescheid, er werde dann schon zurückrufen, wenn er wieder an seinem Platz eintraf. Auch Palmers Anruf bei Diethelm blieb ohne Erfolg, er ging nicht ran. Also versuchte sie ihr Glück bei Rodrigo, aber im Schlosshotel wurde sie nicht zu ihm, sondern zum Direktor durchgestellt.

»Jetzt machen wir diesem Theater ein Ende und wenden uns alle wieder unserer Arbeit zu.« Direktor Gerber räusperte sich. »Also, Frau Palmer, ich habe gehört, Sie versuchen, Licht ins Dunkel des Uhren-Überfalls zu bringen. Das ist soweit ehrenwert. Jetzt aber will ich unser Hotel endlich aus den Medien rauskriegen und zum Tagesgeschäft zurückkehren. Rodrigo hat seine 15 Minuten Ruhm in den Medien genossen. Seine Freunde haben ihn wie einen Helden gefeiert.«

Da Palmer schwieg, weil sie dachte, es würde noch etwas kommen, fuhr er fort.

»Rodrigo ist ein lieber Kerl. Aber die Pferde sind mit ihm durchgegangen. Nach dem Überfall hat die Polizei alle Mitarbeitenden gebeten, nicht mit den Medien zu sprechen, um die Ermittlungen nicht zu behindern. Als dann TV-Kameras aufgefahren sind, hat er seine Chance gepackt. Fernsehen, Radio und Zeitungen, sie alle wollten ein Interview mit ihm, da sich niemand sonst dazu bereit erklärt hat. Schließlich hat er die Aufmerksamkeit der Medien genossen. Und das alles, obwohl er die Schussabgabe gar nicht mitbekommen hat. Rodrigo weiß gar nichts. Punkt.«

»Was macht Sie so sicher?«

»Rodrigo war richtiggehend scharf darauf, während Herrn Diethelms Party eine Malerarbeit auszuführen im Garten. Da dieser Zeitpunkt aber vor all den Gästen völlig ungeeignet war, habe ich ihn rechtzeitig abgefangen und ihn zu einer Arbeit in der Werkstatt verdonnert. Und da ich ihn gut genug kenne, habe ich ihn währenddessen auch kontrolliert. Nein, der liebe Rodrigo war weit weg vom Schuss.«

17

Nun wusste Palmer, weshalb sich Rodrigo so bedrohlich aufgeführt hatte, als sie ihm ihre Zweifel an seiner Story unter die Nase gerieben hatte. Er fürchtete wohl, Palmer würde seine Lügengeschichten in aller Öffentlichkeit aufdecken. Aber so was war ihr zu blöd.

Da sie in der Nähe ihrer Wohnung keinen freien Parkplatz fand, kurvte sie erst eine Zeit lang im Quartier herum, um dann einen großen Bogen um all die Häuserparzellen zu fahren und ihren Wagen ins schummrig beleuchtete Parkhaus *Eiszentrum* zu stellen. Die Nacht für 22 Franken. Als sie in Richtung des Bootshauses schritt, beobachtete sie aus einiger Entfernung die Umgebung. Als ihr nichts verdächtig vorkam, marschierte sie zielstrebig zum Haus, dann durch den Garten einmal drum herum. Das Schloss schien in Ordnung. Als sie die Tür vorsichtig einige Zentimeter öffnete, zog ein Lufthauch an ihr vorbei. Für Sandman hatte sie das Küchenfenster offengelassen. Über einen Baumstamm und ein Vordach fand er problemlos ins erste Obergeschoss. Von innen verriegelte sie die Tür, verharrte und horchte. Schließlich tappte sie langsam hoch, voll konzentriert. Aber es zeigte sich schnell, die Luft war rein. Sie traf weder auf einen Eindringling noch auf Sandman.

In der Küche genehmigte sie sich ein Bier im Stehen. Als etwas davon auf ihr Shirt schwappte, kümmerte es sie nicht weiter. Würde bei dieser Wärme unter dem Dach eh bald trocknen. Bevor sie sich auf ihr Sofa fläzen konnte, meldete sich ihr Handy.

»Du hast gesagt ich soll dich anrufen, wenn mir etwas einfällt.« Lenny schnappte hörbar nach Atem. »Susa muss irgendein Geheimnis über meinen Vater gekannt haben.« Einige Momente lang holte er Luft. »Als ich mal zur Toilette bin, habe ich im Vorbeigehen mitgekriegt, wie sie in der Küche am Telefon etwas gesagt hat.« Er atmete durch, dann fuhr er mit kraftloser Stimme fort. »Du hilfst mir jetzt, Thomas, sonst bringe ich das an die Öffentlichkeit, hat sie gesagt. Dann hat sie mich entdeckt und den Anruf sofort abgebrochen.«

»Weißt du mit Sicherheit, dass sie mit Thomas Diethelm gesprochen hat?« Palmer seufzte, als er nicht sofort antwortete.

»So wie sie danach getan hat, ihre Verlegenheit, ja, bin mir ziemlich sicher.« Er zögerte einen Moment. »Aber keine Ahnung, worum es ging.«

Nachdem sie sich verabschiedet hatten, setzte sich Palmer aufs Sofa und dachte nach. Endlich beugte sie sich vor, nahm ihren Laptop von dem Tischchen, faltete die Beine in den Schneidersitz und öffnete den Computer. Sie googelte nach Thomas Diethelm, stöberte durch den einen und anderen Treffer, stieß jedoch nirgendwo auf etwas Auffälliges.

Palmer glaubte nicht an Zufälle. Sie musste etwas übersehen haben, was ihr aber nicht außergewöhnlich schien bei über einer halben Million Suchergebnisse. Sie fuhr fort unter »Bilder«, ackerte sich durch »Maps« und die anderen Kategorien. Nichts. Sie schob den Rechner auf die Couch, schlich hinaus auf den Balkon und trat tief in Gedanken an die Brüstung. Musste Susa sterben, weil sie etwas gefunden und Diethelm unter Druck gesetzt hatte? Was konnte das sein? Falls Susa etwas gegen ihn in der Hand gehabt hatte, erschien die Vorstellung, dass er sich bei der Gelegenheit das Problem spontan vom Hals schaffte, nicht mehr ganz so abwegig. Einmal angefangen, brachte er das Ganze im Krankenhaus zu einem Ende. Palmer kannte das. Täter überschritten eine Grenze, weshalb sie anschließend noch weiter gingen. Gut möglich, dass es so gelaufen war. Aber vor so vielen Zeugen? Da hätte er Susa doch einfach anderswo abmurksen können. Er wusste ja, wo sie wohnte.

Susa hatte nicht gedroht, etwas der Polizei zu melden, sondern an die Öffentlichkeit zu bringen. Das ergab Sinn, denn wenn Diethelm tatsächlich Susas einzige Hoffnung auf Geld für Lennys Herz war, dann würde sie ihn wohl kaum anzeigen. Was nützte es ihr, Diethelm ins Gefängnis bringen? An sein Geld wäre sie dann erst recht nicht rangekommen.

Palmer blickte einfach nicht durch. Sie neigte sich vor und senkte den Kopf, bis ihre Stirn das Geländer berührte. Sie war noch keinen Schritt weitergekommen.

Okay, immerhin Rodrigo konnte sie aus dem Kreis der Verdächtigen ausschließen. Aber er war ihr sowieso eher kurios erschienen.

Sie suchte offensichtlich am falschen Ort.

Palmer kam nicht umhin, nach neuen Hinweisen Ausschau zu halten. Zurück am Computer dauerte es nicht lange, und sie landete auf Diethelms Instagram-Account, gepflegt von Aurelia Amberger, seiner Lebenspartnerin. Sie ging die Fotos und Texte durch, schüttelte aber wieder den Kopf. Palmers Fingernägel klickten auf das Gehäuse neben dem Touchpad. Mit Sicherheit unterhielt Aurelia auch ein eigenes Konto. Und tatsächlich. Selfies ohne Ende neben Aufnahmen von Landschaften und Speisen. Offensichtlich gehörte Aurelia zu jener Spezies, die ein Essen erst genießen konnte, nachdem sie es fotografiert hatte. Palmer scrollte weiter zu Fotos von Handtaschen, alles tipptopp beschrieben in der Bildlegende, Kirchen von außen aufgenommen, Aurelia beim Skifahren, Händchen haltend mit Diethelm, den Ausblick über die Stadt Luzern genießend vom Luegislandturm. Wobei Palmer sich wunderte, da dieser Turm der mittelalterlichen Museggmauer für die Öffentlichkeit seit jeher gesperrt war. Leichtsinnig, fand Palmer, nie im Leben würde sie dort raufsteigen. Als Jugendliche war sie mal in den verriegelten Turm eingestiegen. War alles etwas wacklig, baufällig, nirgendwo ein Geländer und auch sonst nicht für sie bei ihrer Höhenangst. Aber darin lag vermutlich gerade der Reiz solcher Fotos auf Facebook und Instagram, so zu tun, als bestünde das eigene Leben aus lauter außergewöhnlichen Abenteuern.

Weiter präsentierte Aurelia schwarze High Heels mit roter Sohle, das neueste Handy in Originalverpackung, eine teure Urlaubsreise in die Karibik, Segeltörns in türkisblauem Wasser, Aurelia vor aufgetürmten Koffern, brandneu – gemäß Bildlegende. Auf anderen Fotos räkelte sie sich auf der Superjacht vor den Pitons, den kegelförmigen Bergen auf Sankt Lucia. Dann das Alpenpanorama von der eigenen Terrasse aus. Und Freunde bei einer Gartenparty. So ging es endlos weiter, und schnell war Palmer klar, Aurelia vermischte Privates nicht mit Geschäftlichem. Auf diesem Account fand Palmer keine einzige Uhr abgebildet. Sie wunderte sich einzig, wie eine erwachsene Person freiwillig so viel der Öffentlichkeit preisgab, obwohl sich diese Fotos hier noch harmlos ausnahmen, da war Palmer schon Schlimmeres unter die Augen gekommen. Aurelia zeigte keine Saufgelage oder Nacktheiten, die sie später bei einer Jobbewerbung bereuen sollte. Aber im Endeffekt fand Palmer nicht das Geringste, das Aurelia mit dem Tod von Susa in Zusammenhang brachte.

Auf einen Schlag verharrten ihre Finger über der Tastatur, da kühle Luft durch den Raum rauschte und Palmer aus den Gedanken riss.

Zwar kam ihr die Abkühlung gelegen, die sie auf ihrem verschwitzten Nacken spürte, aber sie war der Meinung, sie hätte vorhin alle Fenster geschlossen. Sie schob den Laptop langsam auf das Tischchen, drückte sich vorsichtig vom Sofa hoch und schritt auf Zehenspitzen zum Eingang, wo sie einen Blick in den Flur wagte. Erleichtert atmete sie auf und huschte ins Schlafzimmer, um das Fenster zu schließen, das sie vergessen hatte.

Zurück im Wohnzimmer drückte sie das Kreuz durch und verpasste dem Boxsack aus Verbitterung, noch immer keinen Schritt weitergekommen zu sein, einen Vollristkick. Danach lockerte sie ihre Schultern und den Nacken neben dem baumelnden Sandsack.

Zeit für einen Anruf bei Alex. In einem Gespräch mit ihm wollte sie sich zerstreuen, sich ablenken von ihren Misserfolgen auf der Suche nach der Wahrheit hinter Susas Tod. Es läutete und läutete, aber er nahm noch immer nicht ab. An der Zeitverschiebung konnte es nicht liegen, Alex war Frühaufsteher und musste schon längst auf den Beinen sein. War er noch immer wütend, da sie erneut ein Verbrechen aufzuklären versuchte? Dass sie sich in Gefahr begab in einer Angelegenheit, die sie überhaupt nichts anging? Und gleichzeitig die Jobsuche vernachlässigte?

Allerdings hätte es auch sein können, dass sie bereits einen neuen Broterwerb gefunden hatte, seit sie ihn das letzte Mal an der Strippe gehabt hatte. Palmer fragte sich, ob er beim Frühstück saß und sein Handy nicht dabeihatte. Nun checkte sie ihre Textnachrichten, hatte aber keine übersehen. Einen Moment lang dachte sie daran, bei *Johnnie Walker* Hilfe zu suchen, kämpfte aber den Gedanken nieder. Je länger es klingelte, desto überzeugter war sie, dass Alex ihren Anruf absichtlich nicht entgegennahm. Und auch die Sprachbox sprang nicht an, also brach sie das Telefonat ab.

Zwischen ihren Augenbrauen bildete sich ein Sorgengraben.

Weshalb rief er nicht zurück?

Mit einem Schwenk des Kopfs wischte sie die trüben Gedanken beiseite.

Nun überlegte sie, was sie als Nächstes zu tun hatte. Sie würde zum Krankenhaus fahren, um etwas über die Insulinüberdosis herauszubekommen.

Aber zuerst machte sie einen Abstecher ins Bad. Eigentlich liebte sie heiße Duschen, aber heute musste sie mit einem unerbittlich kalten Schauer ihre Sinne wecken. Als sie sich unter die Brause stellte, presste es ihr fast alle Luft aus den Lungen. Aber hier musste sie durch. Den Kopf vornübergebeugt, stützte sie sich mit beiden Armen an den Fliesen ab und zwang ihre Gedanken zu Diethelm. Lag hier die Wahrheit verborgen? Aber aus irgendeinem Grund fiel ihr wieder Aurelia ein.

Palmer schlotterte vor Kälte. Da blitzte es in ihrem Gedächtnis. Palmer schlug die Augen auf, rammte ihre Handkante auf den Hebel des Wasserhahns, und der Strahl brach sofort ab. Nachdem sie das Frotteetuch von der Stange gerissen hatte, fuhr sie damit äußerst schnell, aber unvollständig über den Körper, während sie bereits nackt und mit tropfenden Haaren durch den Flur rannte. Mit einem Sprung landete sie auf dem Sofa, ließ die Finger knacken und war zurück auf Aurelias Instagram-Account.

Da!

Das Selfie auf Instagram, auf der Riesenjacht mit Diethelm.

Wir ankern vor Sankt Lucia. Der Text war datiert auf den März dieses Jahres.

Palmer sog vernehmlich die Luft ein.

Hatte sich Aurelia im Datum vertippt?

Falls nicht, weshalb hatte sich dann Diethelm gebrüstet, das Geschäft laufe so gut, dieser eine Urlaub auf Mallorca müsse reichen für dieses Jahr? Nicht, dass Ferien auf Mallorca bloß einen Mückenschiss bedeuteten. Aber sich auf einer Luxusjacht zu räkeln, über türkisfarbenes Wasser zu schippern mit den kegelförmigen Bergen von Sankt Lucia im Hintergrund gab halt reichlich etwas her auf Instagram. Palmer stellte sich vor, wie Aurelias Fans sie beneideten. Wohl mit dieser offensichtlichen Absicht hatte Aurelia fast zwei Dutzend Fotos gepostet, aufgenommen vor diesem Hintergrund, mal mit, mal ohne Diethelm, wobei sich seine Begeisterung für diese Fotos offensichtlich in Grenzen hielt. Auf dem einen oder anderen Foto drehte er den Kopf weg oder verdeckte mit der in die Kamera gestreckten Hand sein Gesicht.

Vor dieser Insel hatte sich Aurelia sogar mit dem Handy ins Wasser gewagt. Nur ihr Kopf ragte aus den schaukelnden Wellen, als sie sich vor der Superjacht *Serenity III* lächelnd, adrett geschminkt und frisiert in Szene setzte.

Noch einmal: Wieso erwähnte Diethelm diesen Aufenthalt nicht, obschon nicht nur Aurelia, sondern auch er offensichtlich viel Wert auf Prestige legten? Das warnende Kribbeln in Palmers Bauch verstärkte sich.

Sie schoss von der Couch hoch und ging neben dem Plattenspieler in die Hocke. In der Sammlung echter Vinylschallplatten mit Hintergrundrauschen, Kratzern und allem, was dazugehörte, suchte sie nach einer LP von *AC/DC*. Als sie keine fand, begnügte sie sich mit Joan Baez, der amerikanischen Folksängerin. Als Palmer die Hülle kippte, rollte die schwarze Vinylplatte in ihre Hand. Sogleich legte sie diese auf den Drehteller, schwenkte den Tonarm darüber und drehte den Verstärker voll auf. Allerdings gelang es der Protestsängerin nicht, Adrenalin in Palmers Blut auszuschütten. Jetzt trippelte sie voll beschallt ins Schlafzimmer, grub in ihren Kleidern und warf sich in Shorts und Shirt.

Zurück auf dem Polster überlegte sie im Schneidersitz, ob Diethelm und Aurelia vielleicht tatsächlich auf der *Serenity III* vor Sankt Lucia geankert hatten, aber nicht in diesem, sondern ein oder mehrere Jahre zuvor. Vielleicht hatten sie nur das Datum nicht richtig angegeben. In Bezug auf Diethelms Ex-Frau könnte es interessant sein zu erfahren, seit wie vielen Jahren sich die beiden bereits so nahe waren. Aber das war nicht Palmers Problem. Sie fragte sich vielmehr, ob Diethelm wusste, was genau seine Freundin da auf ihren privaten Account raufgepackt hatte.

Wenn sie es sich recht überlegte, erschien Diethelm ob seiner Diskretion, was das Ziel seiner Ferienreisen anbelangte, sogar etwas sympathisch.

Diethelm bewegte sich doch tatsächlich in der Luxuswelt und machte trotzdem auf bescheiden. Respekt.

Palmer nickte.

Eigentlich hatte sie nichts gegen ihn in der Hand, in der Zwischenzeit nur eine Ahnung, bei Diethelm als Täter richtigzuliegen. Also überlegte sie, wie sie Diethelm zum Reden bringen konnte, und merkte erst nach einer geraumen Weile, dass Baez' Protestsongs gegen Rassentrennung verstummt waren. Bereits seit einigen Minuten musste die Langspielplatte auf der innersten Rille drehen, als Palmer das regelmäßige Kratzen wahrnahm. Sie machte die Geräte aus und wählte Diethelms Nummer zu einer Abendzeit, zu welcher die meisten Menschen sich nie trauen würden, jemanden anzurufen. Entsprechend nahm Diethelm den Anruf dann auch gar nicht entgegen, dafür sprang seine Sprachbox an.

»Hier Palmer noch einmal. Erlauben Sie mir eine kleine Frage: Bei welcher Versicherungsgesellschaft war die exklusive Uhr in der Vitrine versichert? Ganz lieben Dank für Ihren Rückruf.«

Dann tippte Palmer noch einmal Peter Schmids Nummer an. Es läutete einige Male, aber ohne dass er dranging. Wäre auch zu schön gewesen, wenn er ausgerechnet heute Nacht arbeitete. Während es bei Peter Schmid geklingelt hatte, war ein Anruf bei Palmer eingegangen, aber die Verbindung war bereits abgebrochen, als sie ihn entgegennehmen wollte. Dafür rapportierte ihr Handy kurz darauf den Eingang einer Meldung auf ihrer eigenen Sprachbox.

»Frau Palmer? Stocker. Kripo Luzern. Meine

Geduld ist zu Ende. Sie melden sich morgen. Bis 10 Uhr bei mir auf der Hauptwache. Ansonsten holen wir Sie.«

18

Nicht der Wecker, sondern ein heftiges Rumpeln riss sie an diesem Morgen aus dem Schlaf.

Palmer kannte diese Geräusche aus dem unten liegenden Ruderbootlager. Heute war ihr das ganz recht, denn sie hatte zu tun.

Als sie die Haustür verschloss, grüßten sie vier hochgewachsene Männer um die 30, die soeben das Bootshaus hinter sich verriegelten. Palmer fühlte, wie die Rudermannschaft ihr nachblickte, als sie kurz vor 10 Uhr in Richtung des Parkhauses schritt. Die Sonne brannte noch nicht senkrecht auf den asphaltierten Gehweg, noch immer verströmte der See eine gewisse Kühle. Sie erfreute sich am lustigen Zwitschern der unsichtbaren Vögel in den Bäumen und Sträuchern. Das Quartier zeigte sich so ruhig wie ein Erholungspark, erst recht zu dieser Tageszeit, wo alle Schüler im benachbarten Gymnasium im Unterricht hockten.

Allzu sorglos wollte sich Palmer nicht verhalten, blickte sich deshalb wachsam um, stieß aber einzig auf zwei Jungs mit gefüllten Schultaschen, die in der gleichen Richtung unterwegs waren wie sie.

Gestern hatte sie kurz mit dem Gedanken gespielt, Stockers Einladung zum Gespräch auszuschlagen. Aber sie wusste, mit ihm war nicht zu spaßen. Nun fragte sie sich, wie viel von ihren neuen Erkenntnissen von Aurelias Instagram-Account sie ihm verraten sollte. Aber egal, was sie ihm auftischte, er würde allergisch darauf reagieren, das wusste sie von früher. Aber sollte sie ihm ihr Wissen während der Befragung vorenthalten, konnte er sie drankriegen wegen Irreführung der Rechtspflege. Aber er würde sowieso wütend sein, da sie sich trotz seines Verbots erdreistet hatte, weitere Ermittlungen anzustellen.

Noch während sie mit sich kämpfte, wie und was sie Stocker preisgeben sollte, schritt sie die Rampe der Einfahrt runter, an der gesenkten Barriere vorbei ins menschenleere Parkhaus.

Spürbar kühlere Luft umspielte ihre Arme. Sogleich fühlte sie sich etwas unwohl auf diesem grauen Beton, nur spärlich beleuchtet durch bläuliches Licht, begleitet durch das Summen der Neonröhre an der Decke. Weit und breit keine Menschenseele, die bedrückende Stille machte die Sache auch nicht besser. Manchmal trieben sich hier dunkle Gestalten herum. Schon mehr als einmal hatte jemand sie hier angemacht, was sie lehrte, ihren Geldbeutel erst im letzten Moment hervorzukramen.

Aber sie beruhigte sich, weshalb sollte jemand sie ausgerechnet heute hier um ihr Geld erleichtern wollen. Gestern waren die Damenparkplätze besetzt gewesen, als sie ihren Wagen reingefahren hatte, so wie jedes Mal, wenn sie sich genötigt sah, hier an diesem teuren Ort zu parken, da sie auf den umliegenden Straßen keine freie Fläche gefunden hatte.

Mit einem Mal hasste sie diese bedrückende Stille.

Wie lauernde Bestien, zum Sprung bereit, kauerten die Wagen im Schatten der Säulen. Die Augen der Scheinwerfer verfolgten jeden ihrer Schritte. Es war ihr, als blitzten Zähne in einem offenen Kühlergrill. Sie beschleunigte ihre Schritte. Das mulmige Gefühl in ihrem Magen ließ sich nicht beruhigen, während sie zu ihrem Datsun marschierte, da das ansonsten blasse Licht heute noch schwächer schimmerte, weil offensichtlich eine Leuchtstoffröhre im Bereich ihres Wagens den Geist ganz aufgegeben hatte. Aber alles ging gut. Bei der Fahrertür ihres Datsuns angekommen, fingerte sie den richtigen Schlüssel aus dem Bund hervor und steckte ihn ins Schloss.

Ein Sekundenbruchteil.

Die Bewegung, im Augenwinkel.

Instinktiv riss sie den Arm hoch.

Greller Schmerz hinter ihren Augen.
Ein weißer Blitz.
Eine Explosion.

19

»Wer sind Sie?« Als Palmer nach einem kurzen Nickerchen die Augen aufschlug, blickte sie in das verlebte Gesicht eines bärtigen Mannes, der im abgedunkelten Krankenzimmer neben dem Bett stand.

»Ich bin dein Vater.«

Ihre Finger krallten sich in die Daunendecke.

»Ich habe keinen Vater.« Palmer drehte ihren Kopf auf dem Kissen weg, aber die gequetschte Stelle und die genähte Wunde an der Schläfe schmerzten. Also schloss sie die Augen und bewegte den Kopf ganz langsam in die Gerade zurück, während sie flach atmete.

Sie hörte, wie er einen der Stühle vom Zweiertischchen wegzog und sich neben ihr Bett setzte.

Klar hatte sie ihn erkannt. Schließlich war er tatsächlich ihr Vater.

Als Jugendliche hatte Palmer die Wochen gezählt, dann die Monate, seit ihre Mutter gestorben war. Ihren Vater aber versuchte sie, aus all ihren Gedanken zu löschen ab jenem Tag, an welchem er ihre Mutter und sie im Stich und mit all seinen Schulden zurückgelassen hatte.

Es gibt Leute, die gewöhnen sich an Schmerz und Enttäuschung. Aber Palmer hatte es gar nicht erst versucht. Nie hatte sie akzeptieren können, wie sich ihr Vater aus der Verantwortung gestohlen hatte. Nie war sie darüber hinweggekommen, wie ihre Mutter gezwungen war, sich fast zu Tode zu rackern, um sie beide über die Runden zu bringen. Ihren letzten Lebensrest schaffte dann der Krebs. Bis heute quälte sie die Idee, eine Mitschuld am Tod ihrer Mutter zu tragen. Hätte diese nicht so viel Geld in die musikalische Ausbildung ihrer Tochter investiert, hätte mehr davon zur Verfügung gestanden für eine bessere ärztliche Betreuung.

Auch in Erinnerung an ihre Mutter würde sie den Täter, der sie vor zwei Tagen überfallen und niedergeschlagen hatte, die Nase gehörig polieren. Nicht in erster Linie wegen der zugefügten Verletzungen, auch nicht wegen den gestohlenen Ausweisen, Kreditkarten oder anderen Geldwerten, die in ihrem Fall meistens eh nicht erwähnenswert waren. Nein, wegen des Rings, den sie in ihrer Börse aufbewahrt hatte. Eigentlich war der Datsun das einzige Erinnerungsstück, das früher ihrer Mutter gehört hatte. Die meisten Leute hingen übertrieben sentimental an ihrem ersten Auto. Insbesondere Männer erinnerten sich vielleicht kaum an den ersten Geburtstag ihres Kindes, aber über ihren Wagen wussten sie alles: Modell, Farbe, Baujahr, von wem sie ihn gekauft und wie viel sie dafür bezahlt hatten. Aber Palmer hing an diesem Wagen und fuhr ihn seit Jahren, da sie ihn nach Mutters Tod hatte übernehmen dürfen.

Den Ring hatte ihr zur Feier des Übertritts in die Sekundarschule die Mutter geschenkt mit den Worten: »Wo ich hingehe, gehst auch du hin.« Ein günstiges Stück zwar mit einem farbigen Keramikkügelchen, so dünn vergoldet, dass er bereits nach einigen Wochen silberfarbig aussah. Aber da ihr außer dem Datsun und dem Schmuckstück nichts Weiteres geblieben war, liebte sie diesen Ring. Und jetzt war er fort, genau wie ihre Mutter.

Was gäbe sie darum, ihr Muttchen zurückzuerhalten. Die beiden hatten viele schöne Tage, aber viel zu wenige Jahre zusammen.

Aber ihr Vater? Was für eine Frechheit, hier aufzutauchen und sich an ihr Krankenhausbett zu setzen.

Zwei oder drei Mal war es in ihrer Kindheit vorgekommen, dass er sich angemeldet hatte, um mit ihr einen Nachmittag lang etwas zu unternehmen. Rechtzeitig hatte sie jedes Mal auf der Treppe vor dem Haus gehockt, eine selbstgemalte Zeichnung in der Hand, auf ihren Knien Kasimir balancierend, die weiche Puppe mit der Igelfrisur, die mit einem verbleibenden Auge verwundert in die Welt hinausblickte. Obwohl sie eigentlich auf ihren Vater böse war, da er sich so selten blicken ließ, hatte sie sich in Gedanken viele kleine Erlebnisse zurechtgelegt, die sie ihm erzählen wollte. Mit ihrer Mutter hatte sie Kekse für ihn gebacken und liebevoll verziert. Mutter hatte erklärt, Vater würde sie heute abholen kommen, bevor die große Glocke neunmal schlug. Aber nach dem neunten Schlag blickte sie sich um und erkannte Mutters Gesicht, das hinter dem Vorhang am Fenster verschwand. Palmer hatte an Kasimirs Ohren gezupft, während ihr dicke Tränen übers Gesicht kullerten. Nachdem die große Glocke zehnmal geschlagen hatte, brachte ihre Mutter ein Glas Limonade mit aufmunternden Worten. Aber Palmer war hochgeschnellt und an ihr vorbei ins Haus gerannt.

»Ich hasse ihn. Ich will ihn nie mehr wiedersehen«, hatte sie Mutter zugeschrien.

Und heute stand er wie aus dem Nichts an ihrem Bett.

Sie wandte ihm das Gesicht zu, sprach aber kein Wort, sondern fixierte die Stelle zwischen seinen Brauen. In ihrem Körper loderte der Zorn.

Die wenigen heftigen Worte von vorhin hatten gereicht, um die Seniorin im Bett neben Palmer aus dem Schlaf zu schrecken. Verwirrt begann sie, mit geöffnetem Mund zu kauen.

Mit Daumen und Zeigefinger fuhr sich Palmers Vater auf beiden Seiten des Mundes über den hellgrauen verwilderten Bart, als wollte er ihn nach unten strecken. Altersflecke sprenkelten seine leicht zittrigen Handrücken, ein Silberring steckte an seinem Daumen. Zu viele der Knöpfe seines zerknautschten Seidenhemds, das er unter einer schwarzen Lederweste trug, standen offen und gaben den Blick frei auf eine Auswahl an Kettchen und Lederbändern um seinen Hals. Die fast schulterlangen weißen Haare schien er zur Feier des Tages mit seinen Fingern gekämmt zu haben. Auf seinem Gesicht lag jener überraschte Ausdruck, den sie bereits aus ihrer Kindheit kannte, den des nüchternen Alkoholikers, der jemanden gequält um etwas bat und dabei jegliche Selbstachtung verlor.

Das Saufen ist wohl das Einzige, das er mir beigebracht hat. Offensichtlich ist er der Meinung gewesen, seine Pflichten damit erfüllt zu haben, ging ihr durch den Kopf.

Er war dünner als in ihrer Erinnerung, mit loser Haut und sichtbaren Sehnen unter dem Kinn. Seine braunen Augen tränten zwar leicht, aber Palmer musste zugeben, sein gebräuntes Antlitz strahlte etwas Liebenswertes aus. Die dünnen Beine verbarg er in formlosen Jeans, die in abgetragenen Cowboystiefeln steckten, mit denen er aussah, als sei er gerade einem Italo-Western entstiegen. Ein hagerer 60er mit hängenden Schultern, aber der lockeren Lässigkeit eines 30-Jährigen.

»Sag, was du sagen willst, dann gehst du.« Palmer unterstrich ihre Entrüstung, indem sie mit der Hand theatralisch die Luft zerhackte. Aber mitten in der Bewegung sog sie laut hörbar Luft in die Lungen. Eine solch energische Bewegung ließ ihre Schulter- und Nackenquetschung nicht schmerzfrei zu.

»Aber Chris, das ist doch jetzt schon – wie lang? – gegen 20 Jahre her.«

Am liebsten hätte sie ihm eine geschmiert, beließ es aber bei einem wütenden Blick.

»Du willst nicht mal wissen, wo ich lebe, was ich tue?« Ihr Vater blickte zu Boden.

»Du hast Nerven«, schnaubte sie empört. »Du lässt ewig nichts von dir hören ... Wenigstens meinst du nicht, ich hätte dich fragen müssen, wie es dir geht.« Sie tastete nach dem Bedienungselement und senkte den Kopfteil ab in die Gerade.

»Muss ich mich ab jetzt ein Leben lang bei dir entschuldigen?«

»Ich habe nie eine Entschuldigung gefordert. Was ich wollte, war ein Vater.«

Er hatte sich als Kunstmaler und Bildhauer gefühlt. Aber zeitlebens war ihr nie ein Werk von ihm unter die Augen gekommen, sodass sie sein Talent nicht beurteilen konnte. Was er aber ganz bestimmt beherrschte, war, sich als Künstler auszugeben und sich durchs Leben zu lavieren. Sollte er bald sterben, dann würde es am Rotwein liegen und nicht an zu viel Arbeit. Es lagen Welten zwischen ihnen. Sie fühlte sich verantwortlich für sich selbst und für andere. Er hatte sich stets von einer Frau aushalten lassen und war nach einiger Zeit wie ein Bienchen immer wieder auf dem nächsten Blümchen gelandet. Als er damals ausgezogen war, hatte er seinen Entscheid Palmer zu erklären versucht, Liebe nutze sich ab, Menschen zögen weiter. Was für ein Arsch, hatte sie bereits damals gedacht. Sie erinnerte sich auch, als sie ihm als Teeny offenbart hatte, sie wolle als Polizistin für Recht und Ordnung sorgen, hatte er sie angeblickt, als ob sie gebeichtet hätte, sie habe vor, auf den Strich zu gehen. Vor einigen Monaten hatte sie aus heiterem Himmel seinen Namen gegoogelt. Unter »Heinrich Palmer« fand sie nichts, auch nicht unter »Enrico«, wie er sich nannte.

Nun beugte er sich über sie, wobei er mit dem Kopf den Bügel ins Schwingen brachte, der als Aufrichtehilfe über dem Bett baumelte. Mit einer langsamen Bewegung wischte er seiner Tochter eine Träne von der Wange.

»Als nächsten Verwandten haben sie mich benachrichtigt. Man hat dich bewusstlos ins Krankenhaus eingeliefert.« Als Palmer nicht darauf einging, ergänzte er: »Aber ich kann wieder gehen, wenn meine Anwesenheit dich zu sehr aus der Fassung bringt.« Sie schwieg weiterhin. »Die beiden jungen Männer, die dir zu Hilfe geeilt sind, haben zu Protokoll gegeben, dass eine vermummte Person auf dich eingeprügelt hat – mit einem Baseballschläger. Erst haben sie nicht mal kapiert, dass hier jemand versucht, einen Menschen totzuschlagen. Sie haben sich unterhalten und sind nichtsahnend in die Tiefgarage geschlendert, als der Schlägertyp sie wohl gesehen hat. Sie sagen, er hat noch etwas vom Boden aufgehoben und ist dann weggerannt. Sie konnten nicht mal sagen, ob es eine Frau oder ein Mann war. Auch deshalb, weil ihre Augen sich noch nicht an die schwache Beleuchtung der Tiefgarage gewöhnt hatten. Jedenfalls ist die Person auf einem Motorrad ohne Nummernschild weggebraust. Könnte aber auch ein Motorroller gewesen sein.« Er beugte sich vor und stützte die Ellbogen auf die Knie, wahrscheinlich, um dem Gespräch einen vertraulicheren Charakter zu verleihen.

»Weiß ich längst«, sagte Palmer.

Er ließ sich gegen die Stuhllehne fallen. »Ich will dich echt nicht verärgern, indem ich mich in deinem Leben zurückmelde. Eigentlich hätte ich auf eine etwas andere Reaktion gehofft.«

»Nämlich?«

Palmer wandte den Kopf und blickte zwischen den schräg stehenden Lamellen aus dem Fenster.

»Weiß nicht. Jedenfalls sollst du wissen, du hast noch einen Vater. Ich war nie für dich da, verstehe deine Abneigung. Aber jetzt würde ich's gerne versuchen.«

»Und du denkst, einen Kaffee mit mir zu trinken, bringt alles in Ordnung?«

»Verzeih mir. Aber ich meine es ernst.« Als Palmer nichts entgegnete, starrte er auf seine Handrücken. Dann hob er seinen Blick und lächelte traurig.

In diesem Moment klopfte es an der Tür, die bereits ins Zimmer herein schwang. Eine Pflegerin schritt leise, aber zügig zu Palmer, schüttelte das Kissen auf und stellte einen Krug mit heißem Tee auf den fahrbaren Nachttisch. Als sie erkannte, dass die Patientin im Nebenbett schlief, verabschiedete sie sich wortlos, indem sie mit dem Kopf nickte.

Beide verharrten schweigend.

Nach einiger Zeit versuchte es Palmers Vater erneut.

»Du hast diese Prügel besser weggesteckt als die meisten Männer, die ich kenne.« Nach einer weiteren Minute strich er mit den Handflächen über seine Oberschenkel als Zeichen, dass er genug gesagt hatte. »Ich muss los.« Er machte eine Bewegung, als wollte er aufstehen, hielt aber inne. »Ich hab dir Handynummer und Adresse aufgeschrieben, liegt neben dem Tee. Falls du doch mal ein paar Worte reden willst.« Seine Stimme war jetzt heiser. »Wir könnten uns auch auf ein Glas Wein treffen. Auf neutralem Boden, wenn du magst, sodass du jederzeit abmarschieren kannst.«

Es schien ihm etwas auf der Zunge zu brennen und es sah aus, als würde er darüber nachdenken, wie er das, was er loswerden wollte, am besten sagte. Dann aber erhob er sich, lehnte sich vor und küsste sie völlig unerwartet auf die Wange.

»Pass gut auf dich auf.«

Er wandte sich um, seine Absätze klackten hohl auf dem Kunststoffboden, als er zur Tür schritt. Bevor er ganz verschwand, sagte er mit einem liebenswerten Lächeln Lebewohl, dann klickte das Schloss.

Viel zu viele Gedanken schossen ihr kreuz und quer durch den Kopf, ganz entgegen der Empfehlung der Ärzte, sie solle sich ausruhen, über nichts nachdenken, nicht nur körperlich, sondern auch geistig vollständig runterfahren. Aber solang sie die Erinnerungen an ihren Vater nicht aus ihrem Hirn tilgen konnte, verblieb auch das beklemmende Gefühl in der Brust.

Palmers Gedanken flogen nach Kalifornien, wo Alex weilte, nichts von diesem Überfall wusste und auch nichts erfahren durfte. Palmer traute sich nicht, ihm diesen Mordversuch an ihr zu beichten, so liebend gern sie gerade jetzt seine Stimme vernommen hätte. Alle seine dramatischen Vorhersagen würde er bestätigt sehen. Allerdings quälte sie der Gedanke, ihre Verletzungen, insbesondere die frische Narbe über dem Auge, würden ihm nicht verborgen bleiben. Sie würde ihm reinen Wein einschenken müssen. Später.

Die Zeit verflog, während sie in andere Welten entschwebte. Kein Gefühl, ob nur für Minuten oder einige Stunden, vergingen zwischen Wachen und Traum. Zwar ruhte ihr Körper unter der Bettdecke, aber im Geist erlebte sie bewegte Szenen, wunderschöne, aber auch erschreckende.

Ein Kuss auf meiner Stirn?

Schlagartig versteifte sich Palmer. Ihr Herz setzte einen Schlag aus. Sie riss die Augen auf.

Ihr Blick schnellte zwischen dem Gesicht vor ihren Augen und der Decke hin und her.

»Was tust du hier?«

»Ich habe Lenny besucht. Aber er hat nur kurz hier gelegen. Gerade vorhin hat man ihn abgeholt und in die Intensivstation des universitären Herzzentrums verlegt. Nach Zürich.«

Palmer sorgte sich erkennbar um Lennys Leben.

Besänftigend ergänzte Hannah: »Es ist der bestmögliche Verlauf für ihn. Zwar geht es ihm noch immer zusehends schlechter. Andererseits rutscht er durch den Aufenthalt im Krankenhaus auf der Liste der Empfänger mächtig Richtung Spitze.« Sie schüttelte den Kopf. »Aber niemand kann mir zusichern, dass er durchhält, bis er ein Spenderherz kriegt.« Sie kramte ein Papiertaschentuch hervor und wischte sich über die Augen, schnäuzte sich, zerknüllte das Tuch und behielt es in der Hand, um es später in einen Mülleimer zu werfen.

»Denkst du, der Stress um Susas Tod hat ihn zusätzlich geschwächt?

Hannah nickte stumm. Mit zusammengepressten Lippen blinzelte sie eine Träne weg. Aber sie war anscheinend nicht nur in Sorge um Lenny. Auch Palmers bemitleidenswerter Zustand schien sie zu schmerzen.

Palmer hatte keinen Besuch erwartet, aber jetzt war sie dankbar für Hannahs Visite. Zwar lag Palmer nicht allein in diesem Zimmer, das Bett daneben war belegt durch diese alte Frau, die jedoch fast immer mit offenem Mund schlief und keine großartige Gesprächspartnerin abgab.

Aber gerade jetzt war die Situation auf einmal anders, denn während Palmer geschlafen hatte, hatten sich Besucher um die alte Dame gruppiert, einige Verwandte mit ihren halbwüchsigen Kindern. Sie versuchten hartnäckig, die Seniorin mit harmlosen Fragen in ein Gespräch zu verwickeln. Wohlweislich hatte man einen Kuchen mitgebracht, um zumindest über diesen reden zu können. Dann und wann ging einer raus, um eine zu rauchen.

Die Teenys hockten zusammengesunken auf dem niedrigen Fensterbrett, den Kopf in den Handflächen aufgestützt, studierten mit hingebungsvoller Aufmerksamkeit die Maserung des Kunststoffbodens. Offensichtlich hatte man ihnen verboten, die Smartphones mitzubringen. Nach exakt einer halben Stunde blickte einer der Männer auf die Uhr und fasste zusammen, es sei schön gewesen, sich wieder mal bei Kuchen zu treffen, und gab sich überzeugt, es werde der alten Dame bald besser gehen. Dann schlug er beide Handflächen aufeinander. Auf einen Schlag kehrte Leben in die Besucher zurück. Alle schnellten wie auf Kommando aus dem Sitz hoch, atmeten durch und verabschiedeten sich freundlich von ihrer Mutter, Tante oder Großmutter, und alle versprachen, sie bald wieder besuchen zu kommen. Das würde nicht geschehen, jedenfalls von den meisten, und alle wussten es. Jedenfalls war die Pflicht getan.

Als auch der letzte dieser Gruppe die Tür mit einem lauten Klicken hinter sich geschlossen hatte, genoss Palmer für einige Momente die eingekehrte Ruhe und blickte zu Hannah, die seitlich auf ihrer Matratze hockte und ihr die Hand hielt.

»Eigentlich bin ich noch glimpflich davongekommen bei dem Angriff. Hätte schlimmer ausfallen können. Hab ich mich allzu sorglos verhalten?« Während sie dies fragte, mied Palmer den Blickkontakt zu Hannah.

»Du hast Lenny und mir geholfen, auf meinen ausdrücklichen Wunsch. Dafür danke ich dir.« Über der Decke drückte sie Palmers Bein.

»Eigentlich war ich gewarnt.« Palmer zog die Decke bis zum Hals. »Ich wusste um die Gefahr, hätte mich besser darauf einstellen müssen. Ist auch nicht das erste Mal, dass ich eins auf die Rübe kriege.« Sie versuchte sich an einem Lächeln. »Und jetzt liege ich hier und bin weniger weit mit meinen Ermittlungen als ganz zu Beginn. Aber soll ich mich jetzt zurückziehen? Bis jetzt habe ich noch nie einen einmal angenommenen Auftrag hingeschmissen.«

Als Hannah Palmers Hand tätschelte, zog sie diese langsam zurück, hatte aber sofort ein schlechtes Gewissen. Vielleicht bloß etwas Hautkontakt, weiter nichts.

»Du, ich habe jemanden kennengelernt«, sagte Hannah. »In der *Magdibar* ist mir ein Engel erschienen.« Sie zwinkerte Palmer zu. »Waren aber zu viele Leute da, es war auch zu laut für ein tiefes Gespräch. Trotzdem fühle ich es, da wird was draus. Ich habe mich mit ihr verabredet.« Aber sogleich zogen wieder dunkle Wolken über Hannahs Gesicht. »Glaubst du, die Mörder werden zurückkommen? Werden sie mich … ich meine, müssen wir beide Angst haben?«

Für einige Sekunden schwebte diese Frage wie ein Schwert über ihren Köpfen.

Vorsichtig schüttelte Palmer den Kopf. Dann überschwemmte Zorn ihr Hirn.

»Wer immer ihr seid, ihr Bastarde dort draußen: Jetzt genießt ihr meine volle Aufmerksamkeit.«

20

Am Empfang hatte Palmer sich ein Taxi bestellt, einige Minuten vor dem Haupteingang darauf gewartet, jetzt ließ sie sich auf direktem Weg bis vor ihr Zuhause chauffieren. Sie hatte rausgemusst, weg vom Krankenhaus. Nicht nur weil sie Besseres zu tun hatte, als rumzuliegen und auf Genesung zu warten. Auch den Geruch nach Desinfektions-, Bleich- und Reinigungsmitteln hatte sie satt, die gegen den ganzen Mief kranker Menschen kämpften, aus denen das Leben langsam in die weißen Laken sickerte.

Palmer bezahlte den Taxifahrer mit Bargeld. Dieses hatte sie sich geliehen, denn beim Überfall hat man ihr den kompletten Geldbeutel abgenommen mit allen Ausweisen und Kreditkarten, die sie dann mühsam im Krankenhaus hatte sperren und sich neu ausstellen lassen. Dass der Überfall eigentlich ihrem Leben und nicht ihren Wertsachen gegolten hatte, schloss sie aus dem Umstand, dass der Täter ihr das Handy nicht abgenommen hatte. Auch möglich, dass er oder sie bloß zu früh von den beiden Jungs im Parkhaus bei ihrer mörderischen Tat gestört worden war.

Palmer schlich die Holztreppe zu ihrer Wohnung hoch und mit wachen Ohren und Augen durch die Wohnung, fand aber alles in bester Ordnung vor. Allerdings hatte sie Sandman nicht aufgestöbert. Sie rief nach ihm, und als dieser sich nicht blicken ließ, fläzte sie sich in die Hängematte auf dem Balkon. Nach einiger Zeit setzte sie sich auf, stützte die Ellbogen auf die Knie und ließ den Kopf hängen. Aber auch so gelang es ihr nicht, sich zu entspannen. Durfte sie sich so sorglos in ihrer Wohnung aufhalten, als wäre nichts passiert? Wo jeder, der sie finden und totschlagen wollte, zuerst seine Suche startete? Um sie umzubringen, brauchte man nicht mal in die Wohnung einzudringen, etwas Brandbeschleuniger und ein Streichholz reichten, um das ganze Bootshaus mitsamt ihrer Dachwohnung abzufackeln.

Aber wohin?

Zu Alex ging nicht. Er weilte in Kalifornien, und sie hatte jedes seiner Angebote abgewehrt, den Schlüssel für seine Wohnung entgegenzunehmen. Klar, ein kurzes Telefongespräch mit ihm würde reichen, und er würde etwas organisieren. Aber ihm wollte sie keinesfalls den Grund ihres Wohnungswechsels mitteilen.

Höchste Zeit für ein Gespräch mit ihrer besten Freundin, also wählte Palmer Julis Nummer. Sogleich lief deren Sprachbox an und erinnerte sie, dass Juli sich zu einem Foto-Shooting auf Kuba abgemeldet hatte. Bei Juli konnte sich Palmer darauf verlassen, dass diese ihre Rückkehr sofort bekanntgeben würde, sobald sie nach Hause kam.

Zu Hannah? Quatsch. Nicht weil Hannah sie hatte küssen wollen, sondern weil man auch ihr mit Mord gedroht hatte. Da konnte sie gleich in dieser Wohnung bleiben.

Ein Hotelzimmer? Konnte sie sich nicht leisten.

Sie lehnte sich zurück und schwang mit der Hängematte hin und her, als sie die Frage nach dem Wohin im Kopf wälzte.

Ihre Augen verengten sich zu Schlitzen, dann fasste sie einen Entschluss.

Sie stemmte sich hoch, latschte ins Schlafzimmer, zog sich um, warf frische Wäsche in ihre Sporttasche, schob den Laptop und die Ladegeräte oben drauf, bevor sie am Reißverschluss zerrte. In der Küche gab sie reichlich Futter in den Fressnapf und füllte den anderen bis zum Rand mit Wasser.

Als sie zu ihrem Wagen schritt, konnte sie trotz Sperberblick keinen Menschen ausmachen. Dennoch hielt sie sich so weit wie möglich weg von Sträuchern und Bäumen und hoffte, wer immer ihr auflauerte, würde zumindest unbewaffnet auftauchen. Denn gegen einen Schuss aus dem Hinterhalt war kein Mensch gewappnet.

Beim Parkhaus blickte sie von außen erst in die Kassenzone, dann über die geparkten Fahrzeuge. Die Luft war rein. Sogleich breitete sich Gänsehaut über ihren ganzen Körper aus, als der Gedanke durch ihren Kopf raste, dass sie gleich ein ganzes Vermögen in den Automaten stopfen müsste, weil ihre Karre über all die Tage hier drin gestanden war. Wohl oder übel klaubte sie genügend Noten und das Ticket hervor, erst dann ging sie hinein. Zügig, aber ohne Panik, trotzdem spannte sie jeden Muskel an. Ihre rechte Faust umklammerte den Schlüsselbund so, dass zwei der Schlüssel zwischen ihren gebogenen Fingern hervorstachen, als wäre sie mit einem Schlagring bewaffnet. Schadlos würde sich ihr niemand in den Weg stellen.

Vom Eisfeld her kommend schwenkte ihr Datsun in die Tribschenstraße ein. Auf ihrem Weg blickte sie fast so häufig in den Rückspiegel wie nach vorne. Sie fuhr aufreizend langsam, um die nachfolgenden Fahrzeuge zum Überholen aufzufordern und dabei zu erkennen, ob ein möglicher Verfolger sich ebenfalls zurückfallen ließ, um unauffällig Abstand zu halten. Sie tat dies nicht aus Angst, sondern aus reiner Vorsicht.

Als sie sicher war, dass ihr niemand auf die Pelle rückte, nahm sie einen Umweg über den Bahnhofplatz, um sich Zeit zu geben. Sie musste sich selbst überzeugen, bereit zu sein für den Schritt, den sie gleich tun wollte.

Schließlich parkte sie ihre Kiste unter der prallen Nachmittagssonne auf einem freien Platz an der Reckenbühlstraße am südlichen Ausläufer des Sonnenbergs. Eine Parkscheibe hatte sie keine dabei, aber die Gefahr einer Buße schien ihr gering, in diese abgelegene Sackgasse würde sich kaum ein Gesetzeshüter verirren.

Nun stand sie vor der Adresse, die er zusammen mit seiner Telefonnummer auf einen Zettel gekritzelt hatte.

Ein schmuckes Wohnhaus im Jugendstil, gut 100 Jahre alt, aufgehübscht mit wenigen Verzierungen. Zwar nicht renoviert, aber gut erhalten, mit je einer Wohnung auf den drei Etagen.

Die Haustür war nicht verschlossen. Vor der Wohnung im Hochparterre drückte Palmer einmal kurz die

Klingel, und während sie wartete, fragte sie sich noch einmal, ob sie gleich den Fehler ihres Lebens beging. Ihr Herzschlag steigerte sich, bis sie sich körperlich unwohl fühlte. Noch hatte sich in der Wohnung nichts geregt. Während sie geduldig verharrte, wühlte sie in ihren Erinnerungen, stieß aber nirgendwo auf den Namen, den sie auf dem Klingelschild las. Agnes Matter.

Noch immer starrte sie auf den Namen, als Bretter knarrten, das matte Glas in der Tür sich verdunkelte, endlich das Schloss knirschte und die Tür in die Wohnung schwang.

Die eine Schulter verdeckt, stand er mit verwundertem Gesicht bewegungslos vor ihr.

Enrico, Palmers Vater.

Verwirrt zog er die Augenbrauen zusammen, strich sich über seinen grauen Bart und zögerte eine Sekunde. Dann breitete er die Arme aus und setzte ein Lächeln auf, das vertraulich aussehen sollte, aber ziemlich hilflos wirkte.

Als Palmer keine Anstalten machte, sich umarmen zu lassen, trat er von der Tür zurück, wohl als Zeichen, dass sie eintreten sollte. Hinter ihr verriegelte er die Tür und rieb seine Hände, als er sich Palmer zuwandte. Dann pendelte sein Blick zwischen ihrem Gesicht und ihrer auf den Flurboden geplumpsten Tasche hin und her.

»Nicht okay, wenn ich für einige Tage bleibe?« Palmer bückte sich, umfasste die beiden Griffe und war zum Abmarsch bereit.

»Halt, halt. Ich war nur einen Moment lang ... überrascht. Klar kannst du hier übernachten.«

Palmer nickte.

»Du musst nur wissen, diese Wohnung gehört nicht mir, sondern einer Kollegin. Aber sie wird erst in einigen Monaten zurückkehren. Bis dahin sehe ich nach dem Rechten. Der guten Ordnung halber will ich sie informieren.«

Fragend zog Palmer die Augenbrauen hoch.

Der guten Ordnung halber?

Als könnte er Gedanken lesen, setzte er zu einer Erklärung an.

»Ich habe so einiges geändert in meinem Leben.«

Palmer starrte ihn ungläubig an.

»Schmerzt das an deinem Kopf?«, fragte er. Leidend verzog er das Gesicht, wahrscheinlich weil er ihren rotgelb gefärbten Wangenknochen musterte.

»Was glaubst du?«

Er blickte zu Boden.

»Erst zeige ich dir dein Zimmer, dann leistest du mir Gesellschaft auf dem Balkon. Um diese Uhrzeit arbeite ich dort.«

Arbeiten? Palmer blinzelte irritiert.

Ein Brettchen des uralten Parketts knarrte, als sie ihm durch eine Tür im Flur folgte. Er durchschritt das Zimmer und öffnete das Fenster, um zu lüften. Sogleich schwoll das fröhliche Gezwitscher vom Garten her an, schlug jedoch in panische Warnrufe um, als vor dem Fenster in genau diesem Moment eine getigerte Katze den Baumstamm hochwetzte und drei kleine Vögel aufschreckte.

»Agnes' Gästezimmer. Sie benützt es kaum. Ich selbst nächtige derweil in ihrem Zimmer, solange sie Buenos Aires unsicher macht.«

Palmer schmiss ihre Tasche auf das Bett, sodass der Rand des roten Baumwollüberwurfs nicht mehr rundherum das Parkett berührte, sondern nach oben hüpfte. Das Zimmer präsentierte sich spärlich möbliert. Außer dem Bett enthielt es nur noch einen Schrank mit geschlossenen Türen. Allerdings lehnten sich an mehreren Stellen Wechselrahmen mit Grafiken und Fotos hintereinander an die Wände, der Größe nach geordnet.

Alles so schön aufgeräumt. Ist das wirklich mein Vater?

Wortlos wandte sich ihr Vater um. Während sie ihm durch den Flur in das ordentliche Wohnzimmer folgte, nahm ihre feine Nase den Duft einer vor sich hin köchelnden Tomatensoße wahr.

Hinter ihm trat sie auf den südostseitig gelegenen Balkon, von welchem sich die Sonne für heute bereits verabschiedet hatte, sodass er in der frühen Dämmerung bereits die Lampe aufgedreht hatte. Ein echt lauschiges Plätzchen, umfriedet von einem schmiedeeisernen Geländer, das Kletterpflanzen im Laufe der Jahre größtenteils überwuchert hatten. Auf dem dunkelgrünen Metalltisch zog zuerst ein gefüllter Aschenbecher aus Glas ihren Blick auf sich mit einer rauchenden Zigarette, die auf dem Rand balancierte. Vor dem zurückgeschobenen Gartenstuhl lag ein aufgeschlagenes Notizheft, unter dem gerade eine Ameise verschwand. Das Schriftbild ließ sie vermuten, dass er soeben mit einem schwarzen Filzstift ein Gedicht hineingeschrieben hatte.

Eine brotlose Beschäftigung, dachte Palmer und erinnerte sich an den traurigen Scherz, den man innerhalb der Dichterszene herumreichte, dass es nämlich mehr Poeten gäbe als Poesieliebhaber.

Neben einer nahezu leeren Weinflasche mit Etikett von *Château sowieso* gab der kleine Lautsprecher einen Rockklassiker zum Besten.

Ihr Vater ließ sich auf seinem Stuhl nieder, schlug die Beine übereinander, zog den benachbarten Stuhl vom Tisch zurück und schob ihn für Palmer zurecht. Mit verschränkten Armen hatte sie ihn aus einiger Distanz beobachtet, aber nun drückte sie ihr Kreuz durch und setzte sich zu ihm.

Er schenkte mit der Rechten Rotwein in sein langstieliges Kristallglas. Aber dann schoss er hoch und stellte die Flasche unsanft auf den Tisch.

»Willst du was trinken? Blöde Frage«, korrigierte er sich und eilte in die Küche. Alsbald erschien er mit einem Siegerlächeln auf den Lippen, stellte das zweite Glas vor Palmer auf den Tisch und füllte den Rest des Weins vorsichtig, und ohne den Bodensatz aufzuwirbeln, ein. Nun fingerte er eine Zigarette aus der Packung, wobei er gleich zwei zu fassen bekam. Als er versuchte, die zweite zurückzuschieben, verbog er sie. Er musterte Palmer durch die Flamme des Streichholzes, das er mit Schwung am Briefchen gerieben hatte, ehe er damit nachdenklich das Ende seiner Zigarette anzündete.

Palmer entzifferte sein uraltes Tattoo im Bereich der Pulsadern.

»Die Sintflut beginnt mit einem ersten Tropfen.« Ein Spruch aus den 68ern halt, als er offenbar die sozialistische Weltrevolution herbeigesehnt hatte.

Noch immer zögerte Palmer, ihn anzusprechen, denn sie wusste nicht, wie sie ihn anreden sollte. Als könnte er Gedanken lesen, bemerkte er:

»Nenn mich Enrico. Für Papi sind wir beide zu alt.« Seine Bemerkung ging in einen Hustenanfall über, den er durchstand, ohne die Zigarette aus dem Mund zu nehmen. Routiniert wischte er sich die Asche von der Weste.

Fieberhaft suchte sie in Gedanken nach einem bissigen Kommentar, atmete endlich tief durch, als ihr nichts Treffendes einfiel. Während sich das Schweigen in die Länge zog, umschwirrte eine Fliege in Achterbahnen ihre Köpfe. Als sie auf Palmers Haut landete, kitzelten die kleinen Füße ihren Nacken, bis sie die Fliege verscheuchte.

»Agnes kenne ich schon ewig. Bin ihr zum ersten Mal in Zürich begegnet in einer Künstlerkommune. Aufgewachsen ist sie in diesem Haus. Sie hat es von ihren Eltern geerbt, als beide mit der *Swissair*-Maschine bei Halifax ins Meer gestürzt sind.« Er genehmigte sich einen kleinen Schluck, schob den Wein jedoch im Mund hin und her, bevor er ihn hinunterschluckte. Anschließend nahm er einen nächsten, größeren, vielleicht, damit er besser nachdenken konnte. Er bemerkte eine Ameise, die jetzt im Zickzackkurs über den Tisch krabbelte, und schnippte sie mit dem Fingernagel weg. Nach einer Weile, während der sie beide geschwiegen hatten, meldete er sich wieder zu Wort. »Ich hüte die Wohnung, bis sie zurückkommt. Agnes ist Künstlerin. Grafik und Fotografie. Läuft bei ihr ganz ordentlich. Sie lebt weitgehend von der Vermietung der beiden oberen Wohnungen.« Er leerte sein Glas und schmatzte. »Agnes ist für sechs Monate nach Argentinien verreist, wohnt in einer Künstlerresidenz in La Boca, Buenos Aires. Tolle Sache, diese Auslandateliers. Luzern bietet ihr kostenlos die Möglichkeit, sich vom Alltag in Luzern zu lösen und ihre Kunst in einem inspirierenden Umfeld weiterzuentwickeln.«

Einen Moment lang sagte keiner von ihnen etwas, keiner rührte sich, während Palmer so tat, als lauschte sie dem fernen Rauschen des Verkehrs. Ein Nachtfalter schwirrte um die Glühbirne, die so stark war, dass sein Schatten unregelmäßig über die beiden hinweg flackerte.

»Ich habe Agnes Grundkenntnisse in Spanisch beigebracht.« Wieder schwiegen beide. »Okay, interessiert dich nicht besonders. Was anderes: Muss ich fürchten, dass hier einer eindringt und mir an den Kragen geht?«

»Ich kann dich beruhigen. An dir ist der Mörder nicht interessiert.« In einer spontanen Geste hob sie den linken Arm. Prompt schoss der stechende Schmerz durch ihre Schulter und erinnerte sie an ihre Verletzungen. Langsam ließ sie den Arm sinken.

Enrico streckte seine Hand zu Palmer und versuchte, ihr sachte übers Haar zu streichen. Als sie sich aber sichtbar versteifte, zog er seine Hand zurück.

Blut stieg in Palmers Wangen.

»Ich hätte wohl etwas zu essen mitbringen sollen. Du bietest mir ein Bett in Sicherheit, und ich tanze an mit leeren Händen.«

Er schürzte die Lippen und wackelte mit dem Kopf.

»Lass nur. In vier Stunden kriege ich Besuch. Die Soße köchelt bereits. Reicht locker für drei.«

Er faltete die Hände hinter seinem Kopf und lehnte sich mit dem Rücken an. Hierbei rutschte der Hemdsärmel so hoch, dass er ein zweites Tattoo freilegte. Wo Palmer das Porträt von Che Guevara erwartet hatte, lächelte ihr Mickey Mouse entgegen.

»Ich habe alle deine CDs gekauft, als du noch mit deiner Band auf Tour warst. Deine Bühnenshow habe ich erlebt in Barcelona und Prag, als ich dort gelebt habe.«

Einen kurzen Moment lang fühlte sich Palmer geschmeichelt, aber sogleich war sie gekränkt, dass er sich bei ihr nicht zu erkennen gegeben hatte. Wahrscheinlich wusste er, wie die Begegnung ausgegangen wäre.

»Wo hast du sonst noch gelebt?«

»Rom, London.« Während er überlegte, tippte er mit dem Filzstift gegen die Zähne. »Prag, Sankt Petersburg. Und Wien.«

»Weshalb hast du mich nicht angesprochen, wenn du schon meine Konzerte besucht hast?«

Er nickte, und zwar so schwach, dass sich sein Kopf kaum bewegte.

»Schlechtes Gewissen. Weißt du, Christabel, ich habe die Schuld viele Jahre mit mir herumgetragen, euch damals verlassen zu haben.«

Palmer schlug sich mit beiden Händen auf die Knie. Er wusste genau, wie dieser Vorname sie ärgerte, den er und nicht ihre Mutter ihr nach der Geburt verpasst hatte.

Sofort setzte er sich gerade.

»'tschuldige.«

»Du nennst mich Palmer. Wie alle anderen auch. Und ein für alle Mal: Finde dich damit ab, du bist die Statue, ich die Taube. Das wird sich wohl nicht ändern.«

»Ich weiß, ich habe einen Scherbenhaufen hinterlassen. Lass mich jetzt einiges geradebiegen.«

»Scherben geradebiegen? Schwierig.«

»Schon seit Jahren plagt mich ein schlechtes Gewissen. Ein sehr schlechtes. Jetzt kann ich nur sagen: Es tut mir leid.«

»Kommt um 20 Jahre zu spät für mich. Und zwölf für meine Mutter, falls du dich bei ihr hättest entschuldigen wollen.«

Langsam glitt sein Blick an ihr hinab.

Nun saß er ganz still da und wagte anscheinend kaum zu atmen. Endlich nickte er und zuckte mit den Achseln.

Dann vergingen weitere zehn wortlose Minuten, die sich zumindest für Palmer bedeutend länger anfühlten. Aber die Zeit und auch die Musik aus dem Lautsprecher halfen, die Situation zu entspannen.

»Weshalb hast du deine Gitarre an den Nagel gehängt?«

»Es ist damals schon schwierig gewesen, von der eigenen Tonkunst zu leben. Macht sich doch kein Konsument Gedanken darüber, wie wir Musiker, Komponisten, Texter, Interpreten und Produzenten zu unserem Geld kommen. Früher habe ich viele Radiosender gecheckt, um rauszukriegen, welche mich um die Tantiemen beschissen haben. Die Antwort: fast alle. Und heute erst das Raufladen von Musik ins Netz ohne Einwilligung des Urhebers. Jeder einzelne Schüler wäre stinksauer, wenn man ihm sein Handy klaut, aber er hat keinerlei Gewissensbisse, sich Musik kostenlos aus dem Netz runterzuladen. Nein, ich bereue nicht, meine Karriere geschmissen zu haben. Eigentlich bin ich sogar froh, dort raus zu sein. Für die Musikbranche fangen die Probleme erst an. *Spotify* bezahlt für einen Song, der eine Million Mal gespielt wird, rund 5.000 Franken. Der Musiker erhält davon zehn Prozent. Und läuft deine Musik am Webradio, kriegt überhaupt keiner was dafür.« Mit dem Kopf nickte sie Richtung Streaming-Lautsprecher auf dem Tisch.

Doch einige Momente später hellte sich ihre Miene auf. *Like a Rolling Stone* plätscherte aus der Box, aber nicht gespielt von Bob Dylan, sondern als Cover von den *Stones*. Welch selten gehörtes Ereignis. In Gedanken sah Palmer den elastischen, aber runzeligen Uropa Mick Jagger, wie er mit weit aufgerissener Klappe und üppiger Unterlippe ins Mikrofon laberte.

Im Takt der Musik schlug Palmer sachte die Hand auf ihren Oberschenkel, während Enrico mit dem Kopf wippte.

Dann der Refrain.

»How does it feel? To be without a home, like a complete unknown, like a rolling stone.«

Was Worte nicht geschafft hatten, schaffte die Musik. Sie, die Rockgitarristin, und er, der Poesiefreund, beide sangen miteinander den gleichen Song, beide mit breitem Lächeln um die Augen.

21

»Verdammt. Da komme ich mal früher als erwartet, und du vergnügst dich mit einer Jüngeren. Wer ist diese Schlampe?«

Enrico stieß sich ruckartig aus dem Stuhl hoch, drehte sich zu der gut 40-jährigen Frau in der Balkontür und legte ihr den Arm um die Schultern.

»Darf ich vorstellen: Maria, eine sehr gute Freundin.« Dann wies er mit dem Arm zu Palmer: »Christabel, meine Tochter.«

»Tochter? Nee, ich bin die Tochter meiner Mutter. Einen Vater habe ich nicht mehr, seit er meine Mutter und mich in der Scheiße zurückgelassen hat«, sagte Palmer.

»Trotzdem bin ich dein Vater.«

»Das ist leider nicht zu ändern.«

Er stand stocksteif in der Tür, nur die Augen bewegten sich. Endlich schob er Maria zurück ins Wohnzimmer. Im Hineingehen drehte er sich zu Palmer und warf ihr einen dunklen Blick zu.

Aus dem Wohnzimmer vernahm Palmer ein gedämpftes Wortgefecht, ohne Einzelheiten zu verstehen.

Nach kurzem Hin und Her erschien Enrico auf der Terrasse, sein Atem ging schnell.

»Hier dein Schlüssel. Mach dir einen schönen Abend. Essen steht in der Küche. Fast fertig. Ist besser, ich verzieh mich mit Maria.«

Und weg war er.

Für einige Zeit kochte es in ihr. Aber hatte sie von ihm etwas anderes erwartet? Die Stille des lauschigen Gartens vermochte ihr Gemüt nicht zu beruhigen. Allerdings glitten ihre Gedanken wie magnetisch angezogen zuerst zurück zum Angriff auf ihr Leben, dann zu Lenny und Hannah.

Wer ist dieser Mistkerl, der droht, uns zu töten?

Wollte einer der Gangster des Uhren-Überfalls sie abmurksen? Allerdings war sie in dieser Richtung auf noch überhaupt keine Spur gestoßen.

War es Diethelm? Am Abend vor dem Anschlag auf Palmer hatte sie auf Diethelms Sprachbox geschwatzt, er solle sie wegen einer offenen Frage zurückrufen. Unwahrscheinlich, dass er deshalb gegen sie ins Feld gezogen war, dazu noch mit einer Tötungsabsicht.

Oder doch? Seine Ex hat am Telefon gesagt, sie will ihm mal wieder die Meinung geigen. Hat Diethelm Dreck am Stecken? Macht es ihn nervös, dass ich keine Ruhe gebe?

Allerdings hatte Palmer auch mit Susas Ex-Freund ein Gespräch geführt, der Susa damals bedroht hatte wegen des Schwangerschaftsabbruchs. Man hatte Palmer an seinen Arbeitsplatz verbunden, wo direkt die Sprachbox anlief und sie ihren Text draufredete. Jedenfalls hatte Susas Ex-Freund Palmer bei ihrem letzten Anruf unverblümt gedroht, falls sie weiter in dieser alten Wunde stocherte.

Mit abwesendem Blick wog sie die verschiedenen Risiken gegeneinander ab. Sie wusste nicht, gegen welchen Feind sie sich zu rüsten hatte. Zumindest war Palmer klar, derselbe Täter, der Susa abgeknallt oder im Spital umgebracht hatte, war auch hinter ihr her.

Sachte bog Palmer ihren Kopf zur Brust, dann zur Seite und dehnte ihren schmerzenden Nacken. Während sie sich das Shirt über den Kopf zog, um den Verband um die Schulter zu lockern, fragte sie sich, ob sie die Richtige war für die weitere Suche nach dem Täter, da ihre Verletzungen sie möglicherweise zu stark beeinträchtigten. Auch überlegte sie, ob ihre Mutter ihr raten würde, sich jetzt zurückzuziehen, in Sicherheit. Oder ob ihre Mutter stolz auf sie wäre, falls sich Palmer gerade jetzt nicht feige in Sicherheit brachte.

Sie kam zu einer Entscheidung.

Vorsichtig löste sie den Verband von ihrer Schulter, knüllte ihn zu einer unförmigen Kugel und warf ihn zu Boden. Sofort war ihr, als atmete sie freier.

»Wer immer du bist, du hast die falsche Frau verprügelt.«

Nur weil Peter Schmid sich Susa gegenüber wie ein Arsch benommen hatte, hieß das nicht, dass er ein Mörder war. Allerdings hatte er ihr damals mit dem Tod gedroht und auch Palmer gegenüber am Telefon eine Drohung ausgestoßen. Der Grund für Palmer, bei ihm weiterzubohren, lag darin, dass er bei *Novartis* arbeitete und dieser Pharmariese nicht nur mit Ärzten, sondern auch mit Krankenhäusern Kontakt hielt, wo Susa letztlich den Tod gefunden hatte.

Aber Palmers Detektivarbeit stand unter einem schlechten Stern. Zwar wusste sie, dass Schmid auch abends arbeitete, aber als sie erneut seine Nummer anrief, erklärte ihr einer seiner Arbeitskollegen, weder Schmid noch er selbst sei bereit, an eine Privatperson auch nur die geringste Auskunft zu geben, sie solle sich zum Teufel scheren. Lieber wäre Palmer gewesen, er hätte etwas gesagt, das Schmid aus dem Kreis der Verdächtigen herausnahm.

Tel.search.ch zeigte 800 Treffer unter Peter Schmids Namen in der ganzen Schweiz, alleine 60 in der Region Basel. Sie schlug mit der Hand auf den Tisch. Aber nach kurzem Überlegen wusste sie, was sie jetzt zu tun hatte. Von Hannah kannte sie immerhin noch seinen damaligen Wohnort in Luzern. Sie gab bei *Tel.search.ch* Falkengasse 7 ein und wählte das erstbeste Resultat.

»Hallo, Herr Siegrist, hier spricht Palmer. Erinnern Sie sich an Peter Schmid, der vor vielen Jahren in Ihrem Haus gelebt hat?«

»Peter Schmid? Der wohnt nicht hier.« Eine männliche Stimme, um die 50.

»Haben Sie ihn gekannt, früher?«

»Kenne ich nicht.« Es klackte, dann war die Leitung tot.

Palmer wählte den zweiten Eintrag.

Als es gut 15 Mal geläutet hatte, legte sie auf und wählte den dritten und letzten Eintrag unter dieser Adresse.

»Gottlieb.« Die gedehnte Stimme einer gütigen Seniorin in den 70ern. In Palmers Ohren klang dies erfolgversprechend. Vielleicht hatte sie bereits zu Zeiten von Schmid dort gewohnt.

»Hallo, hier spricht Palmer. Können Sie sich an Peter Schmid erinnern, der früher in Ihrem Haus gewohnt hat?«

»Ja, der hat mal hier gewohnt. Eine unsympathische Person. Hat nie gegrüßt.«

»Wissen Sie, wohin er gezogen ist?«

»Müsste ich das?«

»Sie würden mir echt helfen.«

»Tut mir leid.«

Palmer überlegte, was ihr als Nächstes blieb. Sie wollte sich gerade verabschieden, als sich die alte Dame räusperte.

»Ich weiß nicht, wo er anschließend gewohnt hat. Aber Herr Krüger erinnert sich vielleicht. Er ist unser Hausmeister und wohnt in Nummer 5. Als Herr Schmid damals ausgezogen ist, hat er sein ganzes Altpapier im Keller stehen lassen. Herr Krüger hat dieses dann zur Sammlung rausgestellt, hat ihm aber seine Arbeit in Rechnung gestellt und nach mehreren Mahnungen tatsächlich bezahlt erhalten. Um ihm seine Forderung zu senden, benötigte er wohl Schmids neue Adresse. Warten Sie, ich habe Herrn Krügers Telefonnummer notiert.«

Adrenalin schoss in Palmers Blut. Vielleicht war dies der Anfang einer Glückssträhne. Nach einigen Augenblicken schrieb sich Palmer die Nummer mit schwarzem Filzstift auf die letzte Seite von Enricos Notizbuch. Dann wählte sie die Nummer.

»Krüger?«

»Hier spricht Palmer. Ihre Nummer habe ich von Frau Gottlieb. Ich suche Herrn Peter Schmid, der vor vielen Jahren in Haus Nummer 7 gelebt hat. Der ist mir noch was schuldig.« Sie bluffte. »Können Sie mir mit einer Adresse weiterhelfen?«

»Das passt zu diesem Vogel. Ist lange her. Die genaue Hausnummer habe ich vergessen. Aber er wohnte an der Adlerstraße in Basel. Daran erinnere ich mich, weil er hier an der Falkengasse gewohnt hat. Sie verstehen? Adler? Falke?«

Palmer verstand.

Leider konnte er nicht mit weiteren Informationen dienen. Aber immerhin. Nun hoffte sie, er wohnte nicht nur weiterhin an dieser Straße, sondern hatte seinen Festnetzanschluss noch nicht gekündigt wie dies viele Leute heutzutage taten.

Tatsächlich, an der Adlerstraße fand sie einen Peter Schmid.

»Lassen Sie mich in Ruhe.« Hörbar genervt atmete Schmid aus.

»Erst, wenn ich Sie von der Liste der Verdächtigen streichen kann, Susa umgebracht zu haben.«

»Als Susa im Krankenhaus verstorben ist, lag ich gerade unter der Sonne Australiens.« Dann legte er auf.

Sie wählte noch einmal seine Nummer, aber er ging nicht mehr ran. Alles, was sie zu seiner Entlastung hatte, war diese Behauptung, er sei in die Ferien verreist gewesen. Zurück auf *Tel.search.ch* gab sie Schmids Adresse ein und wählte eine Nummer nach der anderen von Mitbewohnern dieses Hauses. Bereits der zweite ging ran.

»Ja, in der Tat hat Herr Schmid mich beauftragt, seine Pflanzen zu gießen während seiner Abwesenheit.«

»Leider erreiche ich ihn nicht«, improvisierte Palmer. »Er feiert nächste Woche seinen Geburtstag, und ich will ihn überraschen. Wir haben früher in derselben Firma gearbeitet. Und ich bin ihm noch etwas schuldig.« Palmer hoffte, ihre Stimme würde glaubwürdig klingen. »Ich habe an einen Gutschein gedacht. Welche Art von Hotels bevorzugt er?«

»Woahh, da fragen Sie was. Keine Ahnung.«

»Hat er Ihnen vielleicht ein Foto gesandt von seinem Australienaufenthalt?«

»Ein Selfie vor dem Ayers Rock. Aber hören Sie, ich kann Ihnen wirklich nicht weiterhelfen. Vielleicht rufen Sie mal an seinem Arbeitsplatz an.« Er verabschiedete sich freundlich, ohne Palmer nochmals zu Wort kommen zu lassen.

Erneut ein Misserfolg.

Palmer kannte Ayers Rock aus den Medien. Für die Aborigines, Australiens Ureinwohner, ein heiliger Berg, den sie sich in jahrzehntelangem Streit von den Touristen zurückerkämpft hatten. Erst seit wenigen Wochen war es den Reisenden nicht mehr erlaubt, diesen riesigen roten Felsen in der flachen Steppe mitten im Kontinent zu besteigen, wo diese ihre Kritzeleien oder Notdurft zurückgelassen hatten.

Mitten in Australien, dachte Palmer, also einige Flugstunden von den anderen Feriendestinationen auf diesem Kontinent entfernt, die allesamt außenrum lagen, am Meer. So weit im Zentrum könnte er da in einem Hotel abgestiegen sein, wenn vielleicht auch nur für eine Nacht. Einige Klicks später wählte sie bereits die erste Nummer auf ihrer Liste mit insgesamt sieben Hotels an dieser Destination. Sie gab sich als Peter Schmids Ehefrau zu erkennen und behauptete, eine Krokodilledertasche im Zimmer liegen gelassen zu haben. Als Datum gab sie Susas Todestag an.

Bereits der zweite Anruf war erfolgreich, beim *Ayers Rock Resort.* Man bedauerte, damals sei der Roomservice im Zimmer nicht auf ihre Tasche gestoßen, ansonsten man eine entsprechende Meldung im Computer vermerkt und Herrn Schmid sofort benachrichtigt hätte.

Peter Schmid hatte sich zum fraglichen Zeitpunkt also tatsächlich in Australien aufgehalten. Durch seinen Namen zog sie einen dicken Schlussstrich.

22

Die Dame hatte sich ganz in Schwarz gekleidet. In dem kurzen Gespräch, das sie zuletzt in der *Magdibar* mit Hannah geführt hatte, ließ sie es so aussehen, als wäre sie völlig zufällig auf sie getroffen.

In Wirklichkeit hatte sie auf Hannah gewartet, denn sie hatte in Erfahrung gebracht, dass Hannah für einen Schlummertrunk hier gelegentlich aufkreuzte. Sie hatte Hannah nicht angestarrt oder sonst eine Aufreißernummer abgezogen, sondern sie schlicht auf dem Weg zur Toilette *aus Versehen* angerempelt, sodass sich Hannah ihren Drink auf die Hose schüttete. Die Entschuldigung gelang ihr glaubhaft, Hannah fasste auch ihre Hilfsbereitschaft als von Herzen kommend auf, schon waren die beiden im Gespräch und tauschten zuletzt ihre Telefonnummern aus.

Hannah hatte den Köder geschluckt.

Ihre Menschenkenntnis hatte sie nicht im Stich gelassen, gestern Abend hatte Hannah tatsächlich angerufen, und für heute hatten sie sich verabredet.

Ihren Wagen hatte sie direkt bei der Geissmattbrücke geparkt, mit allem Notwendigen darin. Hannah hatte Pizza vorgeschlagen, anschließend würden sie den Abend in einer der Bars ausklingen lassen. Einen Moment lang hatte sie sich gefragt, was nun besser wäre, um nicht aufzufallen. Würden sich die Leute eher an sie erinnern in einem Lokal mit nur wenigen Besuchern, oder wäre eine rappelvolle Bar geeigneter, um anonym in der Masse unterzugehen? Sie trafen sich dann auf dem belebten Mühlenplatz, einigten sich auf einen Primitivo, dann Caprese für beide, Hannah bestellte sich nach längerem Überlegen eine Quattro Stagioni, selbst entschied sie sich für eine Margherita. Die beiden unterhielten sich blendend, sie musste sich nicht mal zu einer glaubwürdigen Konversation zwingen. Bald schon blickten sie sich ziemlich lange in die Augen.

Der extrakurze Espresso schmeckte wie in Italien, den Grappa leerten beide in einem Zug, und sie musste nicht lange warten, bis sich die Wärme ausbreitete. Es brannte höllisch. Nachdem sie mit weit geöffnetem Mund durchgeatmet hatte, sah ihr Hannah tief und echt verliebt in die Augen. Hannah zog ihre Hand nicht zurück, als sie ihre darauflegte.

Nachdem sie ihr farbiges Haarband von der Stirn gezogen hatte, schüttelte sie sachte ihren Kopf, sodass ihre Locken offen über die Schultern fielen. Sie mochte an die 15 Jahre jünger sein als Hannah, aber diese schien an ihr einen Narren gefressen zu haben. Für einen kurzen Moment fragte sie sich, was Hannah wohl so attraktiv an ihr fand. Vielleicht ihre Jugendlichkeit.

»Weißt du, ich habe genug von diesem Versteckspiel, bin jetzt in dem Alter … du weißt schon. Ich soll mich binden, heiraten, Babys kriegen, am besten in dieser Reihenfolge. Noch besser schon gestern. Dauernd weist mich jemand darauf hin, es wäre doch irgendwann nicht mehr lustig, eine Affäre nach der andern auszuleben und Partys zu schmeißen. Übrigens kommt dieser Einwand meist von verheirateten Frauen. Die sind mir doch meine Freiheit bloß neidisch. Im privaten Umkreis wissen eh schon alle Bescheid. Und jetzt bin ich bereit, mich auch öffentlich zu meiner Vorliebe zu bekennen.«

Als der Kellner mit leerem Tablett vorüberging, winkte Hannah ihn herbei und bestellte nochmals zwei Grappa.

»Weißt du was, all diese Leute hier sind mir etwas zu viel. Lass uns ein Stückchen spazieren gehen«, sagte die Dame.

Also drehte sich Hannah zum Kellner: »Nein danke, jetzt doch keinen Grappa. Die Rechnung bitte.«

Wortlos flanierten sie nebeneinander her ohne bestimmtes Ziel, über den mit Kopfstein gepflasterten Platz Richtung Fluss. Dort legte Hannah ihre Hände aufs Geländer, schloss die Augen und kippte den Kopf in den Nacken, als blickte sie zum Vollmond über dem Pilatus. An dieser Stelle hielten sich bedeutend weniger Leute auf als im Boulevardrestaurant, abgesehen von den Passanten auf ihrem Weg über die mittelalterliche Spreuerbrücke.

Beide blickten wortlos auf das träge dahinfließende Wasser der Reuss, auf deren fast gänzlicher glatter Oberfläche sich das Mondlicht spiegelte und kleine Wellen und Strudel unsichtbarer Strömungen sichtbar machte. Als sie sich neben Hannahs Händen auf der Reling abstützte, berührte sie wie zufällig mit dem kleinen Finger deren Haut. Hannah lächelte, drehte ihr das Gesicht zu und blickte tief in ihre Augen. Sie fragte sich, ob Hannah durch diese Berührung fühlen konnte, wie sehr ihr Puls raste.

Hannah drängte ihren Körper an sie, kam ihr mit dem Gesicht immer näher, schloss die Augen, neigte den Kopf leicht zur Seite und öffnete die Lippen.

»Gerne«, sagte sie zu Hannah. »Aber hier hat es mir zu viele Leute. Komm.« Sie griff nach Hannahs Hand und schlenderte mit ihr an dem fließenden Wasser der Reuss entlang. Aus zwei Restaurants auf der anderen Straßenseite erklangen ausgelassene Gespräche der Gäste. Während sie bummelten, drückte sie Hannahs Hand und legte ihr den Kopf auf die Schulter. Hannah stoppte.

Sie aber fuhr mit dem Mund zu Hannahs Hals und ließ sie ihren Atem hören.

»Das wird toll heute Nacht«, flüsterte sie in Hannahs Ohr und spürte sogleich an ihren Bewegungen, wie das Blut in ihren Lenden rauschte.

Noch bevor Hannah sich an sie schmiegen konnte, promenierte sie bereits weiter. Aber beim Nölliturm war es um Hannah geschehen.

Hannah drängte sie hart gegen die Steinwand der alten Stadtbefestigung und griff nach ihrem Rocksaum. Sofort drückte sie den Mund auf Hannahs Lippen und küsste sie eindringlich, bevor sich ihre Zähne sanft in ihre Unterlippe gruben. Sie nestelte an Hannahs Gurtschnalle. Als Hannah ihr langsam den Rock hochzog, löste sie ihre Lippen und nahm ihre Finger von Hannahs Gurt.

»Komm, da drüben steht mein Wagen.« Beide hielten sich an der Hand und eilten erst über den Fußgängerstreifen der Geissmattbrücke, dann zum kleinen Parkplatz, der menschenleer im Halbdunkel lag. Hier lehnte sie sich an ihren schwarzen Range Rover und bot Hannah ihren Hals. Hannah strich mit ihrer Zunge langsam darüber bis hinauf zum Ohr. Als sie Hannahs schnellen Atem hören konnte, begann sie mit der Zunge, ihr Ohrläppchen zu umspielen. Jetzt legte sie eine Hand an Hannahs Taille, die Fingerspitzen der anderen Hand strichen sachte über ihr Gesicht, glitten zum Hals hinunter, umfassten ihn und drückten ruckartig, aber spielerisch, zu.

Hannah lächelte.

»Das magst du wohl, etwas gröber«, schnurrte sie in Hannahs Ohr.

»Mach weiter«, flehte Hannah.

Sie legte den Daumen auf die eine Seite ihrer Kehle, die anderen vier Finger auf die andere und spürte die Bewegung, als Hannah schluckte.

Als sie fühlte, wie Hannahs Hand in ihr Höschen drängte, wand sie sich und entzog sich Hannah. Gleichzeitig steigerte sie den Druck um ihren Hals, nahm sogar die zweite Hand zu Hilfe.

Hannah röchelte.

Erst schlug Hannah mit gestreckten Armen um sich. Dann schossen ihre Hände zu ihrem Hals und versuchten, die Finger von ihrer Kehle wegzubiegen, was ihr aber nicht gelang.

Die junge Frau aber presste weiter, bärenstark.

»Aurelia«, krächzte Hannah, »ich kriege keine Luft.« Aus den Augenwinkeln starrte sie in Aurelias Gesicht.

»Gut so«, presste Aurelia zwischen ihren Zähnen hervor. Beide Hände schnürten die Kehle noch fester zu, die Nägel krallten sich in den Hals, klemmten Hannah das Blut ab, den Sauerstoff.

Hannahs Gesicht war längst dunkel angelaufen, ihre Augen quollen hervor, die Zunge hing heraus.

Beide atmeten schwer.

Schwungvoll riss Aurelia Hannah zur Seite, diese stürzte bäuchlings zu Boden. Aurelia sprang auf Hannahs Rücken. Ihre Hände umklammerten den Hals ihres Opfers, während die Knie in die Wirbelsäule drückten. Das sanft an die Böschung glucksende Wasser übertönte Hannahs Scharrgeräusche der Schuhe auf dem Asphalt. Ihre Beine strampelten hilflos.

»Wieso tu…« Hannah krächzte, zog röchelnd Luft ein.

Aurelia beugte sich vor und blickte von der Seite in Hannahs sterbende Augen.

»Endlich habe ich Thomas soweit. Er will mich heiraten. Ihn und sein Geld lass ich mir nicht nehmen. Bringst du oder Palmer ihn ins Gefängnis, stehe ich wieder in der Scheiße, mit nichts. Verhaftet man Thomas, wird sein Vermögen eingefroren. Aus die Maus. So kurz vor dem Ziel lass ich mir von niemandem in die Suppe spucken. Ihr seid jetzt dran.«

Hannah keuchte schon längst nicht mehr, als Aurelia den letzten Rest Leben aus Hannahs Leib presste.

»Verdammte Bitch.«

Hastig blickte sich Aurelia um und vergewisserte sich, dass niemand ihre Tat beobachtet hatte. Sie erhob sich, strich ihren Rock glatt, schritt zur Hecktür ihrer mächtigen Karre, hob das stattliche Ding aus der geöffneten Heckklappe und stellte es mit einem dumpfen Geräusch neben Hannahs Leiche.

»Palmer, als Nächste bist du dran.«

23

Er hatte nichts anderes geplant, als am Reusszopf seine Decke auszubreiten und sich hier beim Aufeinandertreffen der beiden Flüsse zu bräunen. Aber dann erregte etwas seine Aufmerksamkeit, und er trat an das Gepäckstück heran, das in der prallen Sonne am sandigen Ufer lag. Da Wellen an den Koffer schwappten, war er zunächst davon ausgegangen, er würde im Innern auf nasse Kleider stoßen, die dort vermoderten. Jetzt aber, in Reichweite des massigen Dings, traf ihn die Erkenntnis wie ein Schlag: Dieser Koffer versprühte das intensive Parfüm irdischer Vergänglichkeit, wenn auch nur sachte. Als Reinigungsmitarbeiter kannte er mancherlei unangenehme Gerüche. Aber als er jetzt die Gurte losnestelte, den Reißverschluss aufzog und den Deckel hochklappte, überkam ihn ein grässliches Gefühl, das seine Eingeweide mit eisernem Griff packte. Seine Knie wurden weich. Er warf den Kopf zur Seite und erbrach sich in den Sand.

Den Koffer im Auge behaltend, tapste er rückwärts zu seinem Lagerplatz, fischte das Mobiltelefon aus dem Rucksack und knipste ein Foto. Dieses sandte er den beiden Redaktionen, mit denen er gelegentlich zu tun hatte. Das hier würde eine ganz große Story werden, und er hatte das erste Foto geschossen. Sie würden ihm ein entsprechendes Angebot für die Bilder unterbreiten, da war er sich sicher.

Palmer fühlte sich wie betäubt, als sie das Mobiltelefon aus der Hand legte, nachdem Kommissar Stocker sie über Hannahs Tod informiert hatte. Auch bot er ihr Schutz an in Form einer Polizeipatrouille, die er vor dem Bootshaus zu postieren vorschlug. Allerdings tat Palmer dies als hinfällig ab, sie habe seit gestern in einer anderen Wohnung Unterschlupf gefunden. Stocker bestand darauf, ihre neue Adresse zu erfahren. Auch beorderte er sie zu sich zur Befragung. Er sage dies nun zum letzten Mal.

Obwohl sie mehrfach nachfragte, wollte er ihr nicht verraten, wie Hannah zu Tode gekommen war, einzig, dass ein Freizeitsportler sie am Ufer der Reuss entdeckt hatte. Palmer hoffte von ganzem Herzen, Hannah hatte keine Torturen erleiden müssen, hatte einen kurzen und schmerzlosen Tod erlitten. Aber irgendwie glaubte sie nicht daran. Außerdem hätte sie das auch nicht weiter beruhigt, denn tot war tot. Endgültig. Ohne Schmerz das Zeitliche zu segnen, wäre ein schwacher Trost.

Noch lange, nachdem Stocker aufgelegt hatte, drückte sie das Handy an die Brust und fragte sich, ob sie in der Wohnung ihres Vaters sicher war, und auch, ob sie die vergangene Nacht überlebt hätte, hätte sie im Bootshaus gepennt.

Mit Hannahs Tod hatte sie so etwas wie eine Freundin verloren. Erneut stiegen ihr Tränen in die Augen.

Hat die Polizei auch Lenny im Krankenhaus die Todesnachricht überbracht? Oder will man sein schwaches Herz schonen? Liegt es jetzt an mir, diese traurige Aufgabe zu übernehmen? Wer wird sich später um Lenny kümmern, wenn man ihn aus dem Krankenhaus entlässt?

Ein Schauder lief ihr über den Rücken.

Wer steckt hinter diesen Anschlägen auf Hannah und mich? Wer hasst uns so abgrundtief und will uns beide umbringen?

Sie spürte einen Druck irgendwo hinter ihren Augen und blickte sich nach etwas um, das sie kaputtschlagen könnte. Aber sogleich bekam sie sich wieder in den Griff. Es hätte weder Hannah lebendig gemacht noch ihr geholfen, deren Mörder aufzuspüren.

Aber wenn der Mörder meint, ich ziehe jetzt den Schwanz ein, dann hat er sich geschnitten.

Sie fühlte, wie sich ihr Gesicht vor Zorn verzog.

Diethelm.

Abgesehen von den Tätern des Uhren-Überfalls, zu denen sie nicht die geringste Spur freigelegt hatte, war Diethelm der Einzige auf ihrer Liste.

Es half nichts, sie musste zurück und an ihm dranbleiben. Da war etwas, sie spürte es. Sie musste etwas übersehen haben. Mit einer beherrschten Bewegung schob sie sich den Laptop auf dem Balkontisch zurecht, während ihr eigener Herzschlag in ihren Ohren dröhnte. Sie knöpfte sich Aurelias Instagram-Account vor, genauer gesagt den Aufenthalt der beiden auf der Superjacht *Serenity III.*

Zuletzt hatte sie sich gefragt, ob Aurelia sich womöglich nur im Kalendertag geirrt hatte und der Törn viel früher stattgefunden hatte.

Da muss es doch eine Möglichkeit geben, im Internet die Positionsdaten jeder Jacht einzusehen.

Sie googelte nach »Jachtpositionen«, landete aber auf Seiten, die ihr nicht weiterhalfen. Auch »Lokalisierung Boote« brachte kein Ergebnis. »GPS-Ortung für Jachten« war nur interessant für Leute, die ihre eigene Jacht mit einem Gerät ausrüsteten, um jederzeit zu wissen, wo diese gerade schipperte.

Aber dann:

»Schiffsradar«

Eine Weltkarte mit Tausenden farbigen Pfeilen und Punkten öffnete sich auf dem Bildschirm. Sie zoomte in die Karte hinein, der gewählte Ausschnitt vergrößerte sich, und die Menge der Punkte und Pfeile nahm ab, weil viele davon außerhalb des kleineren Sektors lagen. Schnell erkannte sie, die grünen Pfeile standen für den aktuellen Standort von Frachtschiffen, rote Symbole zeigten Tanker, dunkelblau verriet die Geodaten der Passagierschiffe, orangefarbene die Fischerboote auf dem Radar. Gelb deutete auf Sportboote, Türkis markierte die Schlepper.

Und die lilafarbenen Symbole waren für Jachten reserviert.

Wenn sie nur den Mauszeiger über den erstbesten lilafarbenen Pfeil bewegte, öffnete sich bereits ein Feld mit dem Namen des Luxusboots und Land von dessen Zulassung.

Palmer ballte die Faust.

Sie verschob den Kartenausschnitt über Sankt Lucia, weil Aurelia auf ihrem privaten Instagram-Account diese Insel als Destination ihrer Ferien angegeben hatte.

Auch hier die verschiedenfarbigen Symbole, zur Hauptsache Jachten, die genau heute an diesen Positionen kreuzten. Fieberhaft suchte Palmer nach einem Feld, um das Datum zu verändern.

Aber schon bald ließ sie die Schultern hängen.

Fehlanzeige.

Wäre auch zu schön gewesen.

Aber sie wollte nicht aufgeben. Entnervt wischte sie eine Fliege vom Bildschirm weg.

Immerhin landete sie nach einigen Klicks auf einem Angebot für weitere Informationen, aber kostenpflichtig.

Palmer schoss von der Couch empor und lief erst ins Schlafzimmer, dann ins Bad, wo sie die Jeans vom Boden hob und die Kreditkarte aus dem Geldbeutel klaubte.

Aber als sie im Laptop die Daten eingab, passierte … nichts.

Der Computer hatte sich aufgehängt, reagierte auf keinen ihrer Befehle. Das bunte Rädchen drehte und drehte auf ihrem *Apple*-Laptop.

Sie ließ sich an die Rückenlehne sinken, legte den Hinterkopf gegen die Wand und schaute entnervt zur Decke.

Mit aller Kraft kämpfte sie gegen den Drang, sich in der Küche ein Bier zu schnappen.

Als sie des Wartens überdrüssig war und sich entschieden hatte, den Laptop runterzufahren und neu zu starten, erkannte sie, dass ihr Computer die gewählte Site geöffnet hatte. Sie gab die Daten ihrer Kreditkarte ein, schon öffnete sich eine neue Site.

Erst hockte sie sich etwas bequemer hin, dann verschaffte sie sich einen Überblick. Als sie auf eine Kalenderanzeige stieß, setzte sie sich noch aufrechter hin. Nun tippte sie einen der Kalendertage ein, mit denen Aurelia ihre Karibikfotos datiert hatte.

Die *Serenity III* hatte tatsächlich vor Sankt Lucia gedümpelt, was allerdings noch kein Beweis dafür war, dass Diethelm und Aurelia genau zu dieser Zeit auf dem Schiff weilten. Nun nahm sie sich jedes einzelne Foto genauer vor. Da und dort waren im Hintergrund Teile von anderen Jachten erkennbar, nicht aber deren Namen. Sie gab nicht auf und suchte weiter.

Endlich ein Foto mit einer Jacht, die ihren Namen preisgab, vielleicht 20 Meter entfernt: *Blue Eclipse.*

Zurück auf »Schiffsradar« führte Palmer den Mauszeiger über lila Pfeile, die neben *Serenity III* lagen. Flugs öffnete sich ein Fenster und legte den Namen *Blue Eclipse* offen. Als Land der Zulassung war »KY« vermerkt. Nach einigen Klicks wusste Palmer, diese Jacht war zugelassen auf den Cayman Islands, dem Steuerparadies südlich von Kuba. Nun tippte sie auf dem Computer die drei Worte »Jacht«, »Name« und »Besitzer« ein und klickte auf den ersten Treffer. Hier gab sie im Suchfeld *Blue Eclipse* ein und erhielt umgehend den Namen einer Firma. Diesen wiederum ließ sie bei Google suchen. Was für eine Enttäuschung: ein Unternehmen, das Jachten vermietete. Sie müsste sich mächtig etwas einfallen lassen, um dort zu erfahren, wer zur damaligen Zeit die *Blue Eclipse* gemietet hatte.

Hoffnungslos. Einen Moment hatte sie sich voll in der Spur gefühlt, aber erneut nichts Brauchbares gefunden.

Palmer blickte zum Nachbargarten, von dem Grilldüfte herüberwehten, allerdings sah sie niemanden.

Mit der Maus fuhr sie über ein anderes Jachtsymbol, das ebenfalls neben der *Serenity III* lag. Zu *Octopussy* suchte sie den Eigner und gab den Treffer bei Google ein.

Upps.

Ihr Puls raste.

Mehrere Millionen Treffer zu »Ivica Lukic«. Sie klickte den einen oder anderen an. Offenbar ein dubioser Geschäftsmann. Gemäß Wikipedia hatte man ihm als Chef der *Pink Panther* einige Jahre Gefängnis aufgebrummt, die er dann artig abgesessen hatte. Zur Last legte man ihm Schmuck- und Uhrenraub.

Es traf sie wie ein Hammerschlag.

Schmuck- und Uhrenraub?

In diesem erschütternden Augenblick verschoben sich ihre Gedanken alle zugleich an den richtigen Punkt, und der Rauchschleier lichtete sich.

Sie pflügte sich durch andere Seiten, bis sie auf einer landete, auf der jemand Lukic unterstellte, der Gefängnisaufenthalt habe ihn nicht geläutert. Er reiße sich jetzt keine Klunker mehr selber unter den Nagel, sondern habe sich lediglich auf etwas weniger gefährliche Pfade verlegt, auf Hehlerei. Er verdiene sich seine Brötchen mit dem Handel von gestohlenen Luxusuhren und Schmuckstücken.

Powerscheiße.

Zurück auf »Schiffsradar« besagten die Geodaten, die drei Jachten hätten über vier Tage lang nebeneinander geankert, bevor sie in verschiedene Richtungen davongegondelt waren.

Diethelm hat sich doch tatsächlich mit einem Händler getroffen, der gestohlene Uhren verhökert? Okay, ob dieser Obergauner ebenfalls persönlich an Bord war, darüber verliert »Schiffsradar« kein Wort. Aber geht Diethelm tatsächlich das Risiko ein, sich mit einem Uhrendieb zu treffen?

Sie dachte darüber nach. Da existierte eine Bande namens *Pink Panther,* deren Räubergeschichten Palmer aus den Medien ein Begriff waren. Die Bande nahm normalerweise Geschäfte für Luxusuhren aus. Aber vielleicht ließen sie sich auf Diethelms Wunsch überreden, auch mal eine Party aufzumischen, mit kiloweise Klunkern und Golduhren. Als Zugabe die exklusive millionenteure Weltneuheit. Palmer malte sich aus, wie auf Diethelm ein Anteil abfiel, da er die gesamte Organisationsarbeit beisteuerte.

Aber sogleich fuhr auch diese Idee auf Grund. Denn ein Zeuge hatte gemeldet, er habe zumindest einen der

Täter schweizerdeutsch sprechen hören. Aber die Mitglieder von *Pink Panther* stammten aus Balkanstaaten und wohnten nicht in der Schweiz.

Vielleicht hat dieser Lukic nicht die *Pink Panther* an Diethelms Party geschickt, sondern ihm einige dunkle Gestalten vermittelt, welche den Überfall durchzogen. So oder so wäre mit all dem Diamantschmuck, den Luxusuhren und der Weltneuheit ein stolzes Sümmchen zusammengekommen.

Das könnte sich für Diethelm ganz schön gelohnt haben.

Aber weshalb sollte er das tun?

In Palmers Augen schwelgte Diethelm bereits heute im Luxus und wohnte an teuerster Lage mit spektakulärster Aussicht der Zentralschweiz.

Kriegt seine Freundin Aurelia einfach nicht genug und ist so fordernd teuer? Hat sich Diethelm mit einer Investition übernommen? Hat er sein Geld in etwas gesteckt und dort verloren? Oder wird er erpresst und braucht dringend Geld?

Palmer schüttelte den Kopf, die eigenen Überlegungen schienen sogar ihr zu wenig glaubhaft.

Trotzdem ließ der Gedanke sie nicht mehr los.

Was für ein riesiges krummes Ding. Und Susa ist ihm auf die Schliche gekommen und hat gedroht, seine Machenschaften an die Öffentlichkeit zu bringen, falls er Lenny nicht zu einem besseren Platz auf der Spenderliste verhilft? Passt alles zusammen. Deshalb hat Susa sterben müssen. Denn steckt er mit der Überfallbande unter einer Decke, könnte er seine Geschäfte in den Kamin schreiben, falls Susa dies bekanntmachte, abgesehen vom drohenden Gefängnisaufenthalt und Schadenersatz, den er leisten müsste.

Quatsch.

Wozu verknüpft er dann die beiden Angelegenheiten miteinander, indem er um die Pistole kämpft? Viel zu ungewisser Ausgang und zu viele Zeugen.

Frustriert ließ Palmer den Atem entweichen, das eine Ding war auch ohne das andere schon kompliziert genug.

Das heißt dann aber, Susa ist rein zufällig in die Schussbahn geraten.

Verzwickt.

Inwiefern ist Aurelia eingebunden in die ganze Sache? Falls sie eingeweiht war in Diethelms Plan, weshalb hat sie dann die Urlaubsfotos auf Instagram gepostet? Konnte jemand so dumm sein, Spuren ohne jeglichen Zwang zu legen? Hat Diethelm gewusst, welche Geheimisse seine Freundin der Öffentlichkeit preisgibt?

Palmer dachte darüber nach. So unwahrscheinlich schien es ihr am Ende nicht mehr, dass Aurelia ein solcher Fehler unterlaufen war. Denn letztlich war bei jedem einzelnen Kriminalfall etwas schiefgegangen, bei dem der Täter verurteilt wurde. Hätte alles wie am Schnürchen geklappt, hätte man ihn nie geschnappt. Menschen machten Fehler, und weder Diethelm noch Aurelia erschienen ihr wie gewiefte Kriminelle. Zumindest Aurelia hatte sicher keine großartige Erfahrung im Umgang mit dem organisierten Verbrechen. Möglich, dass sie zum ersten Mal mit so etwas in Berührung gekommen war.

Irgendwie ahnte Palmer, Aurelia hatte Diethelms rechtswidrige Machenschaften gekannt, war wahrscheinlich sogar Teil des mörderischen Plans gewesen, dem Susa letztlich zum Opfer gefallen war. Wie so viele junge Leute, die alle paar Minuten ein Update über ihr Leben vor der ganzen Welt ausbreiteten, hatte sich auch Aurelia angewöhnt, erst zu posten und später zu denken. Möglicherweise würde ihr diese Gewohnheit nun zum Verhängnis werden. Gut möglich, dass Aurelia zum Zeitpunkt, als sie das Foto hochgeladen hatte, noch nicht gewusst hatte, dass der Jachtkollege ein Verbrecher war.

24

Palmer kniete im Wohnzimmer auf dem Boden und rubbelte mit einem nassen Lappen den Teppich. Sie richtete sich auf, legte den Kopf schräg und entschied, den orangeroten Fleck auf der fast weißen Stelle würde nur jemand entdecken, der den Klecks bereits kannte. Gestern war sie mit einem Teller Penne all'arrabbiata auf den Balkon marschiert, dabei hatte der Teppich einige Tropfen abbekommen.

Da läutete die Hausglocke. Palmer raffte sich auf und ging über den Flur zur Tür. Wer konnte das sein? Vielleicht jemand, der ihren Vater sprechen wollte. Sie zögerte kurz, aber öffnete dann.

»Sind Sie Christabel Palmer?« Dem uniformierten Polizisten gelang der professionell neutrale Gesichtsausdruck auf Anhieb.

»Palmer, wenn's recht ist.«

»Können Sie sich ausweisen?« Der Polizist hob sein Kinn.

»Mein ehrliches Gesicht sollte genügen.«

»Ich hole Sie ab, die Polizei benötigt Auskünfte von Ihnen.«

Er trat zur Seite und schwenkte den ausgestreckten Arm zur Straße hin als Zeichen, ihn zum Polizeifahrzeug zu begleiten.

Palmers Mund öffnete sich um einige Millimeter.

»Echt jetzt?« Sie blieb noch einen Moment in der Tür stehen, überlegte, ob sie Nein sagen sollte. Dann aber zog sie sich Schuhe an und holte ihre Sachen. Kurz darauf stieg sie in das klimatisierte Innere des Autos.

Mit Palmer auf dem Rücksitz lenkte der Uniformierte den Polizeiwagen total korrekt und mit defensiver Fahrweise über die Taubenhausstraße.

»Wir fahren nach Zürich, richtig?« Palmer wusste, sie würden weiter vorne auf die Autobahn einschwenken zur Identifizierung von Hannahs Leiche im Institut für Rechtsmedizin in Zürich. Luzern war dafür nicht eingerichtet.

Der Polizist aber konzentrierte sich wortlos auf seine Fahrt und machte nicht den Anschein, als würde er antworten wollen.

Statt aber, wie erwartet, rechts in die Obergrundstraße abzubiegen, blieb er auf der Bruchstraße, um weiter vorne links in die Kasimir-Pfyffer-Straße einzubiegen. Allerdings stellte er den Wagen nicht auf einen der Besucherparkplätze vor der Hauptwache, sondern rollte zur Rückseite und wartete, bis das Tor vollständig aufgeglitten war. Im Hof stellte er das Fahrzeug exakt in die Mitte des gelb markierten Felds und nickte Palmer zu als Zeichen, das Ziel sei erreicht und sie solle aussteigen.

Die Hauptwache hatte Palmer schon das eine oder andere Mal betreten, jedoch nie durch den Hintereingang. Als sie das Treppenhaus erreicht hatten, stapfte Palmer neben ihm die Stufen hoch. Aber der Polizist beschleunigte, da er offensichtlich dieses Zweiertrüppchen anführen wollte. Palmer konterte. Während sie bereits das zweite Stockwerk emporhasteten, erinnerte sie sich an Kommissar Stockers Befehl auf ihrer Sprachbox, ihn hier zu treffen. Nun würde er sie über Details zu Hannahs Tod aufklären und allenfalls Vorschläge unterbreiten zu ihrer Sicherheit. Eigentlich ganz nett von ihm, sie aus erster Hand zu informieren.

Vor Stockers Büro blieb er stehen, zog die Jacke straff und drückte den Klingelknopf. Er räusperte sich, während sie einige Sekunden lang warteten, bis die Anzeige sie auffordern würde einzutreten.

»Herein!«, brüllte Stocker stattdessen.

Der Polizist schob die Tür auf, blieb jedoch unter dem Rahmen stehen und schloss von außen, nachdem Palmer hineinspaziert war. Hier drin nahm sie den Geruch nach Reinigungsmitteln weniger stark wahr.

Stocker saß etwas seitlich abgewandt hinter seinem Pult und tippte auf der Computertastatur, die unter seinen mächtigen Pranken wie eine Miniaturausgabe erschien. Er schob diese weg, drehte sich zu Palmer, nahm sich die Brille von der Nase und nickte ohne Andeutung eines Lächelns mit seinem Kinn Richtung der zwei Stühle ihm gegenüber. Palmer kannte ihn von früher, ein fähiger Mann, der nützliche Antworten aus Verdächtigen herauskitzelte, ohne sich auf übermäßig freundliche Floskeln verlassen zu müssen.

Knapp über 50, strahlte er mit seinem breiten Kiefer und dem weißen Hemd, das über dem durchtrainierten Oberkörper spannte, einiges an Energie aus. Allerdings wirkte er mit den kurz geschorenen, grau melierten Haaren etwas bleich. In seinen durchdringenden Augen erkannte Palmer keine Spur von Wiedersehensfreude. Mehr noch, sein ganzes Gesicht zeigte nicht die geringste Regung. Sie spürte, wie er sie mit seinen Blicken scannte.

Stillschweigend setzte sich Palmer, da er kein Wort von sich gab und auch kein Interesse an einem Handschlag zeigte.

Einige Momente lang sprach keiner ein Wort, und Palmer spürte, wie die Anspannung im Raum stieg.

»Sie wissen, weshalb Sie hier sind?« Seine Frage klang beinahe wie ein Auftrag.

»Erst habe ich gedacht, Sie lassen mich abholen, um Hannah Bischof zu identifizieren. Aber offensichtlich ziehen Sie es vor zu erfahren, ob sich etwas Neues getan hat in meinen Ermittlungen.«

»Sie halten sich da raus. Das ist einzig Aufgabe der Polizei. Also, weshalb sind Sie hier?«

»Muss ich mir Sorgen machen um Ihre Gesundheit? Erst bringen Sie mich auf die Wache, vergessen aber sofort, weshalb?«

Langsam beugte sich Stocker nach vorne, wodurch er Palmer jetzt um fast einen Kopf überragte. Er legte die Hände flach auf die Schreibunterlage und begann mit den kräftigen Fingern, darauf zu trommeln. Für Palmer war klar, er hoffte auf diese Weise etwas von der negativen Energie abzubauen, die in ihm aufkeimte.

Nun, er hatte damit angefangen.

»Jetzt nochmals, aber diesmal bitte mit besserer Antwort: Weshalb habe ich Sie holen lassen?«

Stocker beobachtete Palmers Augen und hielt wohl nach verräterischen Anzeichen Ausschau. Daraufhin wandte sie den Blick ab und tat, als betrachtete sie die Straßenkarte der Stadt Luzern, die er an die Wand gepinnt hatte.

Palmer hob die Augenbrauen, als sie den zierlichen Geigenkasten entdeckte, der in der Ecke lehnte.

Beide schwiegen. Sie kannte das Vorgehen: Wenn Kommissare jemanden befragten, legten sie gerne ein paar Kunstpausen ein, um das Gegenüber zu Aussagen herauszufordern und dadurch brauchbare Hinweise zu kriegen.

»Sie wollen also erfahren, was ich bisher herausgefunden habe? Kommt unerwartet. Die vergangenen Jahre haben Sie sich nie dafür interessiert. Im Gegenteil. Aber okay.« Sie erzählte ihm in knappen Worten, welche Verdächtigen sie anfangs gehabt hatte und wer davon rausgefallen war und auch weshalb. Anschließend erzählte sie ihm die Geschichte mit der Jacht vor Sankt Lucia und ihrer These. Ohne mit der Wimper zu zucken, ließ er sie ausreden.

Die ganze Zeit saß er am Schreibtisch, die Unterarme auf dessen Oberfläche gelegt, die Hände wie zum Gebet gefaltet und blickte ihr ins Gesicht.

»Sie machen sich gar keine Notizen?«

»Wo waren Sie zum Zeitpunkt, als Hannah Bischof ermordet wurde?«

Palmer öffnete den Mund, schloss ihn wieder und biss sich auf die Lippen.

»Was für ein verficktes Theater ist das hier?« Sie ließ sich nach hinten fallen. Einige Augenblicke lang schaute sie ihm ins Gesicht, und beide gaben sich alle Mühe, nicht eine Miene zu verziehen.

»Kommt noch was?«, fragte Stocker.

»Dass Sie etwas grantig sind, habe ich gewusst. Aber was soll's. Ihrer Frau scheint's zu gefallen.« Eigentlich wollte sie sagen »Ihrem Mann scheint's zu gefallen«, aber allzu sehr wollte sie ihn nicht reizen. Bis hierher hatte er sich auf der professionellen Ebene bewegt und sie nicht persönlich angegriffen.

Sie kratzte sich am Hals. Er wartete geduldig.

»Sie sind auf der falschen Fährte.« Palmer schüttelte wie in Zeitlupe den Kopf. »Ich knie mich rein und gebe alles, um rauszufinden, wer hinter dem Tod von Susa Bischof steht, und Sie … eigentlich müssten Sie froh sein.« Sie warf ihm einen finsteren Blick zu und verschränkte ihre Arme vor der Brust. »Sie glauben doch echt nicht, ich hätte Hannah umgebracht?« Sie spürte, wie Schweiß auf ihre Stirn trat. »Wenn Sie etwas gegen mich in der Hand haben, dann sagen Sie es, ansonsten verschwenden Sie hier gerade meine Zeit.«

»Sie hatten Streit mit Hannah Bischof. Worum ging es dabei?«

Palmer starrte ihn an und brauchte einen Moment, um zu verstehen, wovon er überhaupt redete. Streit mit Hannah? Dann klingelte etwas bei ihr.

»Hannahs Nachbar? Im Treppenhaus?«

Stocker zuckte die Schultern.

»Wo sind Sie gewesen zum Zeitpunkt des Todes von Frau Bischof?«

»Ich suche die Leute, die Susas Tod zu verantworten haben und auch hinter der Drohung an Hannah und mich stecken. Eigentlich tue ich *Ihre* Arbeit.« Sie klatschte beide Hände auf sein Pult, lauter als eine Ohrfeige.

»Sind Sie ein Heißsporn, Palmer?«

Sie fühlte, wie der Zorn sich in ihr ausbreitete.

»Verdammt noch mal.«

»Nur weiter, Palmer. Sieht ganz so aus, als würden Sie schnell die Beherrschung verlieren. Haben Sie sich mit Hannah Bischof gestritten? Und deshalb hat sie sterben müssen? Nun sagen Sie doch ganz einfach, wo Sie gewesen sind.«

Palmer lehnte sich zurück und zog dabei ihre geballten Fäuste über den Tisch.

»Ist das alles?«, fragte Palmer.

»Ich sehe das so: Motiv? Ihre Wut. Mittel? Ihre kräftigen Hände. Gelegenheit? Sie haben sich mit Frau Bischof regelmäßig getroffen in letzter Zeit.« Wie ein Pfarrer breitete er die Arme aus mit den Handflächen nach oben. »Passt alles.«

»Ihre Story ist kreuzfalsch. Zwei Menschen wissen das: Hannahs Mörder und ich.« Palmer schaute auf die Uhr, als müsste sie ganz dringend einen Flug erreichen. »Sonst noch was?«

»Sie mischen sich ab sofort nicht mehr in irgendeiner Art in die Suche nach Tätern ein. Ich warne Sie. In Ihrem eigenen Interesse. Da läuft einer rum und will Sie umbringen. Hat's bei Ihnen bereits mal versucht.«

Jetzt schwieg Stocker und sah sie lange an. Während sich beide niederstarrten, tickte die kleine Uhr auf seinem Schreibtisch laut vor sich hin.

»Die reinste Zeitverschwendung.« Sie zog tief Luft ein und stemmte sich mit beiden Händen auf den Armlehnen hoch. »Danke für Ihre Gastfreundschaft.«

»Wir behalten Sie im Auge.« Stocker sah Palmer streng an.

Weil er mich als Täterin betrachtet? Nein, nicht wirklich. Ist doch klar, dass die Polizei keine Zivilisten duldet, die sich einmischen und bei den Ermittlungen dazwischenfunken.

Schlagartig bekam sie einen trockenen Mund, als ihr etwas ganz anderes bewusst wurde. Er will mich nicht am Tatort als Opfer des Mörders identifizieren.

25

Auf dem Fußweg zurück zu ihrem vorübergehenden Zuhause entsperrte sie ihr Handy, um sich für heute Abend mit Juli zu verabreden. Juli müsste heimgekehrt sein und hatte vermutlich nur versäumt, sich zurückzumelden. Als Palmer bei den Schnellwahltasten auf »Hannah« stieß, wurde es ihr erst richtig bewusst. Hannah war tot.

Bewegungslos stand sie da, mitten auf dem Gehsteig, mit hängenden Schultern, während die unabänderliche Tatsache in die hinterste Ecke ihres Bewusstseins drang. Sie war auf dem besten Weg gewesen, in Hannah eine neue Freundin zu gewinnen. Sie hatte ihr versprochen zu helfen, war aber gescheitert.

Wär's nicht besser, ich ziehe mich zurück, bevor eine noch größere Katastrophe geschieht? Was habe ich denn schon erreicht? Nichts. Da ist einzig dieses Gefühl, dem Täter auf der Spur zu sein. Aber nun stehe ich wie eine Zielscheibe mitten auf der Straße und weiß nicht, gegen wen ich mich verteidigen muss. Shit. Greift mich einer aus dem Hinterhalt an, bin ich chancenlos. Am Ende beiße ich selber ins Gras.

Der Knoten in ihrem Magen nahm ihr die Luft.

Dann passierte etwas, das sie schon von sich kannte: Ihre unterschwellige Angst, selbst in die Schusslinie zu geraten, wandelte sich in Wut. Da bewegte sich ein

Schweinehund in freier Wildbahn, der Hannah ermordet und sie umzubringen versucht hatte. Und dafür würde sie ihn zahlen lassen.

Sie war sich nicht restlos sicher, ob Stocker mit voller Kraft nach dem Täter forschte. Jedenfalls wusste Palmer, sie würde den Mörder finden, diesen Mistkerl zur Strecke bringen.

Gleich morgen früh würde sie sich wieder in die Nachforschungen stürzen, aber vorher musste sie selbst runterfahren, sich beruhigen, damit ihr nicht noch ein Fehler unterlief.

Heute Abend wollte sie ihre Freundin treffen. Mitten im Gehen drückte sie Julis Kontakt, aber augenblicklich sprang auch diesmal wieder ihre Sprachbox an. Palmer blickte ungläubig auf das Mobiltelefon.

Dass Juli nicht zurückgerufen hatte, war seltsam. Sie hatten vereinbart, Juli sollte bei jedem Anruf ein Lebenszeichen von sich geben, sobald sie dazukam. Aber seit Palmers letztem Kontaktversuch war bereits eine geraume Zeit verstrichen, und Juli hatte noch immer nicht reagiert.

Waagrechte Falten legten sich über Palmers Stirn.

War da etwas Außerordentliches passiert? Palmer hoffte, dass Juli schlicht vergessen hatte, sie zurückzurufen, vielleicht, weil sie sich verliebt hatte. Das hätte ihr Palmer von Herzen gegönnt. Juli hatte ihre damalige Entführung und auch die Vergewaltigung erstaunlich gut weggesteckt. Aber dennoch hatte sich da eine felsenharte Mauer aufgetürmt, die es einem Romeo fast verunmöglichte, zu ihrem Herzen durchzudringen. Wer weiß. Aber falls dem so war, weshalb hatte sie Palmer nichts davon berichtet? Kein Anruf, weder E-Mail noch SMS. Je länger sie darüber nachdachte, umso sicherer war sich Palmer, dass ein hübscher Mann dahintersteckte. Aber weshalb diese Heimlichtuerei? Palmer platzte fast vor Neugier.

Als sie weiterschritt entschied sie, dann halt jetzt noch Lenny zu besuchen. Da sie jedoch nicht in die Essenszeit im Krankenhaus hineinplatzen wollte, rief sie auf der zentralen Nummer an und ließ sich auf die Abteilung verbinden.

»Ich erinnere mich sehr wohl an Sie, Frau Palmer, nicht alle Tage bringt uns eine Besucherin bereits zu Beginn Pralinen als Dankeschön, und dann noch so feine Tröpfchen.« Schwester Zimmermanns Stimme entnahm Palmer gleichzeitig Freude, aber auch eine gewisse Ungeduld. »Eigentlich dürfen wir nur den allernächsten Angehörigen Auskunft geben. Da ich aber bei Ihrem Besuch gesehen habe, dass ihr befreundet seid, und da Lenny mich beauftragt hat, Sie zu ihm durchzulassen, will ich Ihnen verraten, wir haben ihn auf die Intensivstation verlegt.« Sie seufzte. »Es ist ein Wettlauf gegen die Zeit, sein Leben hängt an einem dünnen Faden. Wenn man nicht bald ein neues Herz für ihn findet …«

Eiskalte Furcht breitete sich in Palmers Eingeweiden aus. Vor ihrem geistigen Auge erschien Lenny, der um Luft rang und qualvoll hustend nicht mal mehr während der Nacht Schlaf fand.

»Ich komme auf dem schnellsten Weg. Ein paar aufmunternde Worte werden ihm guttun.«

»Sie können ihn unmöglich besuchen.«

»Aber Sie wissen, ich bin seine letzte Freundin. Seine Mutter ist vor einigen Tagen im Krankenhaus verstorben, seine Tante, bei der Lenny jetzt wohnt, ist dieser Tage ermordet worden.«

Palmer ließ der Krankenschwester einige Momente. Tatsächlich fuhr diese dann fort, wahrscheinlich entgegen der internen Vorgabe, an Außenstehende keine Informationen zu geben.

»Lenny wird künstlich beatmet. Sein Herz ist einfach zu schwach. Sonst hätten wir lebensbedrohliche Folgen erwarten müssen aufgrund des Sauerstoffmangels.«

Palmer wusste, was dies bedeutete. Lenny bekam jetzt mittels eines dicken Schlauchs durch den Mund Sauerstoff in die Lungen gepresst.

»Er muss mir ja keine Antwort geben.« Palmer gab sich nicht so leicht geschlagen.

»Sie verstehen nicht. Lenny ist sediert, liegt in einem künstlichen Koma. Intravenös kriegt er nicht nur Schmerzmittel verabreicht, sondern auch Schlafmittel. Sonst würde er sich instinktiv gegen die Beatmungspumpe sträuben. Weder sprechen noch schlucken oder husten ist möglich. Die Medikamente wirken stark genug, um auch die Atmung zu stoppen. Dies hat die Maschine übernommen.«

Palmers Knie wurden weich.

»Sie meinen also, Lennys Zustand könne sich gar nicht noch weiter verschlimmern?«

Schwester Zimmermann schwieg einen Moment, dann wechselte sie das Thema.

»Aber so ganz alleine ist er nicht. Ich bin über Lennys komplizierte familiäre Verhältnisse informiert.« Sie zögerte. »Dieser Herr heute hat auf mich nicht den Eindruck gemacht, als meine er es schlecht mit Lenny.«

»Moment, wen meinen Sie?«

»Heute ist jemand aufgetaucht auf der Intensivstation und hat sich als sein Vater zu erkennen gegeben.«

26

Eine einzige Katastrophe, diese Nacht. Palmer hatte kaum ein Auge zugetan. Pausenlos grübelte sie nach über Hannahs Ermordung und dass die Polizei sogar sie persönlich verdächtigte. Der Anschlag auf ihr Leben erinnerte sie, dass auch ein Täter hinter ihr her war. Und jetzt lag Lenny auf der Intensivstation, und seine Mutter war tot. Auch warf sich Palmer vor, durch ihre Aktionen Hannah ins Visier von wem auch immer gerückt zu haben. Auf jeden Fall hatte sie Hannah, Lenny und auch Susa nicht gerettet. Palmer wusste, dies würde den Rest ihres Lebens an ihr nagen.

Sie quälte sich aus dem Bett, entriegelte die Schlafzimmertür und horchte in die Wohnung hinein. Totenstille. Im Flur erkannte sie, Enrico war nicht zurückgekehrt. Alle Türen in der Wohnung standen offen, auch die zu seinem Schlafzimmer, er hatte das Bett nicht angetastet. Oder war er ein Frühaufsteher und hatte bereits in aller Stille Ordnung gemacht? Vielleicht saß er bereits auf dem Balkon und arbeitete. Bei diesem Gedanken wackelte sie mit dem Kopf.

Der Terrazzoboden war eiskalt, sie stellte einen Fuß auf den andern, hielt sich mit beiden Händen am Geländer fest, den Kopf in den Nacken gelegt, und sog tief die kühle Morgenluft ein. Es kam nicht oft vor, dass sie einen Morgen zu so früher Stunde erlebte. Links blinzelte die Sonne erst zwischen Dachspitzen und Bäumen hindurch und ließ weit oben den Gipfel des Pilatus in einem strahlenden Gold leuchten. Nur vereinzelt drangen dumpfe Motorgeräusche von der Obergrundstraße an ihre Ohren. Unten im Garten zog sich ein unsichtbares Wesen unter den Blättern der Sträucher laut raschelnd ins schützende Dunkel zurück. An den Ecksäulen des Balkons rankte sich Efeu, dessen Blätter sachte schaukelten, als ein Windhauch sie streichelte.

Erst rieb sich Palmer mit den Handflächen die nackten Arme warm, anschließend machte sie sich in Enricos Zimmer auf die Suche nach einem Pullover. Damit hockte sie sich im Schneidersitz aufs Sofa und legte sich den Laptop zurecht.

An die Suche nach einem Job war nicht zu denken. Erst wollte sie Klarheit verschaffen, wer Hannah ermordet hatte.

Sie grübelte darüber nach, ob sie bisher völlig falsch vorgegangen war. Aber so stark sie die Lage auch von anderen Seiten her betrachtete, zog es ihre Gedanken wie magisch zu Diethelm, bis sie wusste, hier würde sie weiterbohren.

Noch einmal loggte sie sich in seinen Internetauftritt mit all den Uhren ein, stieß sogar auf seine Mobiltelefonnummer. Das war unüblich, Diethelm wollte wohl jederzeit für seine Kunden erreichbar sein.

Palmer las jeden einzelnen Text, abwägend, ob sich dahinter ein brauchbarer Wink versteckte. Aber es war zum Verzweifeln. Sie kam nicht weiter, auch nicht als sie seine Site verließ und ganz allgemein nach Thomas Diethelm googelte. Alle Treffer führten sie einzig auf Facebook- und Instagram-Seiten, die sie bereits kannte und ihr auch nicht weitergeholfen hatten.

Ihre Hände sanken auf das Polster, sie begann, an einem Faden des Pullovers zu zupfen.

Nach einigen Momenten seufzte sie und fasste den Entschluss, mal zu schauen, ob vielleicht jemand anderer weitergekommen war auf der Suche nach Hannahs Mörder, beispielsweise ein Medienschaffender, also besuchte sie die Online-Ausgabe der *Luzerner Zeitung*. Da sie diese abonniert hatte, war sie bereits mit dem zweiten Klick im E-Paper. Tatsächlich fand sie auf der Frontseite einen kurzen Artikel über diesen außergewöhnlichen Mordfall mit Verweis auf das *Ressort Stadt Luzern*. Mit der Maus blätterte sie nach hinten und klickte den Artikel an. Der Text folgerte richtig, der Täter, von dem noch jede Spur fehle, habe wohl die Leiche im Wasser versenken wollen und vermutlich nicht damit gerechnet, dass der Koffer schwamm und irgendwo ans Ufer gespült werden würde.

Ich habe zuerst gedacht, da hat einer seinen alten Koffer im Fluss entsorgt, wurde der Finder zitiert.

Sie ließ sich den Text durch den Kopf gehen und wusste, der Täter hatte dieses fließende Gewässer mit Bedacht gewählt. Denn den Ermittlungsbehörden würde dies erschweren, den Tatort oder die Stelle ausfindig zu machen, wo er die Leiche in den Fluss geworfen hatte. Diese Position musste, wenn nicht hier, dann irgendwo stromaufwärts liegen. Im Weiteren half fließendes Wasser auch, Fingerabdrücke und weitere Spuren wie Fasern und Haare zu entfernen.

Neue Erkenntnisse hatte sie aus diesem Artikel keine gewonnen. Sie wechselte zu *Zentralplus*, dann zu *20 Minuten*. Zuoberst erschien eine Großaufnahme des zum Teil im fußtiefen Wasser liegenden Koffers, in den der Täter die Leiche von »*H.B. (38†) aus Luzern*«, hineingestopft hatte. Das nächste Foto zeigte die Landschaft mit einer Markierung, wo genau dieser Koffer im Gebiet des Reusszopfs angeschwemmt worden war.

Palmer stützte ihre Ellbogen auf den Knien ab, ließ den Kopf auf die Hände sinken und blickte gedankenverloren auf den Bildschirm. Sie wusste nicht, wo sie weitersuchen sollte.

So vergingen einige Minuten.

Mit einem Mal schnellte ihr Kopf hoch. Unversehens öffnete sich ihr Mund, als sie noch immer auf das Foto starrte und ihr das Offensichtliche dämmerte.

Während ihre Gedanken in unbestimmte Ferne geschwebt waren, sah sie den Bildschirm nur verschwommen.

Aber jetzt hatten ihre Augen ruckartig scharf gestellt. Ihr war, als hätte sie noch nie im Leben ein konturenreicheres Bild betrachtet.

27

Knallscharf, dieses Foto von Aurelia, gepostet auf ihrem privaten Account.

Der Koffer.

Palmer rieb mit wild pochendem Herzen ihre klitschnassen Handflächen an ihrem Shirt trocken, bevor sie einen Screenshot erstellte. Anschließend klickte sie sich zurück zum Bild in den Medien und verglich die beiden Koffer miteinander.

Identisch.

Selbstverständlich taugte dies nicht als Beweis für irgendwas. War aber immerhin das genau gleiche Modell. Da Palmer Diethelm als Täter vermutet hatte, erschien ihr diese Parallele doch weit mehr als verdächtig. Allerdings hatte sie den Anschlag auf ihr Leben eher Diethelm zugeschrieben und nie im Leben Aurelia zugetraut.

Wie einen Film spielte sie ihre Begegnung mit Diethelm in Gedanken nochmals ab und sah im Augenwinkel, wie Aurelia eine mittelgroße schwarze Marmorskulptur vom Auto ins Wohnzimmer geschafft hatte. Diethelm hatte das Kunstwerk als Souvenir aus Mallorca bezeichnet. Palmer erinnerte sich, wie Aurelias Kräfte sie damals beeindruckt hatten. Solche waren auch von Nöten, hätte sie Hannah in den Koffer gezwängt und das schwere Gepäckstück in den Fluss geschmissen.

Oder war es doch Diethelm? Zwar hat Aurelia damals auf ihrem Account die hervorragende Qualität des teuren Markenkoffers in höchsten Tönen gepriesen. Vermutlich hat sie ihn als Naturalzahlung akzeptiert vom Hersteller des Koffers anstelle von Geld für ihre geleisteten Werbedienste als Influencerin. Aber wahrscheinlich ist, dass Diethelm Hannah umgebracht und in diesem Koffer entsorgt hat. Einfach weil er praktischerweise greifbar war in seiner Abstellkammer. Oder stecken sie beide dahinter, Diethelm und Aurelia?

Sie wählte seine Mobiltelefonnummer. Bereits nach dem vierten Klingeln ging er ran.

»Kann ich bitte mit Aurelia sprechen?«

»Ist nicht hier.«

Palmer überlegte.

»Ich gebe Ihnen meine Nummer. Sie soll mich bitte zurückrufen.«

»Sie verstehen nicht. Sie ist verreist. Und ich weiß nicht mal, weshalb oder wohin. Hals über Kopf hat sie ihre Sachen zusammengerafft und ist fluchtartig aus dem Haus gestürzt.«

»Quatsch. Besser, sie ruft mich sofort zurü...«

»Sonst passiert *was*?«

»Sonst werde ich meine Entdeckungen den Medien gegenüber nicht zurückhalten können«, improvisierte Palmer. Sie ahnte, wie Diethelm negative Publicity hasste, egal ob die Meldung der Wahrheit entsprach oder frei erfunden war. Und sie spürte, sie hatte Diethelm bereits am Wickel. Sie war sich ziemlich sicher, Aurelia würde umgehend zurückrufen, da er sich aufgrund ihrer Andeutungen ausmalen konnte, Palmer hielte möglicherweise einen Beweis in Händen.

Aber als sie präziser werden wollte, hatte Diethelm bereits aufgelegt.

Palmer lauerte neben ihrem Telefon.

Als es dann endlich läutete, ging sie sofort dran.

»Stocker?« Zwei Oktaven höher wiederholte Palmer den Namen, mit dem er sich soeben vorgestellt hatte. Sie schluckte leer. »Kommt unerwartet.« Es war ihr, als hörte sie durchs Telefon, wie er seine Zähne fletschte.

»Lassen Sie dieses Theater. Ich respektiere Ihre Erfolge in früheren Angelegenheiten. Darauf kann ich aber jetzt keine Rücksicht nehmen. Sie funken der Polizei dazwischen, bringen möglicherweise andere, aber mit Sicherheit sich selbst in Gefahr. Fertig jetzt.«

Palmer schwieg, sie wartete auf mehr.

»Der Auftrag der Polizei besteht darin, die Bevölkerung zu schützen. Aber wie sollen wir Sie schützen, wenn Sie wie ein Lamm freiwillig vor den Metzger treten? Schon vergessen, da will Sie einer umbringen?«

Palmer ließ ihm einige Sekunden, und tatsächlich fuhr er fort.

»Ich verbiete Ihnen, sich in irgendeiner Weise einzuschalten, egal wegen des Angriffs auf Sie oder wegen der Ermordung von Hannah Bischof. Auch keine Telefonate mehr, haben Sie mich verstanden?«

»Gibt es irgendwen, dem ich mit einem Anruf auf den Fuß getreten bin? Doch nicht etwa Diethelm oder seiner Freundin?«

»Entdecken wir Sie im Umfeld unserer Ermittlungen, räumen wir Sie aus dem Weg. Sie dürfen sich dann ein Einzelzimmer mit Blick in den Hof der Hauptwache aussuchen. Was für ein Kindergarten, verdammt noch mal.«

»Hat sich Diethelm bei Ihnen beschwert?«

»Gut, soeben habe ich mich anders entschieden. Ich lasse Sie abholen. Sie bleiben, wo Sie sind.«

»Da werden Sie in der ganzen Schweiz keinen Richter finden, der Ihnen einen Antrag für eine Untersuchungshaft auf dieser Grundlage unterschreibt.« Sie lächelte so, dass er dies hören konnte.

»Sie wissen genau, Sie haben die Grenze überschritten. Ich rede weder von Untersuchungs- noch von Beugehaft. Ich spreche von FFE.«

»Moment.« Palmer suchte mit der Zunge Speichel zusammen, um ihren trockenen Mund etwas zu befeuchten.

»Sie sind eine Gefahr für sich selbst. Diese muss ich von Amts wegen abwehren. Und das tue ich, indem ich einen Arzt die Fürsorgerische Freiheitsentziehung über Sie verfügen lasse. In der Psychiatrie werden Sie weder für sich noch für andere eine Gefahr darstellen. Und Sie brauchen sich dort um überhaupt nichts mehr selbst zu kümmern.«

»Das kann doch nicht Ihr Ernst …«

»Höre ich da ein: Ja, Kommissar Stocker, ich halte mich ab sofort raus aus allem?«

»Sie wollen überhaupt nicht wissen, was ich soeben rausgefunden habe? Nun, dann werde ich halt dem Seelenklempner meine heiße Spur erklären. Ich denke mal, der interessiert sich viel mehr dafür als Sie.«

»Ich höre.«

Palmer zögerte. Aber sofort wurde ihr klar, sie konnte jetzt die Spur mit Aurelias Koffer vor ihm nicht mehr zurückhalten. Etwas unbedarft hatte sie sich in die Nesseln gesetzt. Andererseits drohte er offen mit fürsorgerischer Freiheitsentziehung. Wenn sie es recht bedachte, hätte er damit wohl sogar Erfolg, je nachdem, wie er das Schreiben formulierte. Aber genau das war der Punkt. Zurzeit stand bloß seine Drohung im Raum. Würde Stocker sie aber tatsächlich abholen, brauchte sie etwas in der Hinterhand, um mit ihm zu verhandeln. Solange würde sie ihm ihr Wissen vorenthalten.

»Ich sehe schon, es gibt keinen anderen Weg. Ist auch besser für alle, wenn wir Sie in Sicherheit bringen.«

»Halt. Warten Sie.« Sie ließ die Schultern hängen. »Hannahs Leiche wurde in einem Koffer aufgefunden. Diethelms Freundin hat vor gut zwei Jahren ein Foto gepostet auf Instagram – derselbe Koffer. Zumindest könnte es derselbe sein. Optisch ist er identisch mit dem am Fundort. Okay, ist kein Beweis für ein Verbrechen. Der Koffer stand in Griffweite, da hat Diethelm ihn hervorgeholt und Hannah reingepackt. Und nebenbei bemerkt: So wie's aussieht, hat sich seine Freundin

Aurelia abgesetzt. Jedenfalls hat er beim letzten Telefongespräch angedeutet, sie sei verreist.«

Nun war es Stocker, der einen mehr als angemessenen Zeitraum verstreichen ließ, bevor er sich wieder zu Wort meldete. Seine Stimme klang bei der Verabschiedung zwar nicht wie die eines Lämmchens, aber sicher nicht mehr wie die eines Wolfs, als er sie beschwor, sich zurückzuziehen aus der Sache und sich in nichts mehr einzumischen.

28

Stockers Ansage war klar gewesen: raushalten und stillsitzen. Palmer wollte das angespannte Verhältnis mit Stocker, der ihr mit Fürsorgerischer Freiheitsentziehung gedroht hatte, nicht überreizen. Sie hatte echt keine Lust, in der Psychiatrie Däumchen zu drehen. Am Morgen hatte sie bei einem Blick aus dem Fenster eine Polizeipatrouille entdeckt, die wohl kaum zufällig in dieser

Sackgasse postiert war. Also hatte Palmer den ganzen Samstag zu Hause verbracht, auch den Sonntag, den Palmer schon seit jeher zum Rumhängen genutzt hatte. Bier hatte im Kühler gestanden, und sie war es gewohnt, sich mit Spaghetti zu begnügen, da sie ihm Tiefkühlfach keine Pizza aufgestöbert hatte. Indem sie sich von der Straße fernhielt, drosselte sie überdies die Gefahr, dem Täter, der sie im Parkhaus niedergeschlagen hatte, per Zufall vor die Flinte zu stolpern.

Sie faltete das Blatt Papier, das sie auf der Küchenablage gefunden hatte, zweimal und steckte es sich in die Gesäßtasche ihrer Jeans. Offenbar war Enrico kurz in der Wohnung aufgetaucht, als sie außer Haus gewesen war. In verschnörkelter Handschrift hatte er sein Bedauern zum Ausdruck gebracht, sie verpasst zu haben. Sie solle doch bitte das nächste Mal drangehen, wenn er anrufe, und da ihre Vorbehalte ihm gegenüber offensichtlich noch immer riesig wären, habe er sich für einige Tage ausgeklinkt und wäre bei einer Kollegin untergekommen.

Mit unbestimmtem Blick sah sie auf das Bier, welches sie mit der Rechten in der Flasche kreiste. Sie hatte seine Anrufe übergangen, sie schlicht nicht entgegengenommen. Denn sie hatte ihm nichts zu sagen. Dennoch suchte sie sich jetzt im Handy zu seiner Nummer durch. Beim ersten Klingeln hob er ab, und Palmer hielt sich nicht erst mit einer Begrüßung auf.

»Danke, dass du mir Unterschlupf bietest in dieser Wohnung hier.«

»Gerne doch.« Sie hörte sein Lächeln. »Jederzeit.«

Es folgte eine Pause, in welcher er vermutlich seine Gedanken sortierte aufgrund ihres unerwarteten Dankeschöns. Als sie bereits auflegen wollte, fuhr er fort.

»Ich will keinesfalls, dass es dir schlecht geht, weil ich mich endlich in deinem Leben zurückmelde. Aber ehrlich gesagt habe ich dennoch auf eine insgesamt sanftere Reaktion von dir gehofft.«

»Nämlich?«

»Nun, ich will keinesfalls mein Verhalten schönreden. Ich würde mich freuen, wenn wir einen netten Abend zusammen verbringen. Ich könnte kochen, dann sprechen wir uns aus. Jedenfalls sollst du wissen, du hast noch immer einen Vater. Bisher war ich kein Vater für dich, schon klar. Aber jetzt würde ich's gerne versuchen.«

»Und du meinst, mit Penne und einem Glas Wein sei die Sache geritzt?«

»Tut mir leid. Aber ich meine es ernst.«

»Wir machen das jetzt so: Wenn es das nächste Mal klingelt, dann nehme ich deinen Anruf entgegen. Und dann schauen wir weiter.« Die Verabschiedung kam nicht von Herzen, war aber bei Weitem die am wenigsten angriffslustige bisher. Sie blieb noch länger in der Küche stehen, während ihr verschiedene Dinge im Kopf kreisten. Als sie im Krankenhaus aufgewacht war nach einem Nickerchen, hatte er an ihrem Bett gesessen und ihre Hand gehalten. Sie musste zugeben, dies war ein Anfang. Ihr Verstand sagte, dass dies vielleicht ein bisschen dazu beitrug, alte Wunden zu heilen. Aber ihr Gefühl sträubte sich noch. Sie brauchte Zeit.

Da ihr jetzt nach Musikhören zumute war, fischte sie die kleinen Kopfhörer aus der Umhängetasche. In den Gartenstuhl geflätzt, sonnte sie sich auf dem Balkon, während sie den Kopf im Schatten hielt und die Trommelfelle ihrer Ohren mit dem lässig vorgetragenen Gitarrensolo von Slash massierte: *Sweet Child O'Mine* von *Guns N' Roses*. Als sie selbst noch als Chefin und Leadgitarristin ihrer eigenen Rockband durch Europa getingelt war, hatte sie bestimmt, wie lange ihr Gitarrensolo dauerte. Heutzutage mussten solche Gitarreneinlagen oft zugunsten besserer Radiotauglichkeit über die Klinge springen. Immerhin hatte Slash das Solo zu Ende gespielt, als das Handy noch vor Ende des Songs das Signal eines eingehenden Anrufs meldete und sie aus der Stimmung riss. Sie wischte sich den Schweiß von der Stirn, bevor sie den Anruf widerwillig entgegennahm.

»Spreche ich mit Palmer?«, fragte eine sympathische Frauenstimme.

»Je nachdem, wer anruft.«

Die Anruferin stellte sich als Frau Avanzini vor, und Palmer erinnerte sich, von dieser Journalistin mal interviewt worden zu sein, nachdem Palmer ihre beste Freundin Juli gerade noch rechtzeitig den Fängen eines Vergewaltigers entrissen hatte.

Sie wechselten einige nette Worte, dann kam die Journalistin auf den Punkt.

»Hannah Bischof war vor Tagen mit mir und anderen Zeitungsleuten in Kontakt getreten und hatte behauptet, Thomas Diethelm beabsichtige, ihre Schwester Susa zu töten. Ich kenne Diethelms Freundin Aurelia bereits aus der Zeit, als sie noch nicht ausschließlich für Thomas Diethelm gearbeitet, sondern als selbstständige Influencerin geradezu fieberhaft mit möglichst vielen von uns Medienschaffenden Kontakt gesucht hat. Mit allen unmöglichen oder auch sympathischen Mitteln hat sie alles getan, um ihre Bekanntheit zu steigern und zusätzliche Views auf ihrem eigenen Online-Auftritt zu erwirken. Nach Hannahs Anschuldigungen gegenüber Thomas Diethelm habe ich Aurelia angerufen und versucht, aus ihr eine brauchbare Info rauszukitzeln. Ich habe bei ihr eine gute Story gewittert. Das Gespräch hat dann aber nichts hergegeben. Dass Aurelia diesen Diethelm in Schutz genommen und für ihn Stellung bezogen hat, verstehe ich. Aber während dieses Gesprächs ist sie total ausgerastet und hat sich kaum mehr eingekriegt. Schließlich hat sie gemeint, Hannah Bischof, diese Ziege, müsste sich nicht wundern, wenn ihr irgendwer nach dem Leben trachtet, solange sie solche Unwahrheiten behauptet. Ich erinnere mich gut. Kurze Zeit später hat man Hannah tatsächlich erwürgt aufgefunden. Da stellt sich mir natürlich die Frage, ob Aurelia hellseherische Fähigkeiten besitzt.«

»Okay, aber was erwarten Sie nun von mir?«

»Ist doch klar, dass ich in dieser Angelegenheit weiterforsche.«

»Müssten Sie dann nicht eher mit Aurelia sprechen als mit mir?«

»Das ist es ja. Aurelia ist wie vom Erdboden verschluckt. Äußerst sonderbar. Denn noch immer arbeitet sie als Influencerin, nur nicht mehr auf eigene Kasse, sondern für Diethelm. Aber wie auf einen Schlag postet sie keinen Pieps mehr auf Facebook und Instagram, hat ihr Handy ausgeschaltet, reagiert weder auf Mailanfragen noch auf SMS und WhatsApp. So verhält sich doch keine Frau, die bisher alles stehen und liegen gelassen hat bei der Möglichkeit einer Erwähnung in den Medien.«

Palmer zuckte die Schultern. Als Palmer nichts erwiderte, fuhr die Journalistin fort.

»Wissen Sie, wo Aurelia steckt?«

»Sie denken also, ich könnte Ihnen zu einer Story verhelfen?«

»Ist in Ihren Augen nicht offensichtlich, dass sich Aurelia aus dem Staub gemacht hat, um ihrer Verhaftung zu entgehen? Erst droht sie durch die Blume Hannah, dann wird Hannah ermordet, und Aurelia reagiert auf keine Anfrage mehr?«

»Sie rufen mich an, weil Sie selber merken, Aurelias wutentbrannte Aussage gegen Hannah hat zu wenig Speck am Knochen für eine Räubergeschichte? Leider kann ich Ihnen nicht weiterhelfen. Bevor Sie sich ins Elend stürzen: Ich empfehle Ihnen, nicht der Öffentlichkeit zu vermelden, Aurelia hätte die Flucht ergriffen, weil sie etwas mit Hannahs Tod zu tun hat.« Palmer dachte nach, ob sie fortfahren sollte. »Mein Bauchgefühl vermeldet mir eine ganz andere Geschichte.«

29

Palmer verzehrte sich danach, Alex' Stimme zu hören, vielleicht belanglos eine Stunde lang zu plaudern, zu scherzen und seine Nähe zu spüren, obwohl nicht nur Tausende Kilometer, sondern der ganze Atlantik plus der Amerikanische Kontinent zwischen ihnen lagen.

Sie hatte einen Gartenstuhl vom Balkon des Hochparterres über das Geländer gehoben und sich dabei darüber gelehnt, sodass der Stuhl nur eine geringe Höhe hinunterfiel und auf allen vieren auf dem Erdreich stehen blieb. Dann stieg sie hinterher und kletterte barfuß auf den Naturboden. Sie trug den Stuhl mitten ins Grüne, das in Vorzeiten mal ein Rasen gewesen war, sich heute aber als welliger und nicht gemähter Grund zeigte, auf dem Grashalme in alle Richtungen sprießten und ihre nackten Füße feucht kühlten. Zu behaupten, dieser kleine Park sei ein Unkrautdschungel, wäre übertrieben gewesen, denn die naturbelassene Wildheit hatte ihren Charme, wenn auch eher einen zufällig geschaffenen aufgrund eingesparter Knochenarbeit. Mittendrin setzte Palmer den Metallstuhl ab und zwar so, dass ihr die Abendsonne zwischen den Blättern eines Nachbarbaums hindurch goldenes Licht ins Gesicht warf, als sie Alex' Nummer wählte. Während es läutete, schien es ihr unglaublich, dass dieselbe Sonne in der zweiten Tageshälfte ihn während des Frühstücks wärmte. Allerdings schoben sich, noch bevor er dranging, fette Wolken davor. Fieberhaft überlegte sie, was sie Alex auf seine Frage antworten würde, ob sie sich, wie von ihm gefordert, aus jeglichen Nachforschungen zurückgezogen hatte.

Ihr wurde bewusst, wie einsam sie sich gerade fühlte. Alle waren fort, tot oder skeptisch ihr gegenüber. Sie stand alleine da in einem undurchsichtigen Chaos von Geheimnissen und Lügen. Endlich hob er ab, und seine Stimme verursachte ein warmes Gefühl in ihrer Brust.

Nach der zärtlichen Begrüßung nahm das Gespräch glücklicherweise einen anderen Verlauf, denn sie erzählte ihm freimütig, dass sie an der Jobsuche dran war, wenn auch noch nichts Konkretes in Aussicht stand, und außerdem würde sie ihre Kosten derzeit gering halten. Sie flunkerte, da sie ahnte, Alex würde ihr anbieten, bei ihm einzuziehen, falls sie ihm ihren finanziellen Engpass gestand. Ohne mit der Wimper zu zucken, würde er ihr mit Geld unter die Arme greifen, falls sie ihm die Möglichkeit dazu bot, aber sie wollte auch diesen Teil ihrer Beziehung so lange wie möglich getrennt halten. Es war ihr wichtig, ihm zu beweisen, wie gut sie es alleine schaffte.

Selbstverständlich wusste sie, irgendwann würde er erfahren, dass jemand sie niedergeschlagen hatte in der Absicht, sie zu töten. Also gab sie sich einen Ruck und erzählte ihm von sich aus, jemand habe sie zur Zielscheibe genommen, allerdings verharmloste sie die Tatsache, dass sie im Krankenhaus gelandet war.

»Es ist mir klar, dass ich nicht zu Hause wohnen kann, bis sie den Mistkerl haben. Ich wohne aktuell bei Enrico«, sagte Palmer. Ihr Herz raste, während sie ihm dies erzählte. Alex kannte alle Details aus Palmers Kindheit, so auch die ganze Geschichte mit ihren Eltern. Alex war Enrico erst einmal begegnet. Ihr Vater hatte damals das Nachtessen in einem italienischen Restaurant, also auf neutralem Boden, wutentbrannt verlassen. Die beiden lebten in verschiedenen Welten. Alex legte sich in seinem Job ins Zeug, damit Unternehmen erfolgreich arbeiteten, Leute durch einen Job zu Wohlstand kamen und dadurch Mittel erarbeitet wurden, um jenen zu helfen, die nicht für sich selber sorgen konnten. Enrico aber fühlte sich mangels eigener Leistungen gedrängt, darauf hinzuweisen, was Alex seiner Meinung nach falsch machte. Das eine Wort hatte zum nächsten geführt. Als Alex den Spieß umkehrte und dem Spiegelvorhalter Enrico seinerseits den Spiegel vorhielt, war es vorbei gewesen mit dem netten Abend.

»Du wohnst bei Enrico?«, fragte er halb belustigt, gefolgt von einem ohrenbetäubenden Schweigen. Palmer meinte während dieser Stille, die Fluchworte regelrecht zu hören, die Alex in Gedanken Enrico an den Kopf warf.

Während sie mit zitterndem Zeigefinger in ihren Haaren eine Locke zu drehen versuchte, hörte sie ihn schließlich durchatmen.

»Nun, dann kriegst du wenigstens diese Baustelle mal aufgeräumt. Besser spät als nie.«

Das kam unerwartet. Entspannt flocht sie die Finger ineinander, streckte die Arme über dem Kopf aus und ließ die Knöchel knacken.

»Wie ist das jetzt?« Alex' Stimme klang ernst. »Hältst du dich ab sofort aus fremden Problemen raus? Oder kannst du's nicht lassen und bringst dich erneut in Lebensgefahr?«

Während Palmer zögerte und überlegte, wie sie ihre Antwort am besten formulierte, fuhr er fort.

»Was ich davon halte, ist dir offensichtlich schnurzpiepegal.«

»Ist es nicht. Aber ich kann doch nicht tatenlos rumsitzen, nachdem einer versucht hat, mich umzubringen.«

»Waas?« Seine Stimme überschlug sich, während Palmer vor Wut über ihre unbedarfte Äußerung die Zähne aufeinanderbiss.

»Wer sagt denn, dass dieser Feind mich in Ruhe lässt, falls ich mich aus der Suche zurückziehe? Da müsste ich schon zu dir nach Kalifornien fliehen. Aber weglaufen ist nicht mein Ding.«

»Verdammt.«

Sie lauschte, aber die Leitung war tot. Hatte er aufgelegt? Nein, das konnte er nicht ernsthaft bringen. Vielleicht waren sie auch nur zufällig getrennt worden. Palmer starrte auf das Telefon und überlegte, ihn einfach zurückzurufen. Sie spürte, wie ihr urplötzlich alle Farbe aus dem Gesicht wich, als die Wahrheit sie mit voller Wucht traf. Sie waren nicht getrennt worden, er hatte sie weggedrückt. Shit, Alex hatte die Nase gestrichen voll.

Palmer zog ihre Füße zur Sitzfläche hoch, schlang die Arme um die Knie und lehnte ihren Kopf seitwärts darauf. Ihre Kehle war wie zugeschnürt. Sie musste sich zum Atmen zwingen.

Wie lange sie in dieser Stellung ausgeharrt hatte, wusste sie nicht, jedenfalls war es in der Zwischenzeit bedeutend kühler geworden, als das vibrierende Handy sie aus den Gedanken riss.

Eine Nachricht von Alex?

»Mutmaßliche Täter des Uhren-Überfalls verhaftet.« Der Newsticker der *Luzerner Zeitung* hatte eine Push-Nachricht gemeldet. Palmer stellte ihre Füße ins Gras und setzte sich aufrecht. Sie war so aufgeregt, dass ihr fast übel war, als sie mit der Fingerspitze die Neuigkeit im Smartphone öffnete.

Die Polizei verhaftete heute sieben Männer. Sie wirft ihnen vor, in den Überfall auf eine private Uhren-Party im Schlosshotel Gütsch verwickelt zu sein.

Palmer spürte, wie ihr Schweiß auf die Handflächen trat. Beinah glitt ihr das Telefon aus der Hand. Einen kurzen Moment überlegte sie, dann schoss sie aus dem Stuhl hoch, rannte zum Balkon, hievte sich hinauf. Sie eilte ins Wohnzimmer, riss den Laptop vom Kabel und loggte sich ein auf *Tele1*. Aus den letzten Worten der Moderatorin erkannte sie, zu diesem Thema lief bereits ein Bericht. Das Bild wechselte zum sichtlich zufriedenen Sprecher der Staatsanwaltschaft, Simon Kopp, der im Anschluss an die offizielle Verlautbarung, die er wie üblich unverbindlich formuliert hatte, im Plauderton Einzelheiten ausführte. Palmer erkannte sofort, das Interview war eigentlich beendet, und er war sich nicht bewusst, dass die Kamera auf dem fixen Stativ noch weiterlief. Während er mit der Journalistin in vertraut freundschaftlichem Gespräch quasselte, nahm das Missgeschick seinen Lauf. Er bewegte sich seitwärts aus dem Bild, aber seine Stimme war klar und deutlich zu hören:

»Heute dürfen wir dem kriminaltechnischen Dienst ein Kränzchen winden. Die Verhafteten gestehen zwar überhaupt nichts und schweigen eisern. Auch ist die Beute noch nicht aufgetaucht. Aber die Beweise sind erdrückend. Bei anderen Überfällen haben Junggangster schon mal mit Geld um sich geworfen oder mit ihrem Beutezug geprahlt, sodass man auf sie aufmerksam wurde. In diesem Fall aber hat die pingelige Arbeit unserer Kriminaltechniker zum Erfolg geführt. Nach dem Überfall haben sie stundenlang auf den Knien im Kies und zwischen den Steinen des ganzen Hotelareals kleinstes Material eingetütet, darunter auch eine zerknüllte Quittung auf dem Gehweg zum Hof, wo Diethelms Party stattgefunden hat. Der Kassenbon stammte vom Einkauf von Toilettenpapier und Hundefutter in der *Migros*. So wie es aussieht, ist der Zettel einem der Täter aus der Tasche gerutscht, als er seine Pistole herausgezogen hat. Auf dieser Quittung waren Ort und Datum des Kaufs aufgedruckt. Routinemäßig hat die Polizei jeden einzelnen Fund geprüft. So ist sie den Angaben auf dem Kassenzettel nachgegangen, hat das Video des Verkaufsgeschäfts durchgesehen und zum besagten Zeitpunkt einen Mann entdeckt. Sein Gesicht hat man im Fahndungsprogramm abgeglichen mit Fotos bereits bekannter Krimineller. Und siehe da, Volltreffer. Die Techniker haben aber noch weitere Beweise sichergestellt, davon erzähle ich Ihnen dann beim nächsten Treffen.« Dann wurde die Aufnahme abgebrochen.

Während wieder die Moderatorin erschien, freute sich Palmer über diesen Erfolg der Polizei, auch wenn sie der Meinung war, der Kopf der Tätergruppe stecke anderswo.

30

Gestern Abend hatte sie ihr Handy ausgestellt und sich aus allem ausgeloggt, bevor sie sich die restlichen Spaghetti mit zwei Spiegeleiern gebraten hatte. Dieses Gericht war bereits damals mit ihrer Mutter ihre Leibspeise gewesen: in Butter knusprig gebrutzelte Teigwaren. Danach war Palmer früher als gewohnt zu Bett gegangen und hatte die Tür ihres Zimmers zweimal verriegelt.

Heute Morgen ließ sie ihren alten Wagen stehen, da sie den Drang verspürte, sich zu bewegen. Auf dem zwanzigminütigen Fußmarsch an den Bahnhofplatz zu ihrem Frühstücksespresso wählte sie nicht den direkten Weg die Hauptverkehrsachsen entlang. Sie wollte die Wahrscheinlichkeit verkleinern, dass der Angreifer auf ihr Leben sie zufällig beim Vorbeifahren von seinem Auto aus entdeckte.

Von Osten her schien die Sonne ihr mitten ins Gesicht und spiegelte sich im Lack der Karosserie der vorbeikurvenden Fahrzeuge. Obwohl die Glocken erst in zwei Stunden zur Mittagszeit schlagen würden, flimmerte die Luft über dem Asphalt bereits vor Hitze. Vor einigen Tagen hatte man für diese Woche Regen angesagt, allerdings war der Wolkenbruch ausgeblieben, der die Luft gekühlt und den Durst der Blümchen gestillt hätte.

Zur Feier des Tages, da ihr in der Wohnung der Kaffee ausgegangen war, hatte sie heute gleich zwei Espressi bestellt und den ersten genussvoll runtergekippt. Nun mampfte sie ihre Haselnussschnecke und schlug mit der freien Hand die Zeitung mit den größten Buchstaben auf, als sie mitten in der Kaubewegung innehielt und erst das Foto, dann den Text genauer betrachtete.

Zweiter Frauenmord, Täter immer brutaler. Schon wieder versetzen Mörder die Zentralschweiz in Angst und Schrecken.

In seinem Blaumann stand ein gut 60-jähriger Küchenmonteur vor einem eingerüsteten Mehrfamilienhaus und zeigte mit ausgestrecktem Arm auf die Stelle, wo jene Abfallmulde gestanden hatte, in welcher er heute Morgen auf die Frauenleiche gestoßen war.

»Powerscheiße«, entfuhr es Palmer.

Ein älteres Pärchen an einem der Nebentische wandte ihr schlagartig die Köpfe zu.

Palmers Herzschlag beschleunigte, die Muskeln ihrer Beine verkrampften sich, als ihr schwante, wessen Leiche der Mann hier per Zufall entdeckt hatte.

Vergangenen Freitagnachmittag haben wir wie üblich die Baustelle gereinigt und dabei Kartons und Leergebinde in die Mulde für nicht wiederverwertbares Material geschmissen. Diese wird in der Kehrichtverbrennungsanlage direkt in den riesigen Bunker gekippt, von wo der Kran die Öfen mit einem mächtigen Greifer befüllt. Wäre mir heute Morgen nicht aufgefallen, dass vier Scharniere fehlten und wäre ich nicht sofort in die Mulde gestiegen, um sie zu suchen, man hätte diese Frau-

enleiche kremiert, ohne Spuren zu hinterlassen. Eigentlich der perfekte Ort, um ein Mordopfer zum Verschwinden zu bringen. Denn der ganze Inhalt wird nirgendwo sortiert und auch nicht auf eine Halde geschüttet, wo jemand über sie stolpern könnte.

Der Zeitungsbericht machte klar, um wen es sich beim Opfer handelte.

Innerhalb weniger Tage wurde in Luzern bereits die zweite Frau ermordet. Auf einer Baustelle im Würzenbachquartier hat man die Leiche von Aurelia Amberger (†25) mit eingeschlagenem Schädel gefunden. Es handelt sich um die Social-Media-Managerin von Thomas Diethelm. Kürzlich wurden die Besucher von Diethelms Party ausgeraubt. Dabei fielen den Tätern Schmuck und Armbanduhren im Gesamtwert von mehreren Millionen Franken in die Hände. Die mutmaßlichen Täter sind vor zwei Tagen verhaftet worden. Die Beute bleibt bis heute verschwunden.

Wie üblich zeigte der Bericht auch ein Porträtfoto des Opfers. Allerdings wurden dabei die Augen nicht wie üblich durch einen schwarzen Balken abgedeckt, sondern das ganze Foto von Aurelia war im Original veröffentlicht. Palmer wusste, manche Medien hielten dies so bei Leuten, die in der Öffentlichkeit bekannt waren. Dazu gehörte auch Aurelia, die als freischaffende Influencerin bis vor Kurzem ihr Gesicht möglichst oft in die verschiedenen Blätter gehalten hatte.

Palmers Nackenhaare richteten sich auf, ihr Mund trocknete aus.

Mein Bauchgefühl hat mich nicht im Stich gelassen. Aurelia ist tot. Sie hat sich nicht aus dem Staub gemacht, jemand hat sie ermordet. Für mich ist klar, wer das getan hat. Diethelm. Wahrscheinlich hatte Aurelia etwas gegen ihn in der Hand gehabt. Aber was? Und warum hat sie sich plötzlich entschieden, gegen Diethelm vorzugehen?

Palmer las den nächsten Artikel, ein Interview mit Thomas Diethelm.

Ich bin erschüttert über den Tod meiner Lebensgefährtin. Und dann kommen noch all diese Verleumdungen hinzu. Gewisse Leute haben behauptet, ich hätte den Überfall auf meine Party selbst organisiert. Sogar den Tod einer ehemaligen Freundin will man mir anlasten. Unglaublich. Wenn das so weitergeht, wird man noch behaupten, ich hätte auch Aurelia ermordet. Zum Glück habe ich ein bombensicheres Alibi. Mehrere 100 Leute können bezeugen, ich habe das ganze Wochenende auf dem Ritterfest der Burg Hohenzollern verbracht. Als Ritter habe ich dort im Lager gefeiert und mit anderen gekämpft. Aurelia hat mich nicht begleitet, dieses Umfeld war ihr etwas peinlich. Wie sich jetzt zeigt, ein tödlicher Fehler. Ich bin im Auto eines Freundes mitgefahren. Die Polizei hat mein Alibi überprüft.

Palmers Augen verdunkelten sich.

Die Polizei stellt ihm also einen Persilschein aus. Es schmerzt, Diethelm als Letzten von meiner Liste der Verdächtigen zu streichen.

31

Palmer musste zurück auf Feld eins. Aus Frust hätte sie am liebsten irgendwas zusammengeknüllt oder ihre flache Hand auf das Tischchen mit der leer getrunkenen Espressotasse geknallt. Allerdings riss ein Anruf sie aus ihrer Verbitterung, den das Handy in ihrer Hosentasche meldete. Missmutig klaubte sie das Gerät hervor, grinste jedoch übers ganze Gesicht, als sie den Namen des Anrufers las. Ihre Enttäuschung und Wut waren mit einem Mal weggewischt.

»Seit wann bist du zurück?« Kerzengerade setzte sich Palmer auf.

»Gestern Nacht. Wo treffen wir uns?«

Sogleich verabredeten sie sich in einigen Minuten auf dem Rathausplatz, und Palmer konnte gar nicht erwarten, diesen Nachmittag endlich mit ihrer Freundin zu verbringen. Der Tag hätte für sie keine bessere Wendung nehmen können, eigentlich hatte sie Juli schon längst vom Foto-Shooting auf der Zuckerinsel zurückerwartet.

Es gab nicht viele Menschen, in deren Gegenwart sich Palmer sofort wohlfühlte, aber bei ihrer Freundin war es so. Juli war ein patentes Mädel, das mit positiver Einstellung sein Leben meisterte, obwohl vor nicht allzu langer Zeit ein Vergewaltiger ihr ganz übel mitgespielt hatte. Dass ausgerechnet Palmer sie aus dem lebensbedrohlichen Schlamassel befreien konnte, vertiefte ihre Freundschaft. Und Palmer war beeindruckt davon, dass Juli in schlaflosen Nächten ihre Nase in japanische Grammatikbücher steckte. Klar veröffentlichte sie auf Facebook auch Fotos von süßen Welpen, Smoothies, Salaten, ihren Yoga-Verrenkungen und Selfies. Allerdings gehörte sie zu den wenigen Menschen, die in echt den eigenen Facebook-Fotos äußerst ähnlich sahen.

Seit ihrer Kindheit waren sie beste Freundinnen. So war Palmer nicht eingeschnappt, als Juli heute 20 Minuten verspätet eintrudelte, ihr dann ab Mitte des Reuss-Stegs Luftküsse zuwarf, als sie Palmer über der Rathaustreppe entdeckte.

Die Peeptoes mit den Killerabsätzen an Julis Füßen sahen zwar unbequem, aber zum Niederknien chic aus. Vorne stachen die knallrot lackierten Zehennägel hervor, die Palmer daran erinnerten, dass sie als Kind davon überzeugt gewesen war, Frauen pinselten sich die Zehennägel rot, damit niemand drauftrat.

Juli trug weiße Shorts und ein schwarzes Tanktop, hatte nur einen Hauch von Lipgloss aufgelegt und umklammerte mit einer Hand die Griffe von zwei verschiedenfarbigen Papiertragetaschen. Auch heute gab sich Juli ihrer alles beherrschenden Passion hin: der Schönheit. Sie hasste hässliche Kleider, hässliche Autos, hässliche Häuser.

Erst riss sie die Augen auf, dann verzog sie ihr Gesicht wie im Schmerz beim Anblick von Palmers verarzteter Verletzung an Wange und Hals. Vorsichtig versuchte sie, diese zu berühren.

»Was …?«

Aber Palmer unterbrach sie sofort.

»Tu nicht so kompliziert. Das verheilt alles. Erkläre ich dir später«, war Palmers einziger Kommentar, als sie beide Arme um Juli schlang. Damit waren die Wehwehchen für Palmer abgehakt. Auf die Umarmung folgten drei Begrüßungsküsschen.

»Sorry, war total im Stress«, entschuldigte sich Juli. Aber Palmer roch in ihrem Atem schwarzen Kaffee und machte sich ihre Gedanken.

Sogleich gab Juli den Weg vor, den sie bereits für einen ersten ausgiebigen Tratsch nutzten, während sich die Sonne anschickte, zwischen Wolkenfetzen zu verschwinden.

Die folgenden Stunden verbrachten die beiden zusammen in einer Reihe von Modegeschäften, wo sämtliche Verkäufer Juli kannten und »Julia« nannten, bis auf einige echt teure Läden, wo man sie mit »Juli« begrüßte. Obwohl Juli über null Orientierungssinn verfügte, fand sie zielsicher zu jeder überteuerten Boutique. Dort strich sie mit der Hand liebevoll über 500 Franken teure zerrissene Jeans oder streichelte Seidenblusen, ganz wie ein Mensch, der die Dinge erst durch Berühren kennenlernt und nicht bloß durchs Anschauen.

Während für Palmer der Sommer zwölf Monate hätte dauern können, liebte Juli, wie die meisten Frauen, den Wechsel der vier Jahreszeiten, auch weil jede davon das Tragen anderer Kleider rechtfertigte.

Palmer mochte an Juli, dass ihre gute Stimmung und auch ihr Selbstbewusstsein nicht davon abhingen, ob die Waage morgens ein Kilo mehr oder weniger anzeigte. Allerdings meinte es die Natur gut mit ihr, eine Gewichtszunahme sah man ihr nicht an. Hingegen täuschte ihr tadelloses Äußeres dann und wann über ihre Ängste hinweg, die sie kannte, seit dieser verdammte Kerl sie entführt und sich an ihr vergangen hatte. Aber mit der Zeit gelang es ihr immer besser, dieses Grauen in die Schranken zu weisen.

Nun schlenderte sie mit Juli durch die Gassen und genoss mit ihr die Unbeschwertheit ihres Treffens, obgleich im Laufe dieses Nachmittags für einen kurzen Moment die gute Stimmung auf der Kippe stand.

Palmer gestand Juli erst ihre Misserfolge auf der Suche nach einem neuen Job. Dann erzählte sie von Hannahs Hilferuf, von deren Tod, auch wie Lenny um sein Leben kämpfte und dass man Aurelia ermordet aufgefunden hatte.

Juli schlug entsetzt die Hand vor den Mund.

»Zieh dich daraus zurück, bevor du als Nächste dran bist.«

Kleinlaut redete sich Palmer schließlich auch den Angriff auf ihr eigenes Leben von der Seele. Juli schüttelte den Kopf und unterstrich ihre Abneigung mit abweisenden Handbewegungen.

Als Palmer mit keinem Wort darauf einging, fasste Juli nach. »Bereits drei Mal bist du dem Tod in letzter Sekunde von der Schippe gesprungen. Fordere dein

Schicksal nicht weiter heraus. Irgendwann wird es nicht mehr gut gehen.«

»Du kannst dich jedenfalls nicht beklagen.«

An Palmers unterkühlter Mimik musste Juli erkannt haben, dass sie ihre Freundin beleidigt hatte.

»Entschuldige.« Juli drückte Palmers Arm und senkte den Blick. »Ich verdanke dir mein Leben. Aber du weißt, wie ich dies meine. Irgendwann läufst du in einen solchen Hammer, dass es aus ist mit dir. Und an wessen Schulter soll ich mich dann ausweinen?«

»Ich kann halt nicht anders, wenn mich eine Frau um Hilfe anfleht. Und Lenny habe ich versprochen, ihm die Schuldigen am Tod seiner Mutter auf dem Tablett zu servieren. Ich verspreche dir, ich gebe auf mein Leben acht. Die Hölle darf nicht losbrechen. Wohl oder übel werde ich mich jetzt zurückziehen. Aber ich ärgere mich über mein Unvermögen und muss mir eingestehen, ich habe diesen Kampf verloren. Überführt habe ich niemanden, auch die Wahrheit habe ich nicht ans Licht gebracht. Und eine Freundin ist gestorben, vielleicht sogar, weil ich mich eingemischt habe. Damit muss Schluss sein.«

Palmer beichtete Juli außerdem die Sache mit Alex, dass er gegen ihre Aktionen war, sogar einfach aufgelegt hatte. Ein bisschen Sorgen machte sich Palmer schon, wie es mit ihnen beiden weitergehen würde. Alex warf ihr vor, das Schicksal herauszufordern und ihre Grenzen nicht zu kennen. Leider lag er damit richtig. Ihr standen mächtige Gegner gegenüber, die Palmer wie eine Fliege zerdrücken konnten und auch nicht zögern würden, das zu tun.

Dies war der Punkt, an dem auch Juli für Palmers Hilfeleistung überhaupt kein Verständnis zeigte. Allerdings riet sie ihr nicht, bloß die Hände davon zu lassen, sondern vielmehr, ihre damalige Karriere wieder aufgreifen und ab jetzt ihre ganze Kraft in die Musik zu investieren.

»Ach, nicht schon wieder. Bitte. Was ist denn so schwer zu verstehen?«

»Klar kann ich deine Gründe nachvollziehen.« Aber Juli sagte diese Worte in einer Weise, die zum Ausdruck brachte, dass sie sich mit Palmer überhaupt nicht einig war. »Jetzt sei doch nicht gleich sauer.«

»Bin ich nicht. Können wir jetzt diesen Musikscheiß lassen?«

Mehrere Passanten drehten sich zu den beiden rum und starrten sie an.

»Klar«, wiederholte Juli.

Zwar fand Palmer es niedlich, wie sich Juli ein Comeback wünschte. Juli, die es liebte, glückselig zu tanzen, jedoch ohne das geringste Takt- und Rhythmusgefühl. Aber nein, mit ihrer Gitarre auf einer Bühne hatte Palmer abgeschlossen.

Auch fand sie Julis klare Haltung etwas eigenartig, Palmer solle sich aus den Angelegenheiten rund um Susa raushalten, denn genau Palmers Hilfsbereitschaft hatte es Juli damals zu verdanken gehabt, dass Palmer sie unter Lebensgefahr den Fängen des Vergewaltigers entrissen hatte, gerade noch knapp bevor er sie erschlagen konnte.

Trotzdem, Juli gab nicht auf und führte Palmer noch einmal vor Augen, wie begnadet und erfolgreich sie als Gitarristin die Bühnen dieser Welt gerockt hatte, bevor sie sich frustriert aus dem Musikbusiness zurückzog. Juli zitierte aus dem Gedächtnis das *Rolling-Stone-Magazin*, Palmer sei die beste Gitarrenstilistin außerhalb der USA, einschließlich aller männlichen Kollegen.

Zwar fühlte sich Palmer geschmeichelt, aber ihr Entschluss stand fest. Dieses Kapitel war für sie abgeschlossen. Immerhin hatte sie damals das Glück gehabt, von dem, was sie am liebsten tat, leben zu können. Allerdings zählte Palmer nicht zu den Nomaden-Typen, die überall auf der Welt zu Hause waren. Sie war eher ein Baum mit starken Wurzeln in Luzern und Ästen, die in alle Richtungen zeigten. Es war ja auch die Musik, die Palmer über alles geliebt hatte, das Publikum und die Bühne. Ihre Berühmtheit war dann nur eine logische Folge ihres Könnens. Liebend gerne hätte sie bereits damals auf alle die Leute verzichtet, die sich grußlos und ungefragt neben ihren Tisch stellten und ein Selfie schossen, während sie in einem Restaurant tafelte und nichts anderes wollte, als in Ruhe die Speisen genießen.

Was Palmer am Musikbusiness aber am meisten gestört hatte, war, wie die Musiklabels sie wie eine Puppe tanzen lassen wollten. Irgendwann war sie es leid, das mit dem Hintern wackelnde Zirkuspferdchen zu spielen. Sie stand generell nicht auf diesen Starrummel, gab viel mehr auf Kompetenz statt Prominenz. Später dann hätte sie eine Zeit lang alles dafür gegeben, mit einer reinen Frauenband noch einmal durchzustarten, fand allerdings kaum Musikerinnen, die ihr Instrument genügend beherrschten und gleichzeitig die nötige Zeit investieren mochten. Also zog sich Palmer frustriert vollständig aus der Musikszene zurück.

Nun wischte sie Julis Flehen, ihre Karriere neu zu starten, mit einer unmissverständlichen Geste ihrer Hand weg. Dafür schlug sie vor, sich in eines der vielen Boulevardrestaurants am ruhig dahinströmenden Wasser der Reuss zu setzen, die mitten durch die Altstadt von Luzern floss. Sie kam sich jetzt fast selber wie ein Fotomodell vor, so ausgehungert, wie sie sich fühlte.

Am Reussufer setzte sich Palmer an einem Tisch Juli gegenüber, die sich etwas kindlich auf dem einen Fuß unter ihrem Hintern niederließ. Egal, wie Juli sich hinhockte, jede ihrer Körperhaltungen wirkte wie eine Pose, ganz als würde sie sich für ein Fotoshooting in Szene setzen. Nach außen schien Juli zwar total locker, aber Palmer fragte sich, ob ihre Freundin es nicht vielleicht doch als Stress empfand, jede Sekunde gut aussehen zu müssen.

Aber Juli lebte nun mal davon, für verschiedene Online-Auftritte und Zeitschriften zu posieren, die hauptsächlich aus Werbung bestanden, Parfümproben bereithielten und den Leserinnen die neusten Techniken für Wahnsinnsorgasmen verkündeten. Palmer hatte akzeptiert, dass in der Modebranche die Verpackung vor dem Inhalt kam. Aber es schmeckte ihr gar nicht, dass Juli sich nie etwas Größeres erträumt hatte, als an der weltgrößten Unterhosenparade als einer der Engel von *Victoria's Secret* über den Laufsteg zu stöckeln.

Nun gaben sie beim Kellner ihre Essensbestellung auf, der alles auf seinen Block kritzelte. Schon bald verspeiste Palmer die in Butter gebratene Forelle aus dem Vierwaldstättersee, die ihr prompt auf das Shirt tropfte. Juli stocherte währenddessen in ihrem Salade Niçoise ohne Soße herum und streute nach zwei Bissen etwas mehr Salz darauf. Sie waren beide keine großen Köchinnen, Palmer begnügte sich oft mit Pizza aus der Mikrowelle. Sie erinnerte sich, als sie mal Juli gefragt hatte, ob sie überhaupt kochen könne, antwortete diese mit einem Lachen, darum habe sie noch nie ein Mann gebeten.

Der Himmel wurde dunkel, ein Unwetter zog von Westen auf, nur noch da und dort durchdrangen einige Strahlen der Nachmittagssonne die Wolken. Ein einzelner Windstoß wehte einen Kassenstreifen vom Tisch, und die beiden beobachteten, wie er zwischen den Stühlen dahintrudelte. Beide machten keine Anstalten, ihm hinterherzurennen.

Die Luft kühlte spürbar ab. Trotzdem genoss Palmer ihr Treffen mit Juli, die sich so unbeschwert gab wie immer und Palmer auf völlig andere Gedanken brachte. Und nein, Juli hatte keinen neuen Freund. Sie hatte bloß zu viel zu tun gehabt mit verschiedenen Terminverschiebungen im Job, sonst hätte sie Palmer umgehend auf ihre Nachrichten geantwortet. Für dieses eine Mal wollte ihr Palmer verzeihen.

Erst lange nachdem sich die Dämmerung herabgesenkt hatte, machte sich Palmer alleine auf den Weg zu ihrem vorübergehenden Zuhause, aber nicht ohne dass sich die beiden ausgiebig verabschiedet hätten. So glücklich wie heute Abend war Palmer schon lange nicht mehr. Allerdings war ihr der gemeinsame Feldzug mit Juli durch all die Läden in die Knochen gefahren, sodass sie sich echt überwinden musste, den Weg nach Hause auch noch zu Fuß zurückzulegen.

Immerhin war sie locker drauf, nicht ein einziges Mal blickte sie sich nach einem Verfolger um.

32

Auf ihrem Weg zu Enricos Wohnung hatte sie bereits die Brücke überquert und die Krongasse hinter sich gelassen, als sich beim Franziskanerplatz an der engsten Stelle ein Taxi an ihr vorbeiquetschte und sie nötigte, sich regelrecht an die Wand der Kirche zu drücken. Erst wollte sie dem Fahrer ein eindeutiges Handzeichen hinterherwerfen, legte dann aber ihre Stirn in Falten, weil ein Gedanke aufblitzte. Für einige Sekunden hing sie diesem nach, schüttelte dann den Kopf und ließ die gotische Barfüßerkirche hinter sich.

Im düsteren Licht einer doppelten Laterne, deren eine Birne jedoch streikte, schritt sie weiter und beabsichtigte, auf ihrem Nachhauseweg ihre freudige Gemütslage des Treffens mit Juli weiter auszukosten, statt erneut im Kopf sinnlos in kriminellen Machenschaften zu wühlen.

Sie fragte sich, weshalb Alex sich nicht wieder meldete. Klar, er störte sich daran, dass sie wieder einer anderen Frau zu Hilfe eilte. Aber sie konnte halt nicht anders. Und er dürfte sie durchaus für diese Hilfsbereitschaft lieben. Was für ein sturer Esel. Wahrscheinlich liebte er sie tatsächlich und wollte sie nicht verlieren wie seine Frau.

»Alles wieder okay zwischen uns?«, tippte sie in ihr Handy und versandte das SMS.

Am Nachthimmel hatten sich die Wolken in der Zwischenzeit zusammengeschoben und auch die letzte Lücke geschlossen.

Für einen Moment wunderte sie sich ob des verwaisten Kinderwagens, den jemand neben den Eingang zu einem Bürohaus gestellt und dort wohl vergessen hatte.

Den kleinen Park der Franziskanerkirche hatte sie bereits hinter sich gelassen, als sie sich erinnerte, wie sie mit Alex neulich dort gesessen und er ihr ein historisches Ereignis aus seinem reichen Fundus erzählt hatte. Nach dem Sieg der Eidgenossen über die Habsburger anlässlich der Schlacht bei Sempach im Jahre 1386, also zu der Zeit, als die Erde offiziell noch eine Scheibe war, hatten die Luzerner in dieser Klosterkirche die vom Feind eroberten Fahnen ausgestellt. Als deren Stoff im Lauf der Zeit vermoderte, hatte man sie durch Malereien an den Wänden ersetzt. Die Fenster der Kirche waren jedoch nicht knapp 800 Jahre alt wie die Kirche selbst. Denn wo heute auf dem Museggbügel der Wachtturm stand, hatte am 30. Juli 1701 der Blitz in den damaligen Turm eingeschlagen, das tonnenweise darin eingelagerte Schießpulver entzündet und den Turm explodieren lassen. Ein gewaltiger Steinregen war auf die Häuser der Stadt niedergeprasselt und hatte viele Bewohner erschlagen. Obwohl weit von der Barfüßerkirche entfernt, hatte die heftige Druckwelle die Fenster der Kirche bersten lassen. Deshalb waren die heutigen Fenster neueren Datums.

Palmer hielt mitten auf dem Gehsteig inne und ging in

sich. Eigenartig, dachte Palmer, wie sich bei ihr so manches um Zerstörung drehte, egal, in welch guter Stimmung sie sich befand, eine Konstante in ihrem Leben. Denn vorhin, als das Taxi ihren Weg gekreuzt hatte, war ihr klar geworden, wie einfach sich Diethelm sein Alibi hatte basteln können. Für Palmer war er viel zu gerissen, um nicht trotz der vielen Zeugen einen unbewachten Weg nach Luzern zu finden. Denn sie hatte die Idee einfach nicht mehr aus ihrem Kopf gebracht, Diethelm stecke hinter allem, auch hinter Aurelias Abschlachtung. Wer sonst hätte ein Interesse, seine Freundin aus dem Weg zu räumen? Auch stand für Palmer außer Frage, dass ebenfalls der Anschlag auf ihr eigenes Leben mit Diethelm verknüpft war.

Zweifellos hatte die Polizei Diethelms Alibi überprüft, eine Routinemaßnahme bei jeder Morduntersuchung. Und meist sichtete das Auge des Gesetzes bereits hier den Täter, da die Mehrheit solcher Bluttaten tatsächlich von Leuten aus dem engsten Umkreis des Opfers verübt wurde.

Palmer mutmaßte, dass Diethelm mit Aurelia eine Mitwisserin aus dem Weg geräumt hatte. Denn Diethelm hatte wohl Dreck am Stecken, bereits Susa hatte ihm gedroht, ihr Wissen an die Öffentlichkeit zu bringen. Aurelia teilte ihr Leben mit Diethelm, da war es vorstellbar, dass auch sie den schwarzen Fleck auf Diethelms weißer Weste gekannt hatte und deshalb sterben musste. Vielleicht hat sie ihn sogar erpresst mit ihrem Wissen, genau wie bereits Susa zuvor.

Nun stellte sich Palmer bildlich vor, wie all die Freunde am Mittelalterfest vor dem Lagerfeuer so lange Wein becherten, bis bald keiner mehr wusste, was um ihn herum geschah. Diethelm könnte sich bei den Trinkspielen etwas zurückgehalten haben. Als seine Freunde ihre Köpfe auf die Tische gelegt oder sich in die Zelte verkrochen hatten, war Diethelms Stunde gekommen, und er hatte sich ein Taxi gerufen. Mit diesem fuhr er aber nicht auf direktem Weg von der Burg Hohenzollern über Singen und Schaffhausen zu Aurelia, sondern er wählte einen Zickzackkurs. Vielleicht hatte er in Konstanz das Taxi gewechselt, und statt über Zürich war er nach Oftringen gegondelt, um von dort wieder in eine andere Kutsche nach Luzern umzusteigen. Nach verrichteter Tat ging es dann für ihn in irgendeinem undurchsichtigen Kurs zurück auf die Burg. Hin und zurück hätte er, inklusive der Mordtat, in sieben Stunden schaffen können. Eine polizeiliche Überprüfung brächte keine Fahrt zutage von der Burg nach Meggen, auch nicht in umgekehrter Richtung.

Damit ihm die Polizei nicht aufgrund seiner Handy-Positionsdaten auf die Spur kommen konnte, brauchte er dieses bei der Burg bloß in einem Gebüsch zu verstecken und es nach der Rückkehr wieder an sich zu nehmen. Hätte in der Zwischenzeit jemand angerufen, und Diethelm wäre nicht dran gegangen, hätte ihm dies jeder verziehen im Hinblick auf den weinseligen Abend.

Nein, Palmer konnte Diethelm nicht von ihrer Liste der Verdächtigen streichen.

Ich bin mir sicher, Diethelm ist der Schweinehund, der hinter allem steckt. Jetzt ist er gewarnt. Was, wenn er sich ins Ausland absetzt? Dann kann ich Lenny nie den Schuldigen am Tod seiner Mutter präsentieren. Dranzubleiben bin ich auch Hannah schuldig. Es darf nicht sein, dass das Böse siegt, weil die Guten tatenlos zusehen.

Sie legte die Fingerspitzen aneinander und starrte auf den zurückgelassenen Kinderwagen, während sie darüber nachdachte, wie sie Diethelm überführen konnte. Das schrille Zirpen einer Zikade durchbohrte das nächtliche Dunkel.

Plötzlich erhellte sich Palmers Gesicht, und sie richtete sich auf.

»Los«, sagte sie laut, während sie auf dem Handy seine Nummer wählte. Sie ließ es läuten, bis seine Sprachbox ansprang, dann legte sie auf. Sie hatte nicht erwartet, dass er den Anruf entgegennahm. Von ihr sowieso nicht, wahrscheinlich hatte er ihre Nummer vom letzten Telefonat her gespeichert und deshalb erkannt, wer jetzt mit ihm sprechen wollte. Immerhin hatte er sein Gerät nicht ausgeschaltet. Das war ihre Chance, denn dies bedeutete, er hatte noch nicht das Weite gesucht. Wollte er sich wegstehlen, würde er sein Mobilgerät außer Betrieb setzen, damit die Polizei seinen Aufenthalt über das Handy nicht orten konnte. Sie musste sofort handeln, solange er sich noch in der Umgebung aufhielt.

Dich werde ich jagen und ein Geständnis aus dir herauspressen. Oder noch besser, ich finde den Beweis für deine Beteiligung am Uhren-Überfall, die Beute. Und zwar bei dir.

Sie hatte einen Plan.

Aber hierzu musste sie wissen, wo genau Diethelm sich aufhielt. Also sprintete sie los, auf direktem Weg zur Reckenbühlstraße, wo ihr Fahrzeug geparkt stand. Aber bereits auf halber Strecke versetzte ihr eine kühle Böe einen seitlichen Schubs. Einige Sekunden später tanzten vor Palmer erste schwere Tropfen auf dem Asphalt, und bald darauf strömte der Regen wie aus Kübeln auf sie nieder. Der Wind zerrte an den Ästen neben dem Gehsteig und rauschte durch die Sträucher, deren Blätter im Regen knisterten. In einem der Gärten war ein Rosenbusch über den Zaun gewachsen, aber wegen des Wolkenbruchs fegte der Sturmwind die meisten Blütenblätter über den Gehsteig.

Als sie den Wagen erreichte, war sie bereits durchnässt, ihr T-Shirt klebte an ihrem Körper und verdeutlichte jedes anatomische Detail. Aber sie wollte keine Zeit verlieren, indem sie sich erst in trockene Kleider warf. Sie hätte sich nie verziehen, wenn Diethelm ihr vor der Nase entwischte, nur weil eine klatschnasse Garderobe unangenehm auf ihrer Haut klebte. Die letzten Meter zu ihrem Datsun legte sie im Spurt zurück.

Aber als Palmer sich auf den Sitz warf, schreckte sie zurück.

Was für ein bestialischer Gestank.

Krachend schlug ein Blitz in der Nähe ein und erhellte die ganze Szene. Für eine Sekunde hockte sie wie erstarrt da, dann presste sie die Hand auf den Mund. Sie sprang zurück auf die Straße, schnappte gierig nach frischer Luft und zwang sich, nicht zu erbrechen.

Sie hätte sich ohrfeigen können.

Nach dem Einkauf vor einigen Tagen war ihr die Milch aus der Tüte gerutscht. In den vergangenen Tagen hatte sich das Wageninnere unter der gleißenden Sonne aufgeheizt wie ein Ofen und der Tetrapack Milch war geborsten.

Nun kannte ihre Nase nicht nur den Duft verdorbener Milch, sondern würde zeitlebens nicht aus dem Geruchsgedächtnis streichen können, wie übel es roch, wenn ein schmutziger Teppichboden mit vergorener Milch verfaulte. Als Palmer die Beifahrertür aufriss, protestierten die Angeln wegen des seltenen Gebrauchs mit einem lauten Quietschen. Sie holte tief Luft, kniff mit Daumen und Zeigefinger die Nase zusammen und wollte den Teppich herausreißen. Allerdings hatte sie die Hartnäckigkeit des uralten Klebers unterschätzt. Deshalb kurbelte sie mit schnellen Drehungen das Fenster runter, warf die Tür ins Schloss und senkte auch auf der Fahrerseite das Glas. Nun verstand sie, wozu jemand vor Jahren die Duftbäumchen erfunden hatte. Als sie endlich den Wagen startete, musste sie zweimal den Zündschlüssel drehen, bis der Motor ansprang. Dann blickte sie auf die Benzinanzeige. Müsste reichen. Sie lenkte den Wagen Richtung Obergrundstraße, während die Tropfen zu Tausenden gleichzeitig auf die Kühlerhaube trommelten. Zwar nässte der Regen aufgrund der offen stehenden Fenster das Innere, aber immerhin mit halbwegs naturbelassenem Wasser, das im Laufe der Zeit trocknen würde. Sie atmete nur flach durch den offenen Mund, um den Mief möglichst nicht in die Nase zu kriegen. Dann und wann streckte sie sogar den Kopf hinaus und atmete wie unter einem Wasserfall einige Male tief durch.

Auf der Fahrt zu Diethelms Villa glitten die Scheibenwischer hin und her und ließen Wasserströme zur Seite spritzen, während der Regen auf das Blechdach hämmerte. Trotzdem dauerte es bis zur Seebrücke, bis die altersschwachen Wischer die plattgedrückten Mückenleichen von der Frontscheibe gescheuert hatten.

Als der nächste Blitz den Nachthimmel spaltete, bog sie langsam von der Kreuzbuchstraße in die Schwerzihöhe ein und stoppte gut 100 Meter vor Diethelms Haus mitten auf dieser Privatstraße.

In keinem der Fenster brannte Licht.

Im Schritttempo rollte sie am Haus vorbei. Zuhinterst in dieser Sackgasse machte sie auf dem Wendeplatz kehrt. Allerdings reichte der schwache Einschlag ihrer alten Karre nicht, um die 180-Grad-Kurve in einem Zug zu schaffen. Die Scheinwerfer wischten über die Garagentore zweier Nachbarvillen.

Im Schritttempo fuhr sie zurück und erblickte auch auf der anderen Hausseite kein Licht. Nun stellte sie den Wagen in Fahrtrichtung ab, um nicht erst wenden zu müssen, falls sie flüchten musste. Hoffentlich sprang ihre Karre dann sofort an.

Ihre Finger trommelten auf das Lenkrad, während sie das Haus im Rückspiegel betrachtete. Endlich gab sie sich einen Ruck, öffnete die Tür und legte die gut 20 Meter zu Diethelms Haus im Regen so schnell wie möglich zurück. Wobei sie den Zündschlüssel stecken gelassen hatte, in der Hoffnung, in dieser Umgebung der Millionäre würde eine solche Rostkarre keinen Interessenten finden.

Unter dem Vordach schüttelte sie sich die Tropfen aus der Mähne.

Ihr Herz raste, als sie vorsichtig ihr Ohr an die Haustür drückte. Drinnen vernahm sie keine Schritte, keine Stimmen, keinen Mucks.

Jetzt läutete sie. Aber auch nach dem dritten Klingeln ging weder Licht an im Haus noch öffnete jemand die Tür. Fast hätte sie laut losgeflucht, denn ihr wunderbarer Plan löste sich in Luft auf. Palmer ließ den Kopf hängen und schloss die Augen.

Sie nagte an der Unterlippe, während sie mit geschlossenen Augen nachdachte.

Sie riss die Augen auf.

Dann tastete sie ihre Hose ab. Da sie aber ihr Handy auf den Beifahrersitz geschmissen hatte, eilte sie durch den Nieselregen zurück und warf sich in den Wagen.

Sie setzte darauf, dass er noch immer nicht getürmt war und sich in der Umgebung versteckt hielt. Vielleicht in einem Wochenendhaus oder etwas Ähnlichem. Also checkte sie unter seinem Namen die Online-Telefonbücher nach weiteren Einträgen. Aber sie fand keine.

Dann durchforstete sie ein weiteres Mal seinen Internetauftritt.

Es war zum Verzweifeln.

Sie lächelte traurig und sank im Sitz zusammen. Dann rieb sie sich mit den Händen übers Gesicht, als wollte sie sich ohne Wasser waschen.

Zwischen den Villen hindurch blickte Palmer in die Ferne, die mit Lichtern gesprenkelt war. In manchen der abgelegenen Häuser glaubte sie, das farbige Flackern von Fernsehern zu erkennen. Aber Palmer saß hier im Dunkeln und überlegte.

Sie ließ sich die ganze Situation noch einmal durch den Kopf gehen.

»Moment mal«, sagte sie, als sich alles zu einem Ganzen fügte.

Wie ein frisch geschossenes Foto einer Sofortbildkamera brachte das Bild immer deutlichere Umrisse hervor.

33

»Ich habe Aurelias Laptop gehackt. Jetzt kenne ich das Versteck der Beute aus dem Uhren-Überfall, den Sie organisiert haben«, tippte Palmer als SMS in ihr Smartphone. Als sie den Text an Diethelm sandte, hielt sie die Luft an, nicht nur aus Spannung, sondern auch wegen des üblen Geruchs in ihrem Wagen. Als er nach einer Weile noch immer nicht zurückrief, zweifelte sie nicht nur an ihrer Menschenkenntnis, sondern ihr Körper verlangte auch dringend nach frischem Sauerstoff. Gebannt starrte sie auf ihr Mobiltelefon.

Palmer blieb dran, weil sie auf keinen Fall wollte, dass Diethelm sich absetzte. Noch eben hatte sie vor einem Dilemma gestanden. Scheiße, wie sie solche Entscheidungen hasste, bei denen sie von vornherein wusste, egal welchen der zwei Wege sie einschlug, beide waren gleich falsch. Denn würde sie die Beute finden und Diethelm der Polizei überstellen, dann würde er wohl kaum freiwillig sein Geld lockermachen, um Lenny auf der Warteliste für Spenderherzen nach vorne zu befördern. Im Gefängnis hatte er vielleicht nicht mal Zugriff auf seine Konten. Andererseits hatte sie Lenny versprochen, ihm den Schuldigen am Tod seiner Mutter zu präsentieren, nur dass sie sich dadurch auch selbst in Lebensgefahr begab. Aber für Palmer galt die eiserne Regel, ein Versprechen nicht zu brechen.

Sollte sie Diethelm entwischen lassen mit der ganzen Beute? Dann hätte Lenny auch nichts davon. Mit ihrer SMS war der Kampf offiziell eröffnet, das wusste sie. Diethelm verhielt sich vielleicht noch ein paar Tage unauffällig, dann konnte er es wagen, sich abzusetzen. Ihm musste klar sein, dass die Polizei ihn zumindest beobachtete. Über Aurelias Tod musste erst ein wenig Gras wachsen, bevor er sich auffällige Aktionen erlauben konnte …

Mit ihrer Nachricht wollte sie ihn aufscheuchen. Das war nichts, was er ignorieren würde oder konnte. Der Hase musste laufen, damit sich der Fuchs an seine Fersen heften konnte. Sie brauchte einen Beweis, und den gab es nur in Form der Beute oder wenn Diethelm sich anderweitig verriet.

Nun wartete sie bereits über eine Minute, aber noch immer keine Reaktion von Diethelm. Palmer begann, an den Nägeln zu kauen. Der durchdringende Gestank ihres Wagens hatte sich in ihrer Nase festgekrallt. Wie wünschte sie sich jetzt ein frisches Zitronenduftbäumchen herbei.

Dann vibrierte das Gerät.

Erschöpft presste sie die verbrauchte Luft aus ihrer Lunge und atmete einige Male tief durch, bevor sie das Gespräch annahm.

»Eine ungeheuerliche Lüge. Was fällt dir ein? Du willst mir den Überfall anhängen?«

Palmer hörte, wie Diethelm nach Luft schnappte. Und offensichtlich hatte er zum Du gewechselt.

»Das hast du Aurelia zu verdanken. Sie hat aus Eifersucht von dir unbemerkt eine Handyortungs-App auf dein Smartphone runtergeladen. In der Bewegungsaufzeichnung auf ihrem Computer erkenne ich jeden Fleck, den du nach dem Überfall besucht hast. Ich kenne dein Versteck.«

»Blödsinn, ich glaube dir kein Wort. Du bluffst doch nur. Aus welchem Film hast du das?« Diethelm lachte dreckig. »Was weißt du schon über Computer? Erstens kommst du gar nicht an den Computer ran. Und zweitens: Wie willst du dich reingehackt haben?« Seine Stimme enthielt mehr als nur eine Spur Herablassung. »Aurelia hat ihren Laptop mit Passwort geschützt.«

»Aurelias Geburtsdatum plus Vorname ihrer Großmutter. War ganz einfach. Und davor habe ich Aurelias Laptop aus der Reparatur geholt. Unterschätz mich nicht.« Palmer ging davon aus, dass Diethelm Aurelias Passwort nicht kannte, sonst hätte sie keines benötigt.

Nun hörte Palmer richtiggehend, wie die Zahnräder in Diethelms Hirn ratterten.

»Aurelia hat dir offensichtlich nicht über den Weg getraut«, setzte Palmer fort. »Jedenfalls hat sie jederzeit genau wissen wollen, wohin du gehst. Offensichtlich wollte sie informiert sein, falls du dich bei einer anderen Frau rumtreibst, wahrscheinlich, um ihre Nebenbuhlerin zu … überzeugen, sich nicht mehr mit dir zu treffen.« Aurelias Stutenbissigkeit war Palmer bei ihrem Aufeinandertreffen nicht entgangen.

»Quatsch. Um eine solche App zu installieren, müsste ich auf meinem Handy zustimmen.«

»Als deine Social-Media-Managerin hat sie auf deinem Handy garantiert etliche Male rumgetippt. Hierbei hat sie der Installation ganz einfach zugestimmt. Ist dir nicht aufgefallen, dass in letzter Zeit der Akku weniger lange hält? Solche Apps verbrauchen auffallend viel Strom. Übrigens sind diese Mobile-Apps ziemlich raffiniert, man kann auf dem betroffenen Handy sogar das App-Symbol ausblenden, dann merkst du nie was davon. Ein hintertriebenes Aas, deine Aurelia.« Palmers Herz raste. Sie wusste nicht, ob er alle ihre Erklärungen schlucken würde.

»Wenn du glaubst, irgendein Versteck zu kennen, weshalb rufst du mich dann an? Kleine, spar dir das.« Seine Stimme war gedämpft, als ob ihm ein Kloß im Hals steckte.

»Spar dir die Kleine. Zu Hause hast du die Beute nicht verborgen. Nur mal so viel.« Bloß ein weiterer Bluff, aber plausibel. Das ganze Raubgut daheim zu verwahren, wäre für ihn ein zu großes Risiko gewesen. Würde man irgendwo sonst das Diebesgut aufstöbern, könnte er sich womöglich rausreden. »Ich habe dir die SMS gesandt, weil ich mir dein Gestammel nicht entgehen lassen wollte. So, und jetzt hole ich die Beute raus und übergebe sie der Polizei, zusammen mit deinen Bewegungsdaten. Mal sehen, wie du dich da rauswindest. Ob dies für eine Verurteilung vor Gericht reicht, weiß ich nicht. Aber schon vom Gerücht einer kriminellen Handlung bleibt etwas an dir hängen und bedeutet deinen finanziellen und gesellschaftlichen Ruin. Denn Kunden in deiner Preisklasse fordern makellose Stücke an ihren Handgelenken.«

»Interessant, was du dir da so zusammenfantasiert hast. Ich hätte ja gedacht, jemand wie du weiß, wann er verloren hat. Aber du machst weiter und zimmerst dir dein eigenes kleines Finale. Ich bin schon gespannt auf die Schlagzeile morgen. Du wirst sie vielleicht nicht mehr lesen können. *Privatermittlerin tot aufgefunden – kam sie dem Geheimnis zu nahe?*« Er lachte, aber Palmer hörte die Unsicherheit eindeutig heraus. Sie hatte ihn, und sie wussten es beide.

»Ich fahre jetzt los«, war ihr einziger Kommentar, als sie den Motor aufheulen ließ. Mit der Hand wischte sie ein Sichtfenster auf der angelaufenen Frontscheibe frei.

Ihr Datsun senkte sein Heck, seine Schnauze hob an, als Palmer den Gang reinknallte. Nachdem sie auf die Hauptstraße eingebogen war, drückte sie das Gaspedal bis zum Boden durch, um nach Luzern zu rasen. Bereits pustete die Heizung warme Luft gegen die Windschutzscheibe und klärte die neblige Sicht durchs Glas auf.

Sie hoffte, es war ihr gelungen, Diethelm aufzuschrecken. Ihr blieb genau dieser eine Versuch. Zwar wusste sie nicht mit Sicherheit, wo er das Raubgut versteckt hatte. Aber sie hatte eine Ahnung.

34

Palmer kannte Diethelms Bewegungsdaten natürlich nicht. Alles ein riesiger Bluff. Aber um seine Beute sicher zu verstecken, hatte Diethelm sicherlich einen Ort gewählt, wo niemand schnell drüber stolperte. Erst hatte Palmer überlegt, hierfür wäre eine neu renovierte Kirche geeignet. Diese würde weder in den nächsten Tagen abgerissen noch umgebaut. Kein Arbeiter, der in eine Nische greift hinter den Säulen eines reich verzierten Wandaltars oder hinter die Orgelpfeifen und dort auf alle Uhren und den Schmuck stößt. Infrage käme auch ein ganz anderer Ort, einer, an den sich niemand begeben *wollte*. Vielleicht weil es dort stank wie in einer Kläranlage oder einem Abwasserkanal. Nur hatte Palmer keine Ahnung, wo sie im riesigen Abwassersystem ansetzen sollte. Nun überlegte sie schmunzelnd während der Fahrt, dass auch das Innere eines Löwenkäfigs infrage käme, aber einen solchen kannte sie in der Umgebung nicht. Aber: Da gab es noch eine Kategorie von Positionen, nämlich die, an welche niemand hingehen *durfte*.

Und Palmer wusste, Diethelm kannte eine solche Stelle.

In voller Fahrt zeigten sich die Schwächen ihres Wagens. Da die Federung durchhing, schaukelte er nach jeder Kurve, und sie musste ihn mit ausgleichenden Steuerbewegungen unter Kontrolle bringen, was sich aufgrund der schwammigen Lenkung als ziemlich schwierig erwies.

Darf ich's wagen, dort alleine aufzukreuzen? Diethelm wird um sein finanzielles Überleben kämpfen. Er wird mich umbringen.

Das laute Quietschen der Scheibenwischer, die nun auf dem inzwischen trockenen Glas scheuerten, riss sie aus den Gedanken. Mit einem kurzen Stupser stellte sie die Wischer aus.

Sie war so gestresst, dass sie nicht einmal daran dachte, in den Rückspiegel zu schauen, um zu überprüfen, ob ein Wagen sie verfolgte.

Ohne den Blick von der Straße zu nehmen, tastete sie den Beifahrersitz nach ihrem Mobiltelefon ab, um Juli mitzuteilen, wohin sie unterwegs war. Falls sie innerhalb einer halben Stunde nichts von ihr hörte, sollte sie die Polizei benachrichtigen. Als sie aber in den Kreisel beim Verkehrshaus hineinraste, knallte das rechte Vorderrad an die Bordsteinkante. Der Aufprall hob Palmer aus ihrem Sitz, und das Handy rutschte in die Spalte bei der Beifahrertür. Auch schlug die Klappe des Ablagefachs im Armaturenbrett auf, und als der Wagen auf die Fahrspur zurück schlingerte, verstreute sich dessen Inhalt auf dem miefigen Boden.

Ihre Karre hatte schon immer gewackelt, aber dieser Zustand war wirklich die Endstufe des Zumutbaren. Kurz überlegte sie anzuhalten und nachzusehen. Aber nein, das ging nicht. Wie ein Blitz fuhr Panik durch Palmer hindurch. Sie würde es sich nie verzeihen, wenn sie zu spät käme und Diethelm bereits alles ausgeräumt hätte. Auf Biegen und Brechen musste sie den Weg jetzt mit ihrer Karre schaffen.

Allerdings hatte das heftige Rumpeln auch sein Gutes. Denn beim kurzen Blick auf den Boden entdeckte sie ein äußerst wertvolles Hilfsmittel. Den Fuß aufs Gaspedal gestemmt, warf sie den Oberkörper nach rechts und packte mit ausgestrecktem Arm zu. Zurück in Fahrerposition wog sie ihr Schweizer Taschenmesser zufrieden in der Hand. Sicher eine gute Idee, bewaffnet an einem konfliktträchtigen Ort aufzukreuzen, auch wenn sie eigentlich kein direktes Aufeinandertreffen mit Diethelm vorsah. Sie plante, ihn aus sicherer Distanz am Versteck aufzustöbern und die Polizei zu rufen. Denn dort hinein und hochzugehen, fehlte ihr schlicht der Mumm. Nicht nur ihre Höhenangst spielte ihr übel mit. Der ganze Aufgang war schlicht zu gefährlich. Abgesehen davon war Palmer nicht so blöd, in einen Kampf zu steigen, dem sie locker entgehen konnte.

Sie war überzeugt, Diethelm versteckte die Beute auf dem Luegislandturm der mittelalterlichen Stadtmauer. Mehrere Indizien sprachen dafür. Aurelia hatte sich mit Diethelm auf diesem Turm abgelichtet und das Foto auf ihren privaten Instagram-Account gestellt. Einem Bauwerk wohlgemerkt, das seit 1367 noch nie für die Öffentlichkeit zugänglich war. Nicht nur, weil man diesen mit über 50 Metern höchsten Turm der Wehranlage in seinem ursprünglichen Zustand bewahren wollte, sondern auch weil jegliche Sicherheitsvorkehrungen fehlten. Weder hatte man Geländer bei den Treppen montiert noch schützte eine Brüstung auf jeder Etage des gegen die Stadt hin offenen Turms die Besucher davor abzustürzen.

Von einer Sekunde auf die nächste setzte der Regen wieder ein, als schüttete jemand ganze Eimer voll Wasser über Palmers Wagen aus.

Hektisch navigierte sie ihre Karre über die Haldenstraße in die Stadt, mitten durch den Platzregen, der den Verkehr auf dieser Hauptstraße zu einem mühsamen Kriechen bremste. Dies forderte Palmer zu einem halsbrecherischen Manöver heraus, als sie ein Fahrzeug überholte. Der entgegenkommende Autofahrer, den sie geschnitten hatte, hupte sie an.

Die Tachonadel zitterte über der 60, als sie am *Palace-Hotel* vorbeiflitzte. Im Rückspiegel blendete ein blaues Licht in einem gleichmäßigen Intervall ihre Augen. Sofort umklammerte sie mit beiden Händen das Lenkrad, tippte kurz auf das Bremspedal, um einiges unter der Höchstgeschwindigkeit weiterzurauschen und hoffte, die Polizei hatte nicht ihretwegen das Blaulicht eingeschaltet. Der Polizeiwagen holte auf, und Palmer beobachtete im Spiegel, wie er ausscherte. Während er überholte, ertönte kurz die Sirene. Nachdem er vorne eingeschwenkt hatte forderte eine Leuchtschrift in Rot sie auf, dem Einsatzfahrzeug zu folgen. Palmer sank in ihrem Sitz zusammen und ärgerte sich, die Straße nicht genügend beobachtet zu haben.

Der Polizeiwagen fuhr in eine Nische, Palmer setzte artig den Blinker, hielt gleich dahinter an, stellte den Motor ab und wollte das Warnlicht setzen. Aber ihre alte Karre hatte nicht mal eines. Also legte sie, ganz als ob nichts wäre, ihre Hände in den Schoß und wartete, während vermutlich einer der Polizisten ihr Kennzeichen am Computer prüfte. Palmers Finger trommelten auf ihre Oberschenkel.

Dann beobachtete sie im Rückspiegel, wie auf beiden Seiten die Türen aufschwangen, zwei Polizisten auf die Straße traten und die Kragen ihrer Jacken hochschlugen.

Palmer sah sie näherkommen, die Köpfe gegen den Wind gesenkt. Sie kaute auf der Lippe.

Shit. Verpasse ich Diethelm? Und das nur, weil ich etwas zu schnell gefahren bin?

Es blieb ihr nichts anderes übrig, als die Sache so rasch wie möglich hinter sich zu bringen.

Der Regen perlte über den dunklen Stoff, als einer der Polizisten sich neben Palmers offenem Fenster postierte, der andere breitbeinig in etwas Abstand seitlich dahinter. Beide hielten eine Hand auf Hüfthöhe, mit der anderen umklammerten sie ihre Taschenlampe.

»Sie wissen, weshalb wir Sie anhalten?« Erst leuchtete er auf den leeren Beifahrersitzt, dann in ihr Gesicht.

»Nicht direkt.« Naja, sie wollte sich nicht selber verpfeifen, falls er die Übertretung vielleicht gar nicht mitbekommen hatte. Mit zittrigen Fingern trommelte sie auf den Lenker.

»Uns ist aufgefallen, dass Sie trotz heftigstem Regen mit offenen Fenstern unterwegs sind. Schon etwas ungewöhnlich.«

»Wie aufmerksam. Wenn Sie näherkommen, dürfen Sie gerne eine Nase voll mitnehmen, falls Sie wissen möchten, wie saure Milch auf altem Teppich riecht.« Palmer lächelte angestrengt.

Er senkte den Kopf, kam bis knapp zur Fensteröffnung und schnüffelte augenfällig. Am Gesichtsausdruck erkannte sie, dass der Duft seine Nase erreicht hatte.

»Aber wissen Sie«, erklärte Palmer, »dieser Wagen hat schon vieles mitgemacht. Auch das bisschen Wasser wird er überstehen.«

»Führerschein und Zulassung bitte.«

»Moment.« Sie knipste das Innenlicht an, klappte die Sonnenblende herunter und zog den Fahrzeugausweis unter dem Gummi hervor. Während der Polizist seine Lampe darauf richtete, fischte sie ihren neuen Geldbeutel aus der Gesäßtasche und übergab ihm den neuen Führerschein, da ihr der alte mitsamt dem Geld abhandengekommen war. Während er den Ausweis kontrollierte, beobachtete Palmer, wie das Regenwasser auf der Innenseite der Türen in Bahnen gegen den Boden lief.

Der Polizist streckte ihr die beiden Ausweise entgegen, knipste die Lampe aus, trat einen Schritt zurück, nickte einmal und wünschte gute Fahrt.

Palmer steckte die Ausweise zurück. Als sie den

Motor startete, mahnte der Polizist in ernstem Ton: »Achten Sie bitte auf die Höchstgeschwindigkeit.«

Palmer setzte zurück, bog auf die Straße ein, beschleunigte sanft und behielt mit einem Auge den Rückspiegel im Blick. Als der Polizeiwagen wendete und stadtauswärts fuhr, trat sie auf die Tube.

Bei der Hofkirche riss sie das Steuer nach rechts, 300 Meter später am Löwenplatz nach links. Die Reifen quietschten, als sie in die Zürichstraße hineinschoss. Beim *Hotel de la Paix* zerrte sie ihr Fahrzeug um 90 Grad herum, das Hinterteil scherte aus. Sie kämpfte mit dem Lenkrad, als sie die kerzengerade Straße hochbretterte und den Wagen voran prügelte, als hielte sie die Zügel eines galoppierenden Pferdes. Sie steuerte an der Kantonsschule vorbei, dann noch steiler hoch, um oben angelangt den Wagen endlich abzustellen. Erst musste sie gegen den Sturmwind ankämpfen, um die Tür aufzustoßen, aber gleich darauf riss eine heftige Bö diese herum bis an den Anschlag. Es knackte laut, als die Tür beinahe aus den Angeln flog. Palmer hastete rechts den Privatweg hoch, dann die Treppe rauf und von der oberen Straße nochmals einige Stufen bergwärts.

Schlagartig hielt sie inne.

Powerscheiße. Das Handy.

Sie rannte zum Wagen zurück, riss die Beifahrertür auf und fischte es aus der Ritze zwischen Sitz und Tür. Dann nichts wie hoch.

Als sie direkt vor dem Luegislandturm in den privaten Garten trat, ging am Wohnhaus das Außenlicht an.

Wohl ein Bewegungsmelder, dachte Palmer, klitschnass geregnet vom Wolkenbruch.

Als sie zur Tür des Turms schaute, gefror ihr das Blut in den Adern.

35

Die normalerweise mit fettem Vorhängeschloss abgesperrte Tür stand weit offen.

Sie hastete neben den Eingang und drückte sich mit dem Rücken an die Mauer. Erst atmete sie einige Male durch, dann schob sie vorsichtig ihr Gesicht zur Türöffnung und drehte den Kopf so weit, bis sie ins Innere sehen konnte. Nun gab sie ihren Augen einige Sekunden, um sich an das spärliche Licht dort drinnen zu gewöhnen. Die Umrisse einer Treppe zeichneten sich ab, die an der gegenüberliegenden Wand hoch oben zu einem hölzernen Zwischenboden führte. Sie zog den Kopf zurück, presste sich wieder außen an die Wand und versuchte sich zu erinnern, wie es in diesem Turm drin aussah.

Allerdings meinte sie, in der Schule gelernt zu haben, dieser Turm mit dem spitzen Dach sei an der höchsten Stelle der Altstadt gebaut worden, einige Jahre nach der Gründung der Eidgenossenschaft 1291. Idiotisch, wie ihr in einem solch dramatischen Moment so etwas in den Sinn kam. Viel mehr half ihr die Erinnerung, dass sie als Kind mal über den Wehrgang zum Turm geschlichen und dort über das Gatter ins Innere geklettert war. Aufgrund ihrer Höhenangst eine enorme Mutprobe, denn weder der schmale Weg der Stadtmauer entlang, sieben Meter über dem Boden, noch die glitschigen Treppen oder die offenen Etagenböden waren mit Geländern gesichert. Und in der Dunkelheit lauerten überall Stolperfallen. Palmer erinnerte sich gut, wie der Turmwart sie damals ertappt, hart am Oberarm gepackt und ziemlich unsanft aus dem Bau befördert hatte. Auch warf er ihr derbe Drohungen hinterher. Erst im Nachhinein hatte sie seine grobe Behandlung verstanden, denn die Unfallgefahr dort drin war schlicht zu groß. Nur im Erdgeschoss hatte man die Seite zur Stadt zugemauert und mit einer Tür versehen. Und genau diese stand jetzt offen. Obwohl der Sturm ihr Regen ins Gesicht peitschte, blieb Palmer wie angewurzelt neben dem Eingang stehen. Längst war Nachbars Lampe wieder ausgegangen, und sie verharrte im Dunkel der Nacht.

Ich werfe jetzt die Pforte zum Turm zu. Dann verbarrikadiere ich sie und rufe die Polizei. Aber was, wenn

Diethelm bereits alles rausgeholt und sich davongemacht hat? Dann stehe ich mit heruntergelassener Hose vor dem Überfallkommando. Nein, ich muss wissen, ob Diethelm noch immer da drin steckt.

Sie schluckte leer.

Was tu ich hier eigentlich? Er kennt sich im Turm viel besser aus. Und ihm ist klar, dass ich auftauche.

Palmer legte den Kopf in den Nacken und öffnete den Mund. Nun tropfte der Regen von ihrem Gesicht auf ihre Zunge und befeuchtete ihre trockenen Lippen.

Aber hoch gehe ich da nicht!

In aller Stille rein, Diethelm aufstöbern, unentdeckt raus. Dann verbarrikadieren. Die Polizei benachrichtigen. Und nichts wie weg.

Ein letztes Mal schweifte ihr Blick durch den Garten. Sie horchte. Aber außer dem lauten Trommeln der Regentropfen auf das Vordach des Wohnhauses vernahm sie keinen verräterischen Laut. Ihre Hand glitt in die nasse Gesäßtasche und zog ihr Offiziersmesser hervor. Sie setzte den Fingernagel in die Kerbe und klappte die Klinge heraus. Mit aufmerksamem Blick schob sie sich durch die Türöffnung. Palmer sah sich vorsichtig um. Sofort drang ein modriger Geruch in ihre Nase. Sie erkannte trotz des trüben Lichts überall diese verstaubten Spinnweben, als hätte jemand Mehl darüber gepudert.

Allerdings entdeckte sie kein einziges Möbelstück, nur einige leere Bier- und Weinflaschen. Diese standen neben einem Babyfläschchen aufgereiht wie Glassoldaten und warteten auf die Entsorgung.

Sie schlich zur Treppe und stieg die ersten Stufen, die noch aus Stein gehauen waren, hoch. Dann hielt sie inne und spähte die abgewinkelte Holztreppe nach oben. Glücklicherweise hatten sich die Augen bereits an die Dunkelheit gewöhnt. Nun suchte sie den durch die Öffnung sichtbaren Bereich des Obergeschosses ab.

Nichts.

Vorsichtig setzte sie einen Fuß auf die erste Holzstufe. Langsam steigerte sie das Gewicht. Aber der Tritt war massiv, kein Knacken, kein Quietschen. Den Kopf eingezogen, erklomm sie Stufe um Stufe. Sie würde sich nur soweit hoch wagen, bis sie Diethelm bei der Beute erkannte. Dann nichts wie weg.

Ein letztes Mal schaute sie in das dunkle Erdgeschoss.

Dann schnellte ihr Blick zurück.

Zum Eingang.

Sie starrte in Diethelms lächelndes Gesicht.

36

Wie versteinert verharrte Palmer.

Breitbeinig stand Diethelm im teuren Jackett in der offenen Tür, nur schummrig beschienen durch die viel zu schwache Glühbirne. Im Halbdunkel erkannte sie den gewölbten Beutel in seiner Hand. Und in der andern einen kurzen, aber fetten Knüppel.

»Du kommst leider zu spät.« Er hob seine Beute an und schüttelte den Stoffsack, sodass all die Uhren und Schmuckstücke klimperten. »Hier kommst du nicht mehr raus.«

Verzweifelt blickte sie sich um und entdeckte erst jetzt die zwei Bretter, die auf dem Boden verschoben lagen, neben einem rabenschwarzen Loch.

Palmer starrte hinunter in Diethelms Gesicht, achtete gleichzeitig auf seine Schulterbewegung. Falls er sie niederschlagen wollte, musste sie ihn zuerst treffen. Langsam ging sie in die Knie, ohne den Blick von seinem Gesicht abzuwenden. Bereit, in jede Richtung zu hechten, strich sie mit der flachen Hand über die Stufe. Aber da lagen bloß kleinste Steinchen, die unter ihrer Hand über den Boden kratzten. Viel zu wenig Staub, den sie zusammenschieben und mit der Hand aufnehmen konnte, um ihn in Diethelms Augen zu werfen.

Sie zog sich wieder hoch in eine stehende Position.

Palmer überlegte, die Treppe nach oben zu laufen.

Wenn er ihr folgte, konnte sie einen Vorteil haben, weil er unter ihr stand.

Mit einem Lächeln auf nur einer Seite des Mundes stand sie nun in Angriffsstellung Diethelm gegenüber. Sie mit der Klinge auf seinen Hals zielend, er die Keule in der Hand wiegend.

»Falls du nicht schneller zustichst, als ich dir den Schädel einschlage, empfehle ich, du lässt das Messer jetzt fallen. Ganz vorsichtig.«

Aber sie bewegte ihr Messer keinen Millimeter. Diese Waffe gab ihr ein gutes Gefühl. Gleich würde sich die Situation zu ihren Gunsten ändern.

»Los jetzt, letzte Chance. Auf den Boden mit dem Messer. Dann schiebst du das Ding mit dem Fuß zur Seite.« Zur Betonung bewegte er seinen Prügel.

Aber Palmer hatte sich bereits als Kind nie von Jungs unterkriegen lassen und hatte die Spielregel auf dem Schulhof gelernt: schlage zuerst und schlage hart.

37

Sogleich aber beobachtete Palmer, wie Diethelms Augenbrauen ein Stück nach oben ruckten.

Jetzt konnte auch sie hören, wie der Klang eines Martinshorns sich näherte.

Eine wundervolle Sirene.

Diethelms Blicke huschten im Raum umher. Aber nach einigen Sekunden entspannte sich seine Stirn und er lächelte, als das Sirenengeheul immer leiser wurde. Offenbar waren am nahen Kasernenplatz Polizei- oder Löschfahrzeuge vorübergefegt, aber auf der anderen Seite der Reuss und zu einem ganz anderen Spektakel als diesem hier.

Palmer nutzte seine kurze Unachtsamkeit, sprang in zwei Sätzen die paar Stufen runter und auf die andere Seite des Kellerlochs.

Diethelm legte den Beutel sachte auf den Boden, ohne die Augen von Palmer abzuwenden. Als er sich erhob, streckte er eine Hand in Richtung der aufgereihten Flaschen. Er ergriff eine davon am Hals und schlug sie heftig gegen die Mauer.

Mit dem mehrzackigen Stichinstrument in der einen und dem Knüppel in der anderen Hand hatte sich das Blatt zu seinen Gunsten gewendet.

Palmer musste hier raus. Wie ein Rugbyspieler senkte sie den Kopf und stürzte nach vorn. Genau in die Lücke zwischen Seitenwand und Diethelm. Dabei peilte sie mit ihrer Klinge seinen Hals an und rempelte ihn zur Seite.

Nichts wie weg von hier.

Aber Diethelm hatte sie kommen sehen. Er riss den Arm hoch, schmetterte ihre Faust mit dem Messer weg.

Sie hechtete Richtung Freiheit, war schon fast an ihm vorbei. Er aber drehte sich blitzschnell, schlang von hinten den Arm mit der Keule um ihren Hals und warf sich auf ihren Rücken. Sein harter Aufprall knallte ihr Kinn auf die steinharte Erde. Am Rand ihres Gesichtsfelds zuckten Blitze. Sein Gewicht presste ihr die Luft aus den Lungen.

Sie stützte sich auf Hände und Knie und versuchte, ihn wegzudrücken. Das gelang ihr kaum einige Zentimeter. Mit einem Ruck ließ sie sich fallen. Allerdings nutzte sie den Schwung dieser Bewegung, um sich auf den Rücken zu drehen.

Er rutschte auf ihrem Körper nach oben, setzte sich auf ihre Brust und rammte mit den Knien ihre Schultern zu Boden. Um ihr Messer nicht abzukriegen, fasste er ihre Handgelenke und fixierte diese rechts und links neben ihrem Kopf.

Zwar umklammerte er noch immer seine Splitterwaffe, aber immerhin zeigten deren Spitzen von ihrem Kopf weg.

Die zwei rangen um Atem.

Seine Unterlippe war aufgeplatzt, und Blut tropfte auf ihr Kinn. Trotzdem grinste er verächtlich, als sie sich unter ihm wand.

Immerhin gelang es ihr, ihm ein Knie in den Rücken zu pfeffern. Ein Volltreffer, der ihm ein Stöhnen abrang.

Mit umso heftigeren Bewegungen seines Beckens trieb er nun seinerseits seine Knie in Palmers Bizeps.

»Du willst mir Schmerzen zufügen? Vielleicht stehe ich ja drauf.« Palmer bemühte sich um einen möglichst erfreuten Gesichtsausdruck. Aber ihre Stimme klang, als wäre ihr die Kehle ausgetrocknet.

»Dann ist heute dein Glückstag.« Wieder drückte Diethelm mit dem ganzen Gewicht in ihre Muskeln.

In Palmers Kopf rasten die Gedanken. Sie musste ihre Hand mit dem Messer freikriegen.

»Hör auf«, schrie sie, um Zeit zu gewinnen, während ihre alten Wunden an Schläfe und Schulter härter pochten als je zuvor. Hinzu kam der Schmerz der gequetschten Muskeln ihrer Oberarme.

Noch immer saß er rittlings auf ihrem Brustkorb und fixierte ihre Arme und Hände auf dem Boden.

»Fast hätte ich dich abgemurkst«, sagte er. »Aber ich habe einen besseren Plan. Hier schmeiß ich dich runter, gefesselt und geknebelt.« Sein Kopf zuckte in Richtung des schwarzen Lochs zwischen den verschobenen Brettern. »Habe vorher etwas Platz gemacht und hübsch aufgeräumt.« Er grinste. »Aus diesem Turmloch kommst du nie mehr raus. Jammern und Schreien werden dir nicht helfen. Kein Mensch wird dich hören. Elendiglich verrotten wirst du. Ich gebe dir maximal drei, vielleicht vier Tage.« Er hielt den Kopf schräg, aber sein Blick verharrte auf ihrem Gesicht. »Eigentlich schade um dich, hast einiges drauf. Aber jetzt kann dir nicht mal mehr die Polizei helfen.«

Aber Palmer hielt nicht nur seinem Blick stand, sie setzte sogar ein wissendes Lächeln auf.

Das schien ihn zu verunsichern.

»Oder hast du die Polizei bereits gerufen, bevor du reingestürmt bist?«

»Tja.« Ansatzweise zuckte Palmer die Schultern.

»Ja oder nein? Wer weiß noch von deinen Erkenntnissen?«

Als sie zögerte, trieb er seine Knie weiter in die Muskeln ihrer Arme.

»Ist die Polizei informiert?«

»Nein.«

»Ich glaube dir nicht.«

»Wart's ab. Du wirst sehen, die Polizei wird nicht antanzen.« Palmers Gesichtsausdruck zeigte Bedauern. Sie fand ihre ironische Bemerkung ganz gelungen, denn er würde es sich nicht leisten können, einfach davon auszugehen, dass sie die Polizei nicht informiert hatte. Aber sogleich ärgerte sie sich, nicht wenigstens Juli in ihren Plan eingeweiht zu haben, sie begebe sich in Diethelms Nähe.

»Dann weiß also auch keiner, dass du hier bist. Ganz alleine.« Jetzt war er es, der lächelte. »Und niemand anders als du kennt meine Täuschungsaktion.«

Verdammt. Ich will hier raus. Aber auf keinen Fall darf ich mich im Turm hochtreiben lassen. Dort ist irgendwann Schluss, wenn es nicht weiter nach oben geht.

Er erkannte, wie sie mit den Augen den Raum absuchte.

»Von hier kommst du nicht mehr weg. Schlag dir das aus dem Kopf.« Er musste ihre Gedanken gelesen haben. »Aber nicht mal wenn dir die Flucht gelingt, hättest du Beweise gegen mich. Meine Beute nehme ich mit.« Er leckte sich das Blut von der Lippe.

Genau dies war ihre Chance. Sie musste ihn in ein Gespräch verwickeln, um Zeit zu gewinnen.

»Du und Aurelia hättet besser weniger Brotkrumen gestreut, sonst wäre ich vielleicht nicht auf euch gestoßen.«

Er nickte und schien darüber nachzudenken.

»Und jetzt sei ein Mann und gib deine Taten zu«, beharrte Palmer. »Mach reinen Tisch. Weshalb hast du Susa abgeknallt? Dein ganzes Betrugsmanöver hätte doch auch ohne geklappt.«

»Susa?« Angewidert wich er mit dem Kopf zurück. »Ich habe nicht mal gewusst, dass Susa an meiner Party auftaucht. Sie hat geplant, an mich ranzukommen. Dass dieser verdammte Schuss sie getroffen hat, war ihr Pech, sicher keine Absicht. Ich knall doch nicht auf meinem Fest jemanden ab und hetze mir selber die Polizei auf den Hals. Zumal ich ja ganz andere Pläne hatte mit dem Überfall, wie du offensichtlich weißt.«

»Wieso Betrug und Raub? Der ganze Schmuck deiner Kunden? Du lebst doch bereits im Überfluss.« Sie spürte, wie ihre Hände taub wurden unter seinem Druck auf die Pulsadern.

»Im Nachhinein ist jeder schlauer. Nein. Uhren sind meine Leidenschaft. Als ich das Angebot erhalten habe, mich zu beteiligen an der kleinen aber feinen Uhrenmanufaktur *Keyser & Duc*, da musste ich einfach zugreifen. Die Firma war massiv unterbewertet, ein Schnäppchen. Aber ich habe die Entwicklungskosten unserer *Supercomplication* unterschätzt. Aber so ein geiles Ding! Sekundenbruchteil-Chronometer, ewiger Mondphasen-Kalender, Astrolabium, Minutenrepetition, Westminster Glockenspiel, Tourbillon. Ein Uhrmacher arbeitet fast zwei Jahre, um eine einzige dieser Kostbarkeiten herzustellen. Limitiert auf zwölf Stück weltweit. Zu 2,6 Millionen Franken.« Seine Stimme belegte sich, als würde er gleich anfangen zu weinen. »Habe mein ganzes Geld reingesteckt, sogar mein Haus bis unters Dach verpfändet. Gereicht hat's trotzdem nicht. Da habe ich mich verschuldet bei einem Typen. Der versteht keinen Spaß, sitzt mir jetzt im Nacken. Unter diesen Vorzeichen treibst du besser möglichst schnell das Geld auf.«

Mit einem Ausdruck des Entsetzens blickte er auf Palmer hinunter. Ihre Augen aber sahen sich um. Über ihrem Kopf der offen stehende Ausgang. Links auf dem Boden der Beutel mit dem ganzen Schatz.

»Ich wollte zu hoch raus«, fuhr er fort und nickte. »Bin mir heute noch sicher, meine Kunden hätten diese Neuentwicklung gekauft. Nun, den erbeuteten Schmuck kann ich verkaufen. Auch das ausgestellte Einzelstück von *Patek Philippe*. Die Übergabe an den Hehler ist bereits organisiert.« Nun ging er so nahe an ihr

Gesicht heran, dass sich fast ihre Nasenspitzen berührten. »Du machst mir das nicht kaputt. Ich wickle dieses Geschäft ab, damit tilge ich meine Schulden. Und falls ich alles sauber hinkriege, wird nicht mal was auf mich zurückfallen.« Unvermittelt zuckte er mit dem Oberkörper und presste mit beiden Pranken ihre Handgelenke noch brutaler auf die Erde. »Nicht auszudenken, wenn ich alles verliere. Mit meinen Kunden einfach nochmals bei null starten, klappt nicht. Sieger wollen mit anderen Siegern Geschäfte machen. Aber nicht mit mir, wenn ich aus dem letzten Loch pfeife. Erst recht nicht, wenn ich meine Klienten sogar überfalle. Nein, das darf kein Mensch erfahren. Deshalb habe ich leider auch Aurelia beseitigen müssen. So dämlich. Bringt sie doch tatsächlich Hannah um mit dem Plan, auch dich aus dem Weg zu räumen. Alles nur, weil ihr beide uns auf der Spur gewesen seid. Mit euch beiden wäre ich schon fertiggeworden. Aber nein, Aurelia musste euch beiden einen Drohbrief schicken, ohne mich vorher einzuweihen. Das hätte damals schon ins Auge gehen können. Immerhin habe ich dann gefürchtet, dass sich Aurelia irgendwann verplappert, in einem Gespräch mit Freunden oder auf einer dieser Social-Media-Plattformen. Ein solches Risiko habe ich nicht länger eingehen dürfen. Offensichtlich habe ich zu lange gewartet. Ich hätte früher auf meine innere Stimme hören sollen. Dann wärst du jetzt nicht hier.« Erneut ritt er auf Palmers Armen. »Bedauernswerte Aurelia. Und du wirst ihr jetzt folgen.«

Sie sah in seine Augen, wusste, er hatte eine Entscheidung getroffen.

In diesem Moment ging beim Nachbarsgebäude das Außenlicht an und erhellte durch die offen stehende Tür die Szene.

Diethelms Kopf fuhr hoch.

38

Diese Millisekunde der Ablenkung nutzte Palmer.

Sie ruckte, drückte die Arme hoch und zerrte beide unter seinem Griff weg. Das Messer in ihrer Hand zeichnete einen Halbkreis in die Luft. Sie rammte die Klinge in seinen Oberschenkel. Die Klinge musste bis auf den Knochen eingedrungen sein. Jedenfalls rutschte ihr Klammergriff vom Messer ab, als dieses in seinem Knochen stecken blieb.

Er riss seinen Kopf in den Nacken. Sein Schmerzensschrei war ohrenbetäubend. Seine Hand fuhr reflexartig zur Wunde. Mit einem Ruck zog er das Messer heraus.

Aber gleichzeitig stemmte Palmer ihr Becken hoch, strampelte und wand sich.

Ein Blitz schoss auf sie zu, sie riss den Kopf beiseite.

Die gläsernen Zacken fuhren brennend an ihrem Hals vorbei. Er musste sie erwischt haben, aber sie konnte keinen Gedanken daran verschwenden, wie schlimm die Wunde war.

Ihre Faust fuhr hoch, traf Diethelms Schläfe. Er keuchte, als sie sofort nachsetzte und mit der anderen Faust einen solchen Treffer an seinem Kinn landete, dass sein Kopf nach hinten flog. Sie nutzte den Schwung, um sich hochzudrücken, während Diethelm seitlich von ihr herunterkippte. Sie rollte sich ein Stück über den Boden und kam dann auf die Füße.

Diethelm stemmte sich stöhnend auf alle viere hoch.

Sie pfefferte ihm das Knie in die Niere, kickte den Fuss an seine Stirn. Diethelm jaulte auf, warf sich herum, schaffte es aber tatsächlich, wieder auf die Beine zu kommen.

Sie machte einen Satz, dann bückte sie sich, um den Beutel zu ergreifen. Nun umklammerte sie den Beweis dafür, dass er den Überfall auf seine Party zu verantworten hatte, mit ihren Fingern.

Aber dieses Zeugnis war teuer erkauft. Denn Diethelm stand im Türbogen und versperrte den Weg in die Freiheit. In drei Metern Abstand verharrten sie jeder in seiner Position. Tief schnaufend. Palmer in Kampfstellung.

Ohne Waffe, dafür mit seinem Schatz in Händen. Diethelm stand ihr gegenüber wie ein irrer Kerl aus einem Stephen King-Roman und wiegte seine Waffe aus Glas in seiner Hand. In seinen Augen flackerte etwas, und Palmer begriff, dass sein Verstand ihn verlassen hatte. Er glich viel eher einem wilden Tier mit Zähnen und Krallen, das sein Leben verteidigte, ohne nachzudenken.

Ohne die Augen von ihr abzuwenden, spuckte er einen Mund voll Blut aus.

Langsam bewegte er sich auf Palmer zu. Im spärlichen Licht blitzten die Glassplitter auf. Er wankte nach vorn, die Arme seitwärts ausgebreitet, ihren Fluchtweg nach draußen versperrend. »An mir kommst du nicht vorbei. Du erinnerst dich? Ich habe Erfahrung mit Ritterkämpfen.«

Jetzt erkannte Palmer, sie würde sterben. Hier kam sie nicht raus.

Diese morsche Treppe hoch, fünf Meter ohne Geländer. Das schaffe ich nie.

Die Spitzen der abgeschlagenen Flasche zeigten auf Palmer.

Ihr Herz polterte, schaufelte mächtig Adrenalin ins Blut.

Jetzt jagte sie in zwei großen Sätzen zur Treppe und nahm dort jeweils drei Stufen auf einmal.

Nur nicht runtersehen.

Hinter sich hörte sie Diethelm stöhnen. Sie wusste, er würde ihr folgen. Zwar rutschten die glatten Ledersohlen seiner edlen Treter auf dem Holz, aber er kam voran.

Im schummrigen Licht spurtete Palmer auf dem ersten Zwischenboden Richtung Mauergang, die Hände als Schutz nach vorne ausgestreckt. Spinnweben klebten an ihrem Gesicht. Die Bodenbretter schepperten ohrenbetäubend auf den Tragebalken unter ihren eiligen Schritten.

Dann trafen Palmers Hände auf Holz. Seitwärts hastend tastete sie die Absperrung ab. Aber jemand hatte die ganze Breite mit deckenhohen Paneelen lückenlos zugenagelt.

Ich will hier raus!

Sie drehte sich um. Die plötzliche Stille kam ihr merkwürdig vor. Einzig der Regen prasselte von außen auf die Planken. Aber kein Stöhnen von der Treppe her.

Wo steckte Diethelm? War er runtergefallen?

Sie zog Luft ein, witterte Staub und Moder. Eine ganze Weile stand sie da, es kam ihr lange vor, aber vielleicht waren es nur Sekunden. Diese Stille. Ob Diethelm geflohen war? Sie konnte es nicht ausschließen, es war sogar recht wahrscheinlich. Vorsichtig schlich sie zur Treppe, schob behutsam den Kopf über die Öffnung und blickte hinunter. Im ganzen einsehbaren Bereich entdeckte sie ihn nicht.

War der Schweinehund runtergestiegen? Was hatte er vor?

Ihr Herz hämmerte.

Hier war Diethelm im Vorteil, er kannte sich in diesem Turm viel besser aus als sie. In dieser Finsternis war sie ihm erst recht unterlegen.

Nun vernahm sie schwere Schritte.

Diethelm stapfte und ächzte eine Stufe nach der anderen hoch. Dabei stöhnte er vor Schmerzen.

In Gedanken sah sie den gezackten Flaschenhals in seiner Faust.

Palmer wusste, sie hatte keine Wahl. Zwar fehlte auf den höheren Etagen die Außenwand, dafür würde ihr ein kleiner Rest Helligkeit von außen den Weg weisen, weg von ihm.

Ihr Überlebenstrieb zwang sie hinauf. Zwar hemmte die Angst runterzustürzen ihre Hast. Aber sie kam darüber hinweg, denn sie verstand, je früher sie oben war, desto mehr Zeit blieb ihr, sich die Gegebenheiten zunutze zu machen.

Sie drückte sich ans Gemäuer und überwand bei jeder Stufe ihre Panik. So schaffte sie sogar drei Geschosse, da passierte es. In der Dunkelheit übersah sie bei der nächsten Stufe, dass ein Teil herausgebrochen war. Der Schuh fand keinen Halt und glitt in die Lücke. Sie knickte ein. Die Hände griffen ins Leere. Mit dem Oberkörper prallte sie auf die Stufen.

Sie stürzte etwa auf halber Höhe zwischen den Etagen seitwärts hinab auf den Bretterboden.

Mit einem lauten Krachen knallte sie auf die Bretter. Das raue Holz zerriss ihr Shirt und schürfte ihre Rippenpartie auf.

Vor Schmerz krümmte sie sich zusammen.

Sie musste aufgeben.

Wie gelähmt lag sie da für etliche Sekunden. Aber dann vergewisserte sie sich vorsichtig, dass kein Knochen gebrochen war. Weiter. Jede Bewegung quälte sie zwar, aber sie raffte sich auf die Knie, dann zwang sie sich in den Stand.

Neues Entsetzen.

Wie nahe war Diethelm?

Sie quälte sich weiter, stolperte aufwärts.

Als sie vom nächsten Boden erneut die folgende Treppe hochblickte, erkannte sie oben absolute Dunkelheit. Von früher wusste sie, dort lag der hölzerne Obergaden mit spitzem Dachstuhl. Alle Öffnungen verriegelt.

Würde sie dort hochklettern, brauchte er unter ihr bloß das Holz anzuzünden. Denn dieses Dach war dicht, alle Balken und Bretter knochentrocken, sie würde lodern wie auf einem Scheiterhaufen.

Nein, nur da nicht rauf.

Aber wo verstecken?

Im trüben Licht von außen tapste sie bis zwei Meter neben die offene Turmseite. Erstarrt wagte sie mit gestrecktem Hals einen Blick hinunter.

Es ist aussichtslos. Keine Fluchtmöglichkeit. Nicht mal eine Waffe habe ich.

»So, jetzt bist du dran.« Diethelms Stimme donnerte von der Treppe her. Nur wenige Meter entfernt.

Vor Schreck fuhr Palmer herum.

Schrittchenweise tastete sich Palmer rückwärts. Weg von seiner Waffe. Aber hin zum Abgrund in ihrem Rücken. Den Schatzbeutel fest an die Brust gedrückt.

Glas klirrte, als sie mit der Ferse irgendwo anstieß. Palmers Herz setzte zwei Schläge aus.

Wie versteinert verharrte sie.

Sie wagte einen kurzen Blick. Zwei leere Bierflaschen rollten gemächlich über die Diele.

Die kleinste Rückwärtsbewegung, und sie stürzte in die Tiefe.

Eine Hand nestelte am Beutel, schob sich hinein.

Hinter ihr drohte der tödliche Sturz, vorne der Mörder mit den rasiermesserscharfen Glasspitzen.

Ihre Finger tasteten im Beutel hektisch nach einem Objekt, befestigt auf einem kleinen Ständer. Eilig zog sie das Ding hervor. Sie streckte den Arm in seine Richtung, schwenkte aufreizend die fette Uhr in drei Metern Abstand vor seinen Augen. Das exklusive Ausstellungsmodell. Nun schwang sie den Arm in einem Bogen über den Abgrund hinaus.

»Denkst du, jemand kauft deine Uhr, nachdem ich sie auf dem Vorplatz habe zerschmettern lassen?« Aufreizend ließ sie den millionenteuren Chronometer über dem Abgrund kreisen. »Entscheide dich. Die Uhr oder ich!«

Aber Diethelm stürzte bereits nach vorne, das gläserne Stechwerkzeug auf ihre Kehle gerichtet.

39

Diethelm schoss auf sie zu.

Sie sprang zur Seite. Ihr Körper wirbelte herum. Ihr Fuß schnellte nach vorne. Es klatschte, als ihr Schuh seine Hand mit der Waffe traf. Sogleich knallte sie ihm ein Knie in die Niere.

Er beugte sich vornüber. Und bekam mit einer Hand die Uhr zu fassen.

Sie warf den Beutel zu Boden. Mit beiden Händen riss sie ihm sein Jackett über den Kopf, drehte sich. Mit festem Griff und aller Kraft schwang sie ihn herum.

Seine Füße fanden keinen Halt.

Er kippte.

Und fiel.

Palmer warf sich rückwärts, vom Abgrund weg.

Nun lag sie schnaufend auf den Brettern. Sie hätte sich übergeben können.

Dann suchte ihre Linke den Beutel, drückte ihn sich wieder an die Brust.

Sie wusste nicht, wie lange sie in dieser Stellung verharrt hatte. Vor ihren Augen tanzten Schatten, und sie konnte den Blick nicht von der Stelle lösen, an der Diethelm in die Tiefe gestürzt war. Sie lauschte mit geschlossenen Augen, aber da war nichts als das leise Rauschen des Regens. Irgendwo tropfte es im Turm rhythmisch auf Holz. Der Takt passte nicht zu ihrem Herzschlag.

Sie blinzelte und riss die Augen wieder auf. Fast erwartete sie, dass sich eine blutige Hand über den Rand schob und Diethelm sich grinsend zu ihr nach oben zog. Unverwüstlich, unbesiegbar. Palmer spitzte die Ohren, starrte in die Dunkelheit und wartete, aber die Nacht lag über ihr und dem alten Turm, als wäre nichts geschehen. Sie wusste, sie sollte nach vorne kriechen und nachsehen. Sie konnte nicht hier liegen bleiben bis zum Morgen. Oder doch?

Irgendwann schaffte sie es, sich in eine sitzende Position zu hieven und dann aufzustehen. Aber sie trat nicht vor zu dem gähnenden Abgrund. Denn sie hielt es für möglich, dort von ihrer Höhenangst übermannt zu werden und Diethelm hinterherzustürzen. Sie atmete mehrfach tief durch, bevor sie mit zitternden Beinen im Dunkeln die uralte Treppe nach unten stieg, eine Stufe nach der andern. Sie musste es mit eigenen Augen sehen, musste wissen, ob er dort irgendwo lag. Ob seine toten Finger eine Uhr umklammerten, die letzte Uhr, die er in diesem Leben in den Fingern halten würde.

Als sie durch die Tür in den Regen hinaus tappte, hörte sie sich selbst rasselnd durchatmen. Ja, da lag eine Gestalt. Das Mondlicht und die Lampen des Nachbargrundstücks zeichneten den Körper auf dem dunkleren Boden ab und doch war irgendetwas merkwürdig. Palmer trat langsam näher, erst jetzt registrierte sie, dass sie hinkte.

Diethelm lag wie eine hingeworfene Marionette im nassen Gras. Arme und Beine standen in unnatürlichen

Winkeln ab. Im Licht des Nachbarhauses beobachtete sie, wie das Blut zusammen mit seiner Lebenskraft stoßweise aus einer Wunde am Schädel sickerte.

Richtig so, du ekliger Scheißhaufen. Dir helfen die besten Ärzte nicht mehr.

Shit.

Ich hätte ihn löchern sollen, ob er selbst mich in der Tiefgarage niedergeschlagen hat.

Oder war das Aurelia? Denn Palmer wollte ihren Ring zurückerhalten, den ihr die Mutter vor vielen Jahren geschenkt hatte.

Als sie sich neben ihn kauerte und seine lederne Geldbörse aus der Gesäßtasche zog, war ihre Hoffnung gering, dort ihren teuersten Schatz zu entdecken. Die Börse hatte sich im Lauf der Zeit der Körperform angepasst und war mit allen möglichen Dingen vollgestopft. Palmers Enttäuschung war groß, denn tatsächlich fand sie den Ring nicht. Sie versuchte ihr Glück weiter, vielleicht stieß sie auf ihre Kreditkarten und Ausweise, die man ihr beim Überfall in der Tiefgarage gestohlen hatte. Dies würde immerhin seine Mittäterschaft beweisen. Sie riss das kleine Bündel Karten aus dem Fach und prüfte sie. An seinem Bargeld war sie nicht interessiert.

Mitten in der Bewegung hielt sie inne. Ihr Blick blieb auf einer ganz bestimmten Karte hängen. Als sie sich ganz langsam erhob, knackten ihre Knie.

Alle anderen Ausweise und Plastikkarten flatterten zu Boden. Mit Zeigefinger und Daumen umklammerte sie ein ganz bestimmtes Stück. Sie hielt es so, dass sie die Beschriftung im spärlichen Außenlicht des Nachbarhauses besser lesen konnte.

Wie vom Donner gerührt, riss Palmer das Handy aus ihrer Hose und wählte den Notruf.

Was danach passierte, konnte sie nicht weiter beeinflussen. Das würde das Schicksal entscheiden.

Palmer verharrte neben Diethelms Leiche.

Sie legte den Kopf in den Nacken, spürte die Regentropfen auf ihr Gesicht klatschen und hoffte, es gelänge diesen, nicht nur den Staub und die Spinnweben vom Gesicht, sondern den ganzen Dreck der letzten Tage wegzuwaschen. Sie atmete in tiefen Stößen, versuchte, alle Gedanken zu ordnen, und nahm die Geschehnisse nicht mehr im Einzelnen wahr.

Endlich brauste eine anschwellende Sirene heran. Blaues Licht strich rotierend über die Wand des Luegislandturms. Sanitäter packten Diethelm in die Ambulanz. Notärzte stillten die Blutung. Dann schlossen sie den bereits hirntoten Patienten an die Beatmungsmaschine an. Diese versorgte die Organe bis zu deren Entnahme mit Blut und Sauerstoff. Schließlich raste der Rettungswagen auf direktem Weg nach Zürich.

Zur Klinik.

An Bord das Herz.

Mit der richtigen Blutgruppe für Lenny.

40

»Die Ärzte bestätigen, die Herzoperation sei aufgrund alter Narben komplizierter gewesen als erwartet.« Lenny lächelte matt, aber in seinen Augen lag ein Strahlen. »Aber letztlich sind sie sehr zufrieden mit ihrer Arbeit. Und auch mit meinen Fortschritten. Aber das Atmen fällt mir noch etwas schwer. Deshalb wollen sie mich möglichst oft und lange auf den Beinen sehen. Liegen ist wohl nicht gut für die Lunge.« Lenny schob das gebrauchte Geschirr des Abendessens zur Tischmitte, erhob sich vorsichtig, schlurfte zum Bett, setzte sich auf den Rand und bestand darauf, die Geschichte von Palmer persönlich zu hören, wie sie ihm zu seinem Herz verholfen hatte.

Palmer war erstaunt über Lennys gesundheitliche Fortschritte, hatte die Herzverpflanzung doch erst vor etwas mehr als einer Woche stattgefunden. Aber die Mediziner wollten heute die Patienten so bald als möglich aus dem Bett kriegen. Je früher, desto schneller die Genesung. Stolz hatte Lenny Palmer die lange Narbe auf der Brust präsentiert, bevor er sein T-Shirt mit dem Aufdruck »infinity« wieder fallen ließ. Unendlich war seine Freude über seine neue Leistungsfähigkeit. Die Aussicht auf ein halbwegs normales Leben brachte ihn ins Schwärmen.

»Mein Bewegungsradius wird zukünftig größer sein als vom Bett zur Toilette. Und die Sauerstoffmaske werde ich auf *eBay* verscherbeln.« Die Aufregung in seiner Stimme war unüberhörbar. In blumigen Worten beschrieb Lenny, wie er mit dem Rad über Feldwege pedalen und auch sonst tun und lassen würde, was ihm gefiel.

»Aber bitte nicht zu wild, ja?«, meinte Palmer.

»Klar muss ich zeitlebens Medikamente schlucken, damit mein Körper das fremde Herz nicht abstößt. Da diese Präparate meine Abwehrkräfte gegen eine Infektion lahmlegen, werde ich vorsichtig bleiben, die kleinste Erkältung könnte zu meinem Tod führen. Aber ich werde artig alle Medikamente schlucken, das bin ich dir und allen schuldig. Susa und Hannah, die beide ihr Leben gelassen haben im Einsatz für mein neues Herz. Und auch meinem Vater. Mit seiner Spende hat er mir das Leben gerettet«, sagte er mit belegter Stimme. Palmer lächelte und genoss das gute Gefühl, Diethelm genügend heftig, aber nicht zu stark dazu gedrängt zu haben, sein Herz trotz Vorbehalten Lenny zu vermachen.

»Wie lange behalten dich die Ärzte noch hier?«

»Sie wollen mich bereits in einigen Tagen entlassen. Nach Hause.« Er senkte den Kopf und starrte auf seine Hausschuhe. »Aber wo mein neues Zuhause ist, hat man noch nicht abschließend geklärt.« Er kaute auf seiner Unterlippe. »Mutter, Vater, Hannah, alle tot.« Er schniefte Feuchtigkeit in der Nase hoch. »Der Sozialdienst arbeitet daran. So viel ist leider bereits klar, alleine lassen sie mich nicht an Hannahs Adresse wohnen. Offenbar habe ich noch Verwandte auf Vaters Seite, aber die habe ich noch nie gesehen.« Als er zu Palmer blickte, entdeckte sie Tränen in seinen Augen.

Palmer wusste, Lenny hatte niemanden mehr, der ihn mit einem selbstgebackenen Geburtstagskuchen überraschen, ihm mit einem Ständchen gratulieren oder etwas zu Weihnachten schenken würde.

Aber Lenny atmete tief durch.

»Als Erstes werde ich den schulischen Rückstand aufarbeiten. Später werde ich Ingenieur und konstruiere ein einpflanzbares künstliches Herz.« Mit dem Handrücken strich er sich die Tränen aus den Augen. »Ob Susa an den Schussverletzungen gestorben ist oder ob jemand sie vergiftet hat, wird wahrscheinlich nie geklärt werden. Zwar untersucht die Polizei weiterhin, inwieweit die verhafteten Bandenmitglieder die Schussabgabe während des Überfalls zu verantworten haben. Ob mein Vater Susa im vorgetäuschten Kampf um die Pistole mit Absicht angeschossen hat, wird man nicht abschließend klären können. Für sie spielt das alles keine Rolle mehr. Nichts bringt sie ins Leben zurück.« Sein Blick schweifte unbestimmt durchs Fenster in die Ferne.

Kurz darauf stieg Blut in seine Wangen. »Die haben mir gesagt, es bleibt kaum ein Geldbetrag für mich übrig, wenn sie Vaters Villa verkauft und alle Kosten und Schadenersatzansprüche beglichen haben.« Mit den Händen strich er auf beiden Seiten seiner Beine die Decke glatt. »Aber immerhin werde ich leben.« Nun kehrte das Lächeln in sein Gesicht zurück, aber nur für einen

Moment, wie eine Flamme, die kurz aufloderte und gleich wieder verlosch. »So viele Leute haben in den letzten Tagen sterben müssen, nur damit ich überlebe. Wenigstens hast du dein Herz auf dem richtigen Fleck.« Sein Lächeln fiel gezwungen, aber dennoch ehrlich aus.

»Unsinn, Lenny …«, fing Palmer an.

Beschwichtigend hob er die Hände »Doch, doch. Unterschätze dich nicht. Du hast mir nicht nur dieses Herz beschafft. Auch den Uhren-Überfall hast du aufgeklärt und den Mörder von Aurelia überführt.«

»Hätte die Polizei ein oder zwei Tage mehr Zeit gehabt, sie wäre zumindest Aurelia auf die Schliche gekommen, denn man hat Aurelias Fingerabdrücke gefunden auf Hannahs Gürtelschnalle und auch im Innern des Koffers, in den sie Hannah gezwängt hat.« Palmer zuckte mit den Schultern. »Ich denke, ich habe vor allem eines gelernt: Ich darf nicht mehr so leichtfertig umgehen mit meinem Leben und mich und andere in Gefahr bringen. Das muss ein Ende haben. Diese Lektion verdanke ich dir.« Sie schenkte Lenny ein Lächeln, aber in ihrem Herzen, das im Gegensatz zu denen anderer Menschen dieses Abenteuers noch kräftig schlug, spürte sie ein schmerzhaftes Ziehen. Hannah würde nicht mehr zurückkommen. Susa auch nicht. Lenny lebte weiter, aber allein. Der Gedanke, dass sie das hätte verhindern können und vielleicht müssen, nagte an ihr.

Als Palmer sich von Lenny mit Ghettofaust verabschiedete, versprach sie, mit ihm in Kontakt zu bleiben. Falls er ihre Hilfe benötigte, bot sie ihm an, sie jederzeit anzurufen. Allerdings nicht sonntagmorgens um 7 Uhr, nur um sich von einer Party nach Hause chauffieren zu lassen.

Gemütlich gondelte Palmer spät abends nach Luzern und erinnerte sich an den morgigen Termin bei der Polizei. Palmer stellte sich der Verantwortung. Sie hatte bei den Befragungen nach Diethelms Tod sogleich erklärt, sie habe Diethelm vom Turm befördert, jedoch in Notwehr. Aufgrund der offensichtlichen Kampfspuren, die von der Polizei sichergestellt worden waren, würde Diethelms Tod nicht auf sie zurückfallen. Auch hatte man sie informiert, Diethelm habe genügend Beweise hinterlassen, dass tatsächlich er hinter dem Uhren-Überfall gestanden hatte. Als ob dies nicht genug wäre, war die Polizei auf Palmers Ring gestoßen, in Diethelms Haus. Allerdings in Aurelias Sachen. Palmer überlegte, ob Aurelia diesen Ring als Trophäe zurückbehalten hatte, als Erinnerung an das siegreiche Aufeinandertreffen mit ihr, die sich in der Öffentlichkeit eine gewisse Bekanntheit erarbeitet hatte. An einen eigentlichen Diebstahl mochte sie nicht so recht glauben, denn ein wertvolles Schmuckstück stellte dieser Ring nicht dar. Vielleicht hatte er Aurelia an die eigene Kindheit erinnert, als sie selber mal einen solchen Ring besessen hatte. Jedenfalls versprach man Palmer, sie würde ihn nach Abschluss des Falls zurückerhalten. Beim Gedanken an den Ring, das Andenken an ihre Mutter, krallten sich ihre Finger jetzt um das Lenkrad. Diesen Ring würde sie zukünftig nicht mehr bei sich tragen, sondern ihn irgendwo sicher in der Wohnung aufbewahren, wahrscheinlich an einem Halskettchen im Schlafzimmer neben dem Spiegel an einen Nagel hängen. Palmer schniefte und fuhr sich mit dem Handrücken über die Augen. Dann setzte sie sich wieder gerade hin und gondelte ohne Zeitnot Richtung Luzern.

So umsichtig Diethelm seine Tat auch geplant haben mochte, war ihm ein Missgeschick passiert. Zwar fand sich an seinen Ritterkleidern keine Spur. Allerdings hatte er es versäumt, das Lederbändchen abzulegen, das er während der Spiele als Schmuck am Handgelenk getragen hatte. Als er Aurelia mit dem Hammer erschlug, spritzten von ihm unbemerkt zwei kleine Tropfen ihres Bluts auf sein Armbändchen. Auf dieses stießen die Forensiker beim mittelalterlichen Kostüm, das er in einem Schrank fein säuberlich verstaut hatte. Zusammen mit dem Geständnis, das er Palmer gegenüber geäußert hatte, würde diese Spur gemäß Auskunft der Untersuchungsbehörde reichen, die Ermittlungen um das Tötungsdelikt an Aurelia abzuschließen.

In voller Fahrt stöpselte Palmer die Kopfhörer ein, drückte sie in die Ohren und schaltete die auf dem Handy gespeicherten Songs von Led Zeppelin ein. Aber bereits nach wenigen Kilometern zog sie diese am Kabel wieder heraus, denn diesmal gelang es den krachenden Gitarren dieser Pioniere der Rockmusik nicht, Palmer zu zerstreuen, da die ungeregelte Einkommenssituation ihr zu großes Kopfzerbrechen bereitete. Noch immer hatte sie keinen neuen Job. Alex, dieser unverbesserliche Optimist, lag ihr in den Ohren, sie solle zukünftig als selbstständige Ermittlerin arbeiten. Er sei überzeugt, sie könnte sich vor Klienten kaum retten. Er würde ihr Türen öffnen zu Unternehmen, die ihre Beratungen bezüglich Diebstahlminderung dringend benötigten. Aber sie tat diesen Vorschlag mit einem Schnauben ab.

Alex.

Er hatte Palmer damals gewarnt, sie spiele mit ihrem Leben, sie müsse sich aus dieser ganzen Angelegenheit zurückziehen. Letztlich hatte er mit seinen Befürchtungen voll ins Schwarze getroffen. Zumindest war die Gefahr, die von Diethelm und Aurelia ausgegangen war, jetzt gebannt. Dies hatte ihn beruhigt, sodass die Telefongespräche, die sie seither mit ihm geführt hatte, so liebevoll wie davor abgelaufen waren. Und beide freuten sich auf das baldige Wiedersehen in einigen Wochen, wenn Alex seinen Job beenden und zurückkehren würde. Wie sich die Beziehung dann entwickelte, würden sie sehen.

Glücklicherweise zeigten sich Silberstreifen am Horizont was ihre finanzielle Situation betraf, da nicht die Polizei, sondern sie die vielen Luxusuhren und den Diamantschmuck der überrumpelten Gäste zurückgebracht hatte. Auch wenn unklar war, ob das Chronometer-Exponat überhaupt repariert werden konnte, hatte Palmer den Schaden der Versicherungsgesellschaften begrenzt. Die Besitzer konnten alle ihre Kostbarkeiten in Empfang nehmen, ohne dass die Versicherungen tief in die Tasche greifen mussten. Für diese Leistung stellten sie Palmer eine ordentliche Summe in Aussicht. Allerdings als freiwillige Prämie, denn einen eigentlichen Finderlohn schuldeten sie bei Diebesgut nicht. Hingegen spielte Palmer mit dem Gedanken, diese Prämie Lenny zu vermachen, da sie sich mitschuldig fühlte am Tod von Hannah.

Bis Luzern waren es noch zehn Minuten, und Palmer überlegte, ob sie Enrico anrufen sollte, er würde sicher noch nicht schlafen. Letzte Woche hatte er angerufen und vorgeschlagen, sich in einem Restaurant zu treffen. Dabei hatte er ihr gebeichtet, jahrelang habe ihn ein schlechtes Gewissen gequält, das ihn gehindert hatte, sich bei Palmer zu melden. Aber dann, als man sie niedergeschlagen hatte, wurde er von der Polizei informiert, seine Tochter liege im Krankenhaus. Das war der Punkt, an welchem er sich seinem früheren Fehlverhalten stellen wollte. Als Palmer meinte, sich in einem Restaurant zu treffen, sei keine gute Idee, hatte er sich am Telefon entschuldigt. Aber Palmer hatte sich standhaft gezeigt, obwohl sie zur Einsicht gelangt war, die Zeit sei reif, und sie müsse die Dämonen der Vergangenheit endlich hinter sich lassen, ansonsten würden diese sie ein Leben lang hinunter drücken. Zwar war sie festen Willens, darüber hinwegzukommen, aber ganz so einfach wollte sie es ihm nicht machen. Klar hätte nach Mutters Tod ein reger Kontakt zu ihrem Vater entstehen können, aber er hatte es verbockt, nicht sie. Trotzdem war irgendwann die Einsicht gereift, dass sie nur diesen einen Vater hatte. Er war sogar ihr letzter Verwandter. Beabsichtigte sie, über seine Missetaten hinwegzusehen, dann solange er noch lebte. Erst an seiner Beerdigung anzutanzen, um sich trauernd von ihm zu verabschieden, davon hätte am Ende niemand etwas. Weder Palmer noch Enrico.

Nach Diethelms und Aurelias Tod war Palmer sofort wieder in ihre eigene Wohnung gezogen. Während dieses Telefongesprächs hatte Enrico sie zu sich eingeladen. Er wolle für sie beide kochen, hatte er angeboten, und niemand würde sie während des ganzen Abends stören. Sie hatte ihm beschieden, sie überlege es sich und werde zurückrufen. Das tat sie jetzt.

»Danke, dass ich für einige Tage deine Wohnung habe benützen können. Hat irgendwie nicht geklappt mit der Verabschiedung. Was deine Einladung betrifft: So mühelos wirst du meine Schale nicht knacken. Du wirst dich anstrengen müssen. Aber ich will dir eine Chance geben.«

Sie konnte sein Lächeln durch das Telefon hören, als sie sich gerade noch verabschiedeten, bevor Palmer die Autobahn bei der Ausfahrt Rotsee verließ und über den Sedel in die Stadt kurvte. Am See bog sie rechts ab und lenkte ihren Wagen am Schwanenplatz mit den vielen Uhrengeschäften vorbei. Während sie die Seebrücke überquerte, entschied sie sich spontan, nicht nach Hause zu fahren, sondern sich erst noch ein Schlummerbier zu genehmigen.

Als sie um das Quartier kreiste, erbte sie einen freiwerdenden Parkplatz in passabler Gehdistanz. Heute schmückten brennende Fackeln die Dachbar, auf welcher man ihr damals den bereits zugesicherten Job doch noch abgesagt hatte. Die Flammen tauchten alle Gäste in flackerndes Licht, der dem Teint schmeichelte. Etwas enttäuscht blickte sie in die Runde, als sie hier den Chef der damaligen Firma nicht vorfand. Nur allzu gern hätte sie ihn mit Nichtachtung gestraft.

Mit überkreuzten Beinen hob sie das servierte Glas an die Lippen, gönnte sich einige Schlucke und blickte hoch zum Pilatus, der mit seinen sanft abfallenden Flanken unter dem Nachthimmel gut sichtbar majestätisch seine Arme über Luzern ausbreitete, als begrüßte er beste Freunde.

Vorsichtig rollte sie die Schultern, um sie zu lockern. Dann drückte sie sich sanft das bandagierte Schlüsselbein und zwang den Kopf seitwärts, um die verspannten Nackenmuskeln zu dehnen. Keine große Sache, diese Verletzung. Sie würde damit zurechtkommen, denn sie spürte nicht nur den Schmerz, sondern gleichzeitig auch eine tiefe Befriedigung.

Palmer liebte es, ins dunkle Universum zu blicken und über dessen Unendlichkeit nachzudenken. Es rückte so manches Ding ins richtige Größenverhältnis, und sie fühlte sich als unbedeutend winziger Fleck auf einer Kugel, die durch das Weltall schoss. In diesem Moment zischte eine Sternschnuppe über den wolkenlosen Nachthimmel. Da sich Palmer aber nicht zu den eingefleischten Romantikern zählte, die an die positive Kraft der Sterne glaubten, meldete sich ihre rationale Hälfte zu Wort und erklärte, was da soeben einen Lichtstreifen an den Himmel gemalt hatte, sei gar kein Stern gewesen, sondern schlicht ein staubkorngroßer Planetenpartikel, der mit enormer Geschwindigkeit in die Erdatmosphäre eingetreten und dabei verglüht sei und die Luftgase zum Leuchten gebracht hatte. Als sie aber gleich darauf den nächsten Schweif entdeckte, schloss sie flugs die Augen, erträumte sich etwas Großartiges mit Alex und hoffte, es würde in Erfüllung gehen. Aber sie wusste, nicht alle Wünsche konnten wahr werden. Und nicht alles, was wahr wurde, war gewünscht.

ENDE

DANK

Mein Dank gilt Doktor Erich Steinmann, Claude Catsky, Alex Gilli, Jürgen Hurschler, Doktor Bruno Zeder, Adrian Reichmuth, Simon Kopp, Seppi Williner, Hans Jörg Wälti und ganz speziell Isabell Schmitt-Egner. Erst recht danke ich meinen Leserinnen und Lesern. Ich schätze euch.

Weitere Titel finden Sie auf den folgenden Seiten und im Internet:

WWW.GMEINER-VERLAG.DE

DIE NEUEN Lieblings-plätze

ISBN 978-3-8392-2730-5

ISBN 978-3-8392-2929-3

ISBN 978-3-8392-2614-8

ISBN 978-3-8392-2930-9

ISBN 978-3-8392-2927-9

ISBN 978-3-8392-0043-8

ISBN 978-3-8392-2926-2

ISBN 978-3-8392-2925-5

ISBN 978-3-8392-0044-5

ISBN 978-3-8392-2932-3

ISBN 978-3-8392-2924-8

ISBN 978-3-8392-2624-7

ISBN 978-3-8392-2628-5

ISBN 978-3-8392-2931-6

ISBN 978-3-8392-2634-6

ISBN 978-3-8392-2928-6

GMEINER KULTUR

WWW.GMEINER-VERLAG.
Mensch, Kultur, Regio